i y i   k i   k i t a p l a r   v a r . . .

TİMAŞ YAYINLARI
İstanbul 2009

www.timas.com.tr

AŞKA UYANMAK
Ahmed Günbay Yıldız

TİMAŞ YAYINLARI | 1402
Roman Dizisi | 25

YAYIN YÖNETMENİ
Emine Eroğlu

KAPAK TASARIMI
Ravza Kızıltuğ

18. BASKI
Kasım 2009, İstanbul

ISBN
975-362-313-5

BASKI VE CİLT
Sistem Matbaacılık
Yılanlı Ayazma Sok. No: 8
Davutpaşa-Topkapı/İstanbul
Telefon: (0212) 482 11 01

TİMAŞ YAYINLARI
Alayköşkü Caddesi, No:11, Cağaloğlu, İstanbul
Telefon: (0212) 511 24 24 Faks: (0212) 512 40 00
P.K. 50 Sirkeci / İstanbul

www.timas.com.tr
timas@timas.com.tr

Kültür Bakanlığı Yayıncılık
Sertifika No: 12364

AŞKA UYANMAK

Ahmed Günbay Yıldız

TİMAŞ

AHMED GÜNBAY YILDIZ

1941 yılında Tokat'ın Reşadiye kazasına bağlı Kızılcaören köyünde doğdu. Annesi Saniye Hanım, babası Haydar Bey'dir. Öğrenimine köyünde başladı ve on yaşına kadar orada sürdürdü. Daha sonra babasının işi dolayısıyla Ankara'ya yerleşen ailenin bir ferdi olarak, Hüseyin Güllüoğlu Ortaokulu ve Yeni Mahalle Lisesi'nde öğrenimine devam etti. Bu arada edebiyata ilgi duydu ve şiirler yazdı. İlk zamanlarda şiir bir tutku haline gelmişken, zamanla edebiyatın diğer dallarına da ilgi duymaya başladı. Hikâyeleri ve makaleleri muhtelif dergi ve gazetelerde yayınlandı. Ahmed Günbay Yıldız, asıl yükselişini romanla yaptı, romanda karar kıldı. "Çiçekler Susayınca", "Yanık Buğdaylar" ve "Figan" romanları muhtelif gazetelerde tefrika edildi ve daha sonra kitap haline getirildi. Bunu diğer romanları takip etti.

Yazar, eserlerinde Türk toplumunun her kesimini ele aldı ve işledi. İyi ve kötü yönleri ile insan ve toplum arasındaki etkileşimin ötesindeki sebepleri tespit ederek gözler önüne serdi. Ayrıca çözüme yönelik ipuçları da verdi.

Yazar evli ve dört çocuk babasıdır.

Yayımlanmış eserleri:

1- Çiçekler Susayınca
2- Yanık Buğdaylar
3- Gurbeti Ben Yaşadım
4- Ülkemin Açmayan Çiçekleri
5- Al Yüreğim Senin Olsun (şiir)
6- Benim Çiçeklerim Ateşte Açar
7- Aynada Batan Güneş
8- Dallar Meyveye Durdu
9- Bir Dünya Yıkıldı
10- Üç Deniz Ötesi
11- Sevdalar Sözde Kaldı
12- Sahibini Arayan Mektuplar
13- Hayata Dair Notlar (deneme)
14- Gün Solar Akşamın Mateminden (şiir)
15- Afedersin Hayat
16- Gelirim (şiir)
17- Yürekte Büyümek
18- Sokağa Açılan Kapı
19- Boşluk
20- Sular Durulursa
21- Ekinler Yeşerdikçe
22- Mavi Gözyaşı
23- Azat Kuşları
24- Gönül Yarası
25- Aşka Uyanmak
26- Bahçemde Hazan (şiir)
27- Figan
28- Sitem
29- Siyah Güller
30- Hülyalar Hüzün Açtı
31- Güneşe Matem Düştü
32- Leyl Işıkları
33- Günahın Rengi
34-Yıllar Geriye Dönse
35- Seni Unutmaya Gücüm Yetmedi
36-Sevmekten Korkuyorum
37-Ona Secde yakışıyor
38-Gül ve Hüzün
39-Kiralık Hayaller
40-Orada da Yıldızlar Kayar mı?
41-Kayıp Sabahlar

"Geceleyin bir ses böler uykumu,
İçim, ürpertiyle dolar "Nerdesin?"
Yıllar var ki arıyorum ben onu,
Aşıkıyım beni çağıran sesin"

Gün olur sürüyüp beni derbeder
Bu ses, rüzgârlara karışır gider,
Gün olur peşimden yürür beraber,
Ansızın haykırır bana "Nerdesin?"

Sesler geliyordu kulaklarına. Gecenin o gocunan, ruha işkence veren, gamlı mefluç sukûtunu hiç acımadan paramparça eden.

Bu ses lanetleyen, niteliksiz, fakat dehşetli bir ürpertinin insafsız kıskancında sıkıştırıp, sonra amansız, nefes aldırmayan keskin bir güçle sallıyordu vücudunu.

Akortsuz bir sazın, inadına gergin duran tellerini andırıyordu sinirleri. Sonra hoyrat bir mızrab; tellerin üzerine notasız hırçın bir vuruşla iniyor, huzuru bozan, ortalığı velveleye veren, öfkeyi kudurtan bir ses yayılıyor etrafa:

– Boyacı!..

Delikanlının o anda, uykunun kollarına düşmek için sabırsızlanan yüreği, dehşete kapılıyor birden. Uykuya ramak kala, dipsiz bir öfkenin dürtüsüyle açıyor gözlerini.

Nefesi daralıyor beklenmedik bir ürpertinin ardından, dişlerini kararsızca sıkıyor, hırsını dindirmek için. Gecenin bu ilerlemiş saatlerinde, o meçhul şahsın yaptığı densizlik, hudutsuz bir hırçınlık kazandırıyor öfkesine. Yatağın içinde çıldıracakmış gibi oturuyor, geçiştirmek istiyor rahatsızlığını. Ellerini kulaklarına bastırıyor sesleri duymamak için. Fakat, çare değil bu yaptığı, uğultular hâlinde kesik kesik beynini hançerleyerek uçuşuyor havada sesler:

– Boyacı!.. Boyacı!..

O ses, bazı gecelerde ortaya çıkan, pembe hayellerini katleden, uykusunu kaçıran renksiz ses. O belki de, uykuya en çok ihtiyaç duyduğu geceleri seçen, duygularını hançerleyen lanetli ses. Tıpkı peşini bırakmayan kapkara bir kâbus gibi doluyor kulaklarına:

– Boyacı!.. Boyacı!..

O kendisine has ayrı bir besteyle geceyi kuşatan, gecenin sükûtunu bozan, bu ayrıksı ses, incitiyor delikanlıyı:

– Boyacı!.. Boyacı!..

Avuçlarının içi sıkıntı terleriyle yapış yapış.. Biraz uzaklaşır gibi oluyor, sustuğunu sanıp rahatlamış gibi oluyor çehresi, daha derin bir nefes alma firsatını bile vermeden, yeniden duvarları delip beyninde. O çıldırmamak için direnen dokularının üzerinde, hınçlı bir hançer ucu gibi, acımasızca saplanıp dönüyor, dönüyor:

– Boyacı!.. Boyacı!..

O asap bozucu ses boğazın sularına doğru çekiliyor biraz sonra, sırra kadem basıyor her zamanki gibi.

Onu bir gece mutlaka yakalayıp benzetmek geçiyor düşüncesinden.

Gece lambasının, loş bir ışıkla aydınlatmaya çalıştığı odada, huzursuz kıvranışlarla dönüyor yatağının üzerinde. Duvar saatinin sarkacı sallandıkça, huzuruzluğu sindiremeyen beynine âdeta bir balyoz gibi inip kalkıyor her defasında.

Delikanlı son günlerde henüz adını koyamadığı bir azabı yaşamaktaydı. Üniversiteyi bitirdiktan sonra, kendisini bir boşlukta hissetmişti.

Önce, babasının fabrikasında görev almıştı. Kısa bir denemenin hemen arkasından, sıkıldığını anlamıştı.. Buna bir sebep, bir mazeret arıyordu günlerdir. Anlaşılan, kulaklarına kadar gelen fısıltılar, henüz sahibi olmadığı, üzerinde yamalık gibi iğreti bir görüntü vererek duran itibar, onu fazlasıyla sıkmaya başlamıştı.

– Bey'in oğlu.

– Patronun oğlu.

– Küçük Bey.

Eski emektarların, babasına yakın çevrelerin iltifat için söyledikleri bu sözler, farkında olmadan incitmeye başlamıştı delikanlıyı. Kim bilir, belki de başkalarına göre çok gülünç bir alınganlık olabilirdi; ancak, Faruk'u haddinden fazla rahatsız etmekteydi bu.

Aslında kendisine has bir şahsiyet kazanamayışının sıkıntılarıydı bütün bunlar:

– Melih Bey'in oğlu.

Artık her nefesinde hararetle hissetmeye başladığı bir boşluk açılmıştı ruhunda. Sonunda bir kimlik arayışı olduğuna karar verdi sıkıntılarının.

Kendisini zor durumda bırakan, amansız bir arayış içinde çırpınmaktaydı düşünceleri.

Master, doktora, doçentlik ve profesörlük. Bunların hiçbirisi de anında sahip olunabilecek bir kimlik değildi. İşte, sırf bu yüzden başladığı masterı inanılmaz bir alakasızlıkla askıya almıştı.

Gözü hep zirvelerdeydi. Merdivenin ön basamaklarına hiç basmak istemiyordu bu yüzden. Hep son basamağına takılmıştı gözleri. Nedense ihtiraslı, dipsiz bir hırsla seyrediyordu yüksekleri.

Ürpertici bir boşluk, dairesini her geçen gün biraz daha genişletiyor dünyasında ve mesafeler gözlerinde inanılmaz bir şekilde büyüyor, tıpkı bir ejderha olup hayallerini içip tüketiyor, sıkıntıları güç yetmez oluyordu bu yüzden.

Bir solukta, belli bir hedefe varmak, şöhret olmak, isim yapmak, merdivenin ilk basamağına dokunmadan tepesine çıkıp, işte tam orada sırçadan bir saray kurup oturmak ve dünyayı hep oradan seyretmek istiyordu.

Yürekli, macerayı haddinden farla seven, kavgacı, cesur bir delikanlıydı.

Fabrikadan soğuyuşunun yegâne sebebi de bu değildi hani. Bir gün, çalıştığı bölümden kalkıp babasının makamına hebersiz gelmişti. İkinci sekreterin ikazına rağmen, kapıyı çalmadan girmişti odasına. İşte o zaman olanlar olmuştu tabiî. Hiç beklemediği bir manzara çıkmıştı karşısına. Genç, güzel sekreter ve babası!..

Yüzündeki derinin tutuştuğunu hissetmişti. Kanı damarlarında akışını durdurmuştu bir an. Gözleri görüntüyü kesmiş, o darda kalan Bey'in, babasının sık sık kotardığı dürüstlük hikayelerinden anektotlar getiriyordu uğultulu kulaklarına:

– "Hayatta hakkım olmayan hiçbir şeye el sürmedim. Kıskanmadım kimseyi. Başaramasam bile arkadaşlarımın ve çevremdekilerin başarılarını alkışladım.

Annenle mesut oldum. Benim hayatımda bahar daima bir çiçekle geldi ve o çiçekle son bulacak.

Dolu dolu bir hayat yaşamayı severim. Annenle tabii. Yalan en iğrenç sığınaktır şerefli insanlar için. Ona tenezzül eden kim olursa olsun, şahsiyet edinememiş kusurlu, eksik insanlardır."

Bir an meselesi olmuştu her şey. Aklı başına gelip irkildiğinde, ilk işi kapıyı yüzlerine hışımla kapamak olmuştu.

Demek kendisinin başka bir bölümde çalışmasını isteyişi az önce karşısında beliren çirkin manzaranın ta kendisiydi.

Melih Bey nefes nefese çıkmıştı peşinden. Daha, özel kalem odasından ayrılmadan bir ses, inadına heyecanlı ve aceleci yakalamıştı onu:

– Faruk, duur!..

Umursamaz bir eda içindeydi delikanlı. Kırgın, hırpalanmış, acı çeken bir çehresi vardı arkasına döndüğünde.

Bozulmayan, derin sükûtu ve yüzündeki anlamlı mimikleriyle

ifade ediyordu nefretini. Babasının yanına sokulup, kısık bir sesle suçuna mazeret giydirmeye çabalayışı onu biraz daha silmiş ve küçültmüştü yanında:

– Bak, yanlış anlama sakın. Gözüme bir şey kaçmıştı da. Onu alayım derken.

Esefli gözlerin yansıdığı çehrenin derisi, alev rengindeydi hâlâ. Heyecanın kuşatabildiği en dipsiz mesafelerin nirengi noktasındaydı bedeni. Tüyleri ürperten bir fısıltıyla karşılık verdi babasına:

– Çöp kaçan göz, kızarır ve sulanır. Oysa!....

Usançlı, sıkışmış, aceleci bir üslûpla zorda kalmışlığın tipik bir örneğini yansıtıyordu Melih Bey. Durakladı, yutkundu. Sert bir otorite tepkisiyle bastırmak istedi suçunu:

– Öööf be!.. sanki ben de neden izah ediyorsam, bunları sana?..

Emir ve komut dinlemeden yürüdü. Bir pretosto, bir karşı koyuş, bir tehdit gizliydi edasında.

Peşinden sert bir azarla yetişti yine sesi:

– Faruk!...

Dönmedi. Arkasına bile bakmadan, hiç aldırış etmeden yürüyüp gitti. Bilirdi inadını. Bozuk bir moralle, lanetler gibi baktı peşinden ve hırçınlaştı. Dişlerini kıyasıya sıktı öfkesinden:

– Hay Allah!..

Akşam eve döndüğünde Melih Bey'in korktuklarının hiçbirisi olmamıştı. Faruk, oldukça içine kapalı ve anlaşılmaz biçim de ketum bir delikanlıydı. Sır içinde kurt olsa, yine bulunduğu yerde kalıp bedenini kemirirdi.

İşte gecenin bu saatlerinde, tedirgin edilmiş duygularının yelpazesini açıp bunları düşündü.

Uyuyamayacağını farkedip yatağından usulca indi. Odasının, balkona açılan kapısına yaklaşıp araladı.

Balkonun demir parmaklıklarından tutunup derin bir nefes aldı etrafını seyrederken.

Ne az önceki ses, ne de ortalarda kimseler vardı. Boğazın sularını seyretti mahmur gözlerle. Solgun renkli ışıklarla cilveleşmesini, açıklara demir atan dev gemileri.

Kirpiklerini kıstı, görüntünün mesafesini azaltıp daha yakınlara doğru çekti bakışlarını. Oturdukları görkemli villanın bahçe hududuna kadar getirdi.

Önü sarp kayalıklarla uçurumlaşan, bahçenin duvarını, herkesin hülyalarını süsleyen yüzme havuzunu, biraz ötesinde bir sanat âbidesi gibi gülümseyen çardağı, daha batısındaki hudutta şirin bir manzara oluşturan koruma evini ve hemen alt yamacında âdeta gözleri kamaştıran köpek kulübesinin üzerinde bekletti gözlerini.

Bu sokak sahiden de adı kadar ütopik. Kuzey kanadı çıkmaz, batısında, villaların giriş kapılarının caddeye açıldığı patika taşlarla döşeli bir zemin. Üst sokakların, dar yollarının birleştiği, sahile indikçe inadına dikleşen çok az trafiği sırtında çeken bir ara cadde.

İşte bu sokağın adı "Hayal" Sokağı. Hep aynı projede yapılmış, altı villanın yerleştirildiği ender manzaralı, boğazı bütün cepheleriyle seyreden muhteşem bir mevki.

Hep aynı tonda renklerin hakim olduğu, aynı evler, kulübeler, havuzlar, aynı dizaynda bahçeleri olan altı adet villa.

Bahçelerinden bir birine geçit veren, şirin ve küçük komşuluk kapılarıyla tam bir sanat örneği.

Ön tarafı kayalık eteklerinin çam ağaçlarıyla ormanlaşan alanın bitiminde, tıpkı bir yılan kavisiyle kıvrılan sahil yolu, kıyıdaki elektrik direklerinin lambalarıyla aydınlanışı, gözlerinde nefis bir aksesuar niteliği taşıyor, sularla cilveleşirken.

Boğazı, parelel iki çizgiyle kesen asma köprülerin görüntüsü, daha bir başka özellik taşıyor bu saatlerde.

Şuh bir kadının boğazında parıldayan gerdanlık gibi kristalleşiyor ışıklar. Kıyılara demir atan gemiler, prangaya vurulmuş bir idamlık mahkumun gamlı manzarası kadar mağrur ve muzdarip.

Faruk, gecenin hüzünlü manzarasını, işte bu duygular içinde seyretti.

Altına bir sandalye çekti. Yorulmuştu anlaşılan. Bu güzide, ruha haz veren manzara karşısında, düşünceleri derinlik kazanmıştı anlaşılan.

Son günlerde iç dünyasının o ürperti veren düşüncelerin, fırtınalarını dindiremeyişinin azabı içinde, çetin çırpınışlar veriyordu âdeta.

Yine kendisini ve etrafındakileri sorgulamak hissi düşmüştü aklına.

Zenginlerdi. Maddede inanılmaz boyutlardaydı harcamaları. Arabası, motosikleti, yatları, yazlıkları vardı.. Bütün bu varlıkların içinde kendisini hissettiren müthiş bir boşluğun hasretini çekmekteydi hayatında.

Sıradan bir isim olarak yaşamak istemiyordu. Şimdilik, en mühimi buydu. Şöhret ve makam. Kim bilir belki de sevgi ve aşk. Henüz hiçbirisine mücerret olarak ulaşamadığı üç kavram.

Daha önce hangisine ulaşırsa, huzuru yakalayabilirdi?.. Sık sık bunları düşünüyor, kördüğüm sendromlar oluyor ruhunda erişemediği kavramlar ve işte onları çözebilmek için çırpınışlar veriyordu.

Sıradan bir insan olmak!.. Silik ve renksiz olarak yaşamak!.. Hatta babası bile olsa, bir başkasının adıyla tanıtılmak!.. Oldum olası nefret duyduğu olgulardı bunlar.

Diskotekler, barlar, pavyonlar ve meyhaneler, korkunç maceralarla tüketilen günler, tıpkı bir sinema şeridi gibi geçti gözlerinin önünden. Kaç defa babası kurtarmıştı onu karakoldan.

– Melih Bey'in oğlu!..

Kulaklarına fısıltı halinde gelen bu sözler bile, artık sıkmaya başlamıştı delikanlıyı.

Mahmur gözleriyle, oturduğu balkondan Hayal Sokağı'nı içli bir seyirle yeniden gözden geçirdi.

Yönü boğazın sularına dönük olarak durmaktaydı balkonda. Sağında Hilâller vardı. Üniversite ikinci sınıf talabesiydi bu kız. Fırsat buldukça peşinde gölgesi gibi dolaşırdı. Semtin en güzel en hareketli kızıydı. Faruk'la dolaştığı için muhitte dokunulmazlığı olan kızlardan birisiydi o da.

Babası İrfan Bey, iş adamıydı. Ağabeyi Bilâl, baba mesleğini seçmemişti nedense, Trajı yüksek, günlük bir gazetede köşe yazarıydı.

Faruk'u o da severdi. Köşe yazılarını tartışırlardı onunla sık sık.

Faruk, bu dünyayı dolu dolu yaşamak isteyen kızla, haftanın her tatil gününde birlikte olmalarına rağmen, onu hâlâ teşhis edebilmiş sayılmazdı.

Hilâl seviyordu Faruk'u. Sezdirmemeye çalışsa bile, esrarlı bakışları, onu başkalarından kıskanışı, hayranlık ifadelerinin gözlerinden yansıyan tezahürü, aşkın ipuçlarını veriyordu.

Hilâller'in yanında en uçtaki Güney'e düşen binada dul bir kadın ve oğlu Efruz yaşıyorlardı. Efruz, Faruk'un en yakın arkadaşıydı.

Kafasını hafifçe sol omuzunun üzerine doğru çevirdi. Kuzey yakasına. Bitişiklerindeki villanın üzerinde bekledi biraz ve bahçeye doğru indirdi bakışlarını. Yutkundu, içli, derin bir nefes aldı. Bu bahçenin çardağında havuzunun kenarında çırpınırdı yüreği. Leylâ vardı oralarda. Kendisini bütün çabalarına rağmen hissettiremediği kız.

Âşıktı ona. Konuşuyorlardı, hatta, bazen birlikte çıkıp dolaşıyorlardı. Fakat, gönlünün duygularını açamamıştı ona.

Ne vakit hislerini deşifre etmeye kalkışsa, usta bir menevra ile konuyu değiştiriyor, Faruk'a fırsat vermiyordu. Umut veriyordu aslında, belirsizlik taşımasını istediği sevdalı bakışları vardı onun da.

Hilâl kıskanırdı Leylâ'yı. Ne zaman ikisini birlikte görse, Faruk'u yakalar yakalamaz taşı gediğine koyardı. Farkında olmadan ıslanan gözlerini saklardı Faruk'tan.

Leylâ, Tıp Fakültesi son sınıf talebesiydi. Yoğun bir ders programı vardı. Anlaşılan herşeye rağmen aşka vakit yoktu hayatında.

Kuzeyde en uçtaki villada bir Leyla daha vardı. Ünü İstanbul'un sınırlarını çoktan aşmış bir babanın kızı. Kurt ilyas'ın.

Hayal Sokağı'nda yadırgı bir manzara gibi sırıtırdı bu ailenin fertleri. Asra, Çağdaşlığa aykırı yaşıyorlardı bunlar.

Haftalık taplantılara, kumar partilerine katılmazdı her nedense. Komşuluk ilişkileri hiçbirisi ile yok denilecek kadar sığ.

Bir Mafya Babası, yüreklere korku salan bir adamdı Kurt İlyas. Herkes yapmacık bile olsa, ondan çekinir, karşılaştıkları zaman kimse saygıda kusur edemezdi.

Her akşam geç vakitlerde evlerine korumaları eşliğinde gelir ve yine her sabah erken denilebilecek saatlerde, yine korumaları eşliğinde, âdeta görkemli bir törenle evinden alınırdı.

Leylâ'ya hiçbir erkek selam veremezdi yörede; sataşmaz, laf atamazdı kimse. Dokunulmazlığı vardı bu genç kızın. Daha da tuhafı yöreye tezat teşkil ederdi kıyafeti. Tesettürlüydü. Hatta akranı kızlar bile kaldırım değiştirirlerdi onu yolda görünce. Yalnızdı.

Hayal Sokak'taki simaları inceledi sıra sıra. Yine kendisine döndü iç sıkıntılarını hatırladı. Uykusu iyiden iyiye kaçmıştı. Sıkıntıları biraz daha büyüdü. Ne yapsa kendisini aşamıyordu. Ulaşamadığı gizlilikleri vardı yaşadığı hayatın. Henüz açamadığı kapılar, perdesi aralanmamış, gölgesi kısa ufuklar vardı beyninde.

Sendromlarla, gizemlerle dolu bir dünya vardı önünde Faruk'un. El değmedik duygular sırlar âleminden bir şeyler taşıyordu düşüncelerine. Yakası yırtılmamış hisler gülümsüyordu bazen dünyasına. Koyu sislerin arasından tebessüm eden taze bir güneşin pırıltıları gibi. Hâlâ masumiyeti vardı yine, ona göre beyninden söküp atamadığı şartlanmışlıkların. Hicab perdesini tam manasıyla yırtmamıştı anlaşılan.

El yordamıyla, bilinçsiz adımlarla yürüyordu belki fakat, zaman zaman iç dünyasını velveleye veren dipsiz bir çığlık kasırgalaşıyordu:

– Hayır, hayır!.. Hayat bu olamaz. Kalıplaşmış, monoton, renksiz ve silik. Aynı geçici zevkleri, aynı anlamsız heyecanları yaşamak.

Bir beton, tunç, kronikleşmiş, basit kalıplar yardımıyla dökülmüş ruhsuz heykeller gibi.

Evet, başka bir üslûbu, yahut daha değişik iklimleri olmalıydı hayatın. Faruk öylesine derinleştirdi düşüncelerini.

İnsanın sıkılmaması, yaşadığı hayattan haz alması gerekirdi. Beklediği sesi duymak, ruhunun derinliklerinden, sımsıkı bağlamak hayata. Bir şekle, bir biçime, aşınmamış vakarlı bir realiteye göre uyarlanması, asûde bir esdetiğe kavuşması ruh ikliminin.

Gönlünün sırlar kapısını bilinmeyenlere açık tutması, onların perdelerini aralayıp arkalarında saklanan gizlilikleri seyredebilmesi insanın. Ufkun bir zirveyi hedeflemesi ve tırmanabilmesi oralara.

Evet, insan kendisini sorgulayıp, kendisini tanımalı önce. Noksanlarını bulup kendisini yine kendi elleriyle yeniden yaratılıştaki esasa göre inşa etmeli.

İşte öylesine biçimlenmek ve yaşamak. Fark edilmek, evet fark edilmek yaşarken. O hâlde, en azından arayış içinde olmalıydı. Deneme ve yanılma usûlüyle bile olsa modeller seçebilmek hayattan.

Toplumun içinde sivrilmiş, isim yapmış simalardan yola çıkıp, vücutta herkesin kıskandığı gıpta ettiği bir şahsiyeti oluşturmak. Etten kemikten ve sinirden hasetle seyredilen özlenen bir saray kurmak.

Rastgele bir insan olmak, başkalarının kimliği ile tanıtılmak, işte bu sıkıyordu Faruk'u.

Beyni "dank" dedi birden. Yitiğini bulmuş insan gibi sevindi. Ferah bir rüzgar esti çehresinde. "Kurt İlyas" tıpkı onun gibi yapılanmak. Ona hizmet eden insanlar vardı etrafında. Herkes korkuyordu ondan. O bir zirveydi. İşte, o zaman Leylâ bile ayrılmazdı peşinden.

Sevinç vardı çehresinde. Gözleri gecenin loş karanlıklarının parçalarcasına keskin, nefesi bir o kadar derindi. Hayatta yapabileceği en kolay işti bu. Macerayı seviyordu. Girdiği her kavgadan galip ayrılmıştı şimdiye kadar.

Vücudu balkondaki boşluğa bile sığmıyordu şu an. Peş peşe

başka rüzgârlar esti düşüncesinde. Tıpkı bir hırsız sessizliğinde içeriye savuştu. Gardrobunu açıp üzerine bir şeyler taktığı gibi, merdivenlerden sessizce indi. Aynı maharetle sokak kapısını aralayıp bahçeye çıktı. Sabah oldukça yakın sayılırdı. Çünkü gökyüzünün karanlığı koyulaşmıştı.

Sessizce garaj kapısına doğru yürüdü. Kulübesinin önünde beliren köpek boynunda sürüklediği uzun bir iple dolaşıyordu bahçede. Kendisini tanıyıp huysuzlandı, şikayet nevinden mırıldandı, yaltaklandı. O dev, tanımayan insanlar için yürekleri ürperten kangal köpeğini okşadı, sakinleştirdi. Sonra garaj kapısını açıp arabasını çıkardıktan sonra kilitleyip, caddeye açılan demir kapının kilidini açıp arabayı parke taşlarla döşeli caddeye çıkardı.

Dik yokuştan sahil yoluna doğru inerken uykusunu bölen meçhul adamı ararcasına seyretti etrafını. Yoktu kimseler.

Sahilden aheste bir gidişle boğaz istikametine doğru süzüldü.

İstanbul, mefluç bir görüntü içinde, gamlı bir çehreye bürünmüş, hüzünlü bir inilti tutturmuştu. Deniz, biraz sonra sökmek için çırpınan şafağın alacalanmış göğe nisbet edercesine sakin ve sessizlik içindeydi.

Arabasını sağda bir köşeye çekti. Kıyı betonun üzerinde arabanın ön camından Marmara'nın sularını seyre daldı.

Duyguları bugün sır küpünü delmek üzereydi. Her hâliyle dehşetli bir yol arayışı içinde olduğunu sezmek, hiç de zor sayılmazdı. Şu an çok farklı bir ruh iklimi içinde kıvranıyordu. O her vakit, hırçın, duygularında korkunç dalgaları barındıran haletiruhiyesinden hiçbir esame yoktu. İnadına sığ bir görüntü veriyordu dış dünyasına.

Belki de sırf bunun için kalkıp gelmişti buralara. O ihtişamlı villalarına kapladığı alandan, hatta Leylâ'dan, Hilâl'den.

Bütün debdebe ve ihtişamdan. Lüksten, kibirden gösterişten yapmacık sevgiler diyârından. Hayal Sokak adı verilen o görkemli evlerin ruhsuz şatafatından kaçmıştı. Gizli bir kahırdı belki de bunlar hayatında.

Konup kalkarken denizin düzgün çarşafını yırtan martı kuşlarını seyretti. Vakit bir düşünce derinliğinin nihayetsiz mesafelerinde eriyip gitmişti. Eksoz homurdanışları yoldan gelip geçen tek tük ayak sesleri. Boğazın sularında beliren tekneler ve alacalanmaya başlayan gök kubbeyi kuşatan ezan sesleri, düşünce derinliğinden çekip aldı Faruk'u.

Dünyaya göz kırpma hazırlığı içinde olan güneşi fehmetti ve arabasını çalıştırıp yeniden Boğaz istikametine doğru sürdü.

Vakit oldukça ilerlemişti. Sahil pastahanesinde kahvaltısını yaptı. Sonra evleri düştü aklına. "Merak ederler" diye mırıldandı.

Henüz ortalarda kimseler yoktu. Villanın ikinci kat balkonundan bahçeleri seyrediyordu. Hâlâ uykunun mahmurluğu vardı üzerinde. Anlamsızlık ifade eden bakışların perdesini yırtan bir sahne oluşmuştu gözlerinin önünde. Önce durakladı, dikkatini toplayıp yeniden baktı. Âşina bir araba savuştu garajına.

Vücudundaki uyuşukluk derin bir infialle ayrıldı üzerinden, gözlerinde kıvılcımlar parladı. Yüzü asık, dumanı başında tüten öfkesiyle fırladı oturduğu sandalyenin üzerinden.

Kararsız bir düşüncenin etkisiyle şaşkın gitgeller yaşadı balkonun kısa mesafeli alanında. Anî bir karar verdi beyni, odasından merdiven boşluğuna çıkıp basamaklardan oldukça dengesiz indi bahçeye.

Faruklar'ın bahçeye geçit veren küçük, şirin kapıyı aralayıp derin soluyuşlarla güçlükle durdu yerinde.

Nihayet, Faruk belirdi karşısında. Dişlerini sıktı, küskünlüğünü belli etmemek için zorladı kendisini, beceremiyordu ne yapsa. Yine de alıngan baktı.

Faruk bir şeyler sezmişti hareketlerinden. Buruk, anlam taşıyan bir tebessümle seyretti Hilâl'i. Dokunsa ağlayacak gibiydi gözlerine bakarken:

– Bir gariplik var sende!..

Yüzünde biraz daha belirginleşen hüznün mimikleri, kirpiklerinin arasından kristal, buğulu bakışlar yansıtıyordu:

– Darıldım sana.

Hayrete düştü Faruk:

– Neden?

– Yük mü oluyoruz artık?

Derin bir nefes aldı:

– Hay Allah!.... Uyuyamadım yine. Gecenin ortasında arabaya atlayıp sahile indim. Boğaz'ın sularını hissedercesine yaklaştım denize ve uyanışını seyrettim suların.

Duygularının ürkek, tedirgin sorusu takıldı dudaklarına:

İçli bir sesin dekorunu hazırlıyordu dudakları:

– Yine Leylâ'mı?

Faruk bu hissiyatın farkındaydı. Ona ısrarla karşılık vermemek için direnirdi hep; yine öyle yaptı. Gamsız bir gönülle cevapladı sorusunu:

– O da var!.... Fakat, beni bu gece oralara sürükleyen sebepler biraz daha farklı. Gecenin sessizliğini insafsızca hiç acımadan yırtan, onu inciten bir ses geldi mi kulaklarına?

– Yo, hayır.

– Bak uyuyorsun. Hayatta tek düşüncen var senin. Eğlenmek, gönlünce yaşamak ve hudutsuz maceraları yaşamak. Oysa ben, oldukça farklıyım çevremdeki insanlardan. Ben de eğleniyorum, maceralardan maceralara koşuyorum, hatta âşığım. Fakat düşünüyorum.

Ayak üstü anlatılacak şeyler değil bunlar. Sen sadece, bir macera vardı bu çıkıştı ve onu kaçırdım diye üzülmektesin. Yemin ederim ki olmadı öyle bir şey.

Güneş gönlümce doğdu bu sabah. O, sadece cılız kıpırdanışların bozmaya çalıştığı düşüncelerim boyut kazandı. En azından temelsiz bile olsalar değişik ufukların kanatlarında gezindi düşüncelerim, anlıyor musun beni?..

Vehimli baktı Faruk'a:

– Neyin var senin?

– Arıyorum.

– Neyi?

– Nerden bileceksin.

– Sinirlerin gergin senin.

– Uykusuzum.

Yumuşadı sinirleri pelteleşti, âdeta görünmeyen bir kuvvet yelpaze tuttu kızaran yanaklarına, serin bir rüzgâr esti çehresinde, ona müşfik bir iklim armağan etti farkında olmadan:

– O adam, yine meçhul adam geçti sokağımızdan. Uykumu bozdu. Sonrası malum.

– Boyacı!.. Hiç unutmam yine uykuya hasret, uykuya ölümüne susadığım bir geceydi. O çıldırtan öfkenin ardından uyumuştum. Rüyama girmişti o meçhul adam.

Sermest bir gönülle uyanıyorum. Penceremden okşayan bir rüzgâr doluyor içeriye ve ben o canlılıkla kollarımı açıp işte aynen şunları söylüyorum:

– Oh be, uykuyu almışım. Yüzünü hiç görmediğim, âşina olmadığım, müsterih, tebessümlü bir adam dikiliyor karşıma ve bana dokunaklı bir sesle, gözlerimin içine baka baka şunları fısıldıyor:

– Uyku seni mi aldı, sen uykuyu mu?..

– Evet, işte aynen bunları söylüyordu. Günlerce etkisi altında kaldım o rüyanın. Rüya ki irademizle görüp yaşamıyoruz onları.

Sen hiç böyle efsane şeyleri düşünür müsün? Hayatımızı kuşatan gizlilikleri, çözemediğimiz sırları, yaşadığımız hayatın anlamını. Dünya sadece doğum yenilemesi ile, ölüm eksiltmesi arasında sürüp giden bir muamma mı sadece?..

Yaşadığımız hayatla ne yapmalıyız? Hiç düşündün mü sen?..

Soluğu daraldı yüzü kırıştı:

– Yo, hayır. Ben inançsızım, ateistim. Yaşarım ve giderim, düşünmem ötesini. Düşündükçe acı var, korku var o sırların arkasında.

İnsanı eskiten, köhneleştiren, sonra toprağın arasına katan acımasız gerçeklerle, kısacık ömrümü hiç etmek istemiyorum anlıyor musun?

– Ama bunlar soğuk şeyler olsalar bile, birer gerçek.

– Bunun için sıkıntılı yaşıyorsun işte. Ne var bunları düşünecek sanki?.. Aşk, sevgi ve macera, unutsana olumsuzlukları.

– İnkâr etmiyorum. Ben sıkıntılı yaşıyorum. Ve yakalayamadığım, sırrını çözemediğim bir boşluğun esiriyim.

Ne yapmalıyım, onu nasıl yakalayıp huzura kavuşmalıyım? İşte hep bu sorular hançerlemekte beynimi.

İnsan tertemiz, lekesiz bir sayfa, dünyaya geldiğinde. Onu yaşadığı hayatla dolduracak. Ama nasıl?.

Bir kimlik bunalımı benimki. Belki, henüz sırrını çözemediğim bir sevgi, aşk. Ama bir gün mutlaka yakalayacağım onu. İşte o zaman o boşluk benim esirim olacak.

– Faruk, çok tuhaf düşünceler bunlar. Zenginsiniz. Paran var, arzularını yaşayacak kadar hür ve yakışıklısın. İstersen, makam sahibi bile olabilirsin.

– Hayır, hayır!.. Bunlar sıkıyor beni.

– Melih Beyin oğlu bu.

– Küçük bey.

Karakolda bile aynı şeyler anlıyor musun?

– Melih Bey'in oğluymuş.

Bir başkasının edindiği kimlikle yaşamak bunaltıyor beni; küçültüyor, basitleştiriyor ve yaşadığım hayatı anlamsız hâle getiriyor.

– Bugün ne kadar yadırgı düşüncelerin. İnsan babasının ismiyle, şöhretiyle iftihar eder.

– Farklı şeyleri konuşuyoruz hâlâ. Elbette insan babasının ismiyle, şöhretiyle iftihar eder. Fakat, isminin başında anılmasından rahatsız olur. Babama hiç öyle demiyorlar. O, kendisi kazanmış kimliğini. Tıpkı, ben de öyle yapmak istiyorum işte.

İsmimle bahsedecekler. Belki, babamı gördükleri zaman, işte Faruk'un babası diyecekler. Hayat bir yarıştır, ben bu yarışta babamı geçmeliyim.

Hayreti, duygularını etkilemişti. Dudak büktü, garip bir eda ile süzdü Faruk'u. Sözü değiştirmek, başka boyutlara taşımak istedi onu:

– O boşluk belki de bir aşktır. Sen de öyle söyledin biraz önce.

Hırçınlaştı:

– Bak, sen de beceriksizliğimi vuruyorsun yüzüme. Tamamlanmamış, yarım kalmış ulaşamadığım bir sevdadan söz ediyorsun işte.

Küskün bir bakış düşürdü yüzüne ve ayaklarının dibine indirdi gözlerini konuşurken:

– Leylâ'dan mı söz ediyorsun?

– Evet, hayatta ulaşamadığım tek arzum o.

Kırgın ve ıstırap doluydu sesi, gözlerine bakamıyordu bunları söylerken:

– Kim bilir arasan, etrafına alıcı bir gözle baksan, belki ondan daha mükemmelleriyle karşılaştığının farkında olurdun.

İnce bir mesaj değildi kulaklarına gelen. Fakat, Faruk anlamamışlığın örtüsünü kaldırmadı üzerinden:

– Güçle, parayla olacak iş değildi ki gönül işi. O yumruk kadar etten ibaret olan kalp, avuçlarının ortasına bırakılmış bir çamur parçasına benzemiyor asla. O yüzden, dilediğin şekli veremiyorsun.

Sıradanlıktan sıkılan bir iç yapım var. dedim ya, yarışta hissediyorum kendimi. Belki bir gün, çırpınışlarım ve arayışım bana zirveyi gösterecek.

Güçlüyüm, örnekler seçiyorum hayattan ve yazıyorum. Belki zirvenin bir yolu satırlarımda. Ölsem bile, mutlaka ardımda bırakabileceğim ismim olmalı.

Sitemli konuştu yine:

– Leylâ için başladığını söylediğin roman, meşhur olman için yeter sanırım!..

– Alınma öyle. Benim aslında daha cazip bir fikrim var.

– Meraklandım.

– İşte bu tam sana göre.

– Çabuk söyle.

– Burnumuzun dibinde bir model var.

– Söyle şunu.

– İlyas Baba.

Sevinir gibi olmuştu. Keyfi kaçtı yeniden. Yüzü ekşidi bakışları azarcıydı:

– Umarım mafyalığa soyunmuyorsundur?

– Öyle değil. Gücümle, yumruğumla isim yapmak. Diskoları, pavyonları karıştırarak. Yan bakanı pişman edip hızlı bir hayat yaşayarak.

Çok basit geldi bu fikir Hilâl'e. Etkilenmeyişine şaşırdı Faruk:

– Eeee, zaten yapıyorsun bunları!..

– Bundan sonra, daha şiddetlisini.

– Sen şimdi git. İyice bir uykunu al. Kalktıktan sonra bir duş ve kahvaltını da yaptıktan sonra konuşalım olmaz mı?

Aptallaştı. Bön baktı suratına. Dudak büktü onu küçüksemek için:

– Bu da normal. Doğrusu senden daha başkası da beklenemezdi hani. İşin gücün karşı fikre, zıt bir görüş belirlemek.

– Bu öyle değil. Sen önce boşluktan kurtulmak için, babanın fabrikasında bir iş. Sonra, kuracağın yuva hakkında geliştir düşüncelerini.

Para derdi, geçim derdi olmayan insanların sıhhati yerinde olduğu hâlde bazı zenginlerin aklını yanında gezdiremediklerini çok duymuştum. Yeni bir hastalık değil seninki.

– Hilâl kızdırıyorsun beni.

– Gemiyi kıyıya çek bir kaç günlüğüne ve dediklerimi düşün.

– Bak, iyi dinle beni. Hayatta en çok kızdığım tipler, senin gibi inancı, ideali olmayan, arayışlardan kaçan, gerçeklerle yüzleşmekten korkan insanlardır. Ben sebebini hâlâ bulamadığım bir boşluk içindeyim.

– İnanmam öyle şeylere ben. Evlen. İşin olsun. Ve çocukların.

Öfkesi beynini zonklatıyordu:

– İnanmazmış. Ya aşka!.. Ona da inanmaz mısın?

– Aşk!..

Durakladı anlamlı baktı gözlerine. Utandı, al al benekler belirdi yanaklarında. Gözlerini kaçırdı ondan ve mırıldandı:

– O insana hakim olamadığı duygulardan ibaret. Duygularsa masum.

Komşu çocuklarıyla bazan karşılıklı derin bakışlar olurdu aralarında. İkisi için de geçerliydi bu. Derin bakan, âdeta hata kabul ettikleri bu davranışın farkına varır, toparlanır, acı acı yutkunurdu.

Hilâl sır küpüydü Faruk'un. Macera arkadaşı, daha önemlisi hadiseleri münakaşa ve münazara arkadaşıydı. Ona çok değer verirdi bu sebeple. Sık sık kendisine sorduğu da olurdu. "Hem Leylâ'yı hem Hilâl'imi seviyorum yoksa?"

Kıskanıyordu onu farkında olmadan, kimse ile bölüşemediğini hissediyordu. Sadece gönül ibresi Leylâ'ya doğru çekiyordu onu. O hâlde Hilâl'den ayrılamayışı?.. Yoksa, onu arayışında, münakaşalarını derinleştiren, sorularla ufkunu açan, el yordamıyla yürüdüğü hayatta, arayışını kolaylaştıran, daha da fenası onu bir kobay olarak mı kullanıyordu?.

Önce ortalığı uçuk renkte alacalıklar kapladı.. Sonra, pas kızılı bir tepsi göklerde sönük, hüzünlü pırıltılarla yansımaya başladı.

Güneş şu an, uzak tepelerin arkasına yorgun bir çekiliş sitiliyle süzülmekteydi. Çok geçmeden görüntünün uzanamadığı mesafelere gömülüp gözlerden silindi. O sivri, uzak tepeler Faruk'un bakışlarından çekip aldı o dehşetli manzarayı.

Balkondan taze bir baharın rayihâlı esintilerini soluyordu. Duygulanmıştı. Az önce vedalaşın güneşin hüznü vardı çehresinde.

Gözlerini batı yakasından alıp Boğazın sularına doğru çekti. Sularla cilveleşen ışıklarda bekledi, sonra kafasını hafif sol kolunun üzerine doğru çevirdi. Bakışlarının döküldüğü noktada dikkatini çeken, başka bir manzara vardı. Bir hayret rüzgârı esti suratında. Havuzun kıyısındaki çardakta bırakmıştı ısrarlı bakışlarını. Yanılmıyordu. Leylâ vardı orada ve dünyaya aldırış etmeyen bir hâli vardı genç kızın. Elindeki kitabın satırları arasında, süratle dolaşan bakışlar hummalı ve yorgun.

Faruk üzerindeki uyuşukluğu giderip oturduğu sandalyesinden kalktı. İradesi gizli bir kuvvetin emrine girmişti sanki. Görünmeyen bir el tutup, onu bahçeye doğru çekti. Kendi bahçelerinden geçip Leylâ'nın oturduğu çardağa doğru yürüyordu.

Farkında değildi belki, ancak bir çift göz, sinir buhranları içinde onu takibi altına almıştı bile. Faruk etrafına bakmadı; duygularının rüzgârına takılmıştı ve gönlündeki hedefe doğru yürüyordu.

Leylâ yaklaşan ayak seslerinden etkilenip okuduğu satırların üzerinden gözlerini çekti.

İsteksiz, buruk bir seyri vardı. Faruk, o hoşnutsuzluğun ip uçlarını veren mimiklerden mesajını almıştı. Çardağın kapı boşluğunda bir hayalet gibi durdu:

– Merhaba.

Genç kızın kitabını dizlerinin üzerinde bekletirken, baygın, küçümseyen, hatta bıkkın bir bakış sitili bekletti, Faruk'un gözlerinde.

– Merhaba!..

Hilâl, balkonlarından manzarayı seyrederken âdeta vücudunu gizlercesine elbisesinin içinde büzüşmüştü. Dudakları seğriyordu, hisleri kabarmış bir deniz kadar tehlikeliydi. Gözlerindeki görüntü buharların artışıyla puslandı.

Faruk, kitabını kapayan kıza mırıldandı:

– Yorgun görünüyorsun? İstersen çıkıp dolaşalım biraz?.

– Biliyorsun ki imtihanlar kapıda.

Muzdarip bir hâli vardı delikanlının. Duygularını açarken zorlanışı kolaylıkla farkediliyordu. Ilık bir sesle mırıldanırken, alnındaki deriden ince ince terler sökülüyordu.

– Aslında bir şeyler söylemek için geldim.

– İyi ya, söyle o hâlde.

Otur bile demiyordu. Kibrin, en bariz bakışlarını yensıtıyordu gözleri.

Faruk aldırış etmedi. Belki de heyecanı bu incelikleri sezebilme yeteneğini almıştı elinden.

– Adını henüz tam koyamadığım bir sıkıntı var içimde. Beni hayattan soğutan her şeyin anlamını değiştiren bir his. Sanki o içimde hükümran olan boşluğu bulup açığa çıkaramazsam, her şeyin sonu.

Belki kimlik bunalımı bu. Belki zor ulaşılacak bir zirve, bir makam. Herkesin elde edemediği bir şöhreti yakalamak duygusu.

Yahut, bunların hiçbirisi değil de, sadece sana sahip olmak, dünyalarımızı birleştirmek.

Yanlış anlama sakın. Ciddi bir teklif bu. Hayat arkadaşı gibi.

Gençlik yıllarımın bunaltan bir sıkıntısı bu içimdeki boşluk. Sadece ve sadece seninle dolacakmış gibi bir his var içimde.

Derin, usançlı bir nefes aldı önce. Olumsuz, mağrur ve azarcı baktı gözlerine.

– Katiyetle olmaz demiyorum. Fakat, ne yazık ki bu günlerde hayatımda aşka yer yok.

Önce mesleğim. Doktor oluyorum yakında. Şimdi beni hiç, ama hiç meşgul etmemelisin.

Israrcı bir edası vardı delikanlının. Duyguları reddedilmeye alışkın değildi.

– Kederli, zor günler yaşıyorum. Anlaşılmaz derecede bir arayışın anaforunda gönlüm. Bitirmek üzere olduğum romanın adını bile "Leylâ" koydum. Şiirlerim hep Leylâ üstüne. Şöhreti bile senin adınla yakalamak isitiyorum. Anla beni, sadece bir olumlu kelime, bir "evet" bekliyorum senden.

İstihzalı bir yüzü vardı seyrederken. Aynı üslûp sesinin tonuna bile yansımıştı:

– Bak Faruk, beni iyi dinle. Mesleğim doktorluk, ancak psikolojiye de çok merakım var. Bence senin anlattığın aşk değil. Karşı taraftan yükselen "hayır" sözcüğüne hiç alışmamışsın. Aslında sırrını çözemedim dediğin, sendeki ejderhâlaşan o meçhul, ulaşamadığın arzuların yeisinden ibaret. Şu an, bana ilan ettiğin aşk değil, kupkuru bir ihtiras.

Hilâl bu muhitin en güzel kızı. Açık bir yüreklilikle söylüyorum bunu. Ve sen, sık sık onunla birlikte çıkmaktasın. Şimdi söyler misin neden bir başkası?

– Şey, o bir arkadaş sadece. Aynı duygular değil beni sana taşıyan.

Düşünceli bekledi Faruk'un gözlerinde:

– Şayet, niyetin ciddi ise, sana bir tavsiyem var. Bir kalpte iki sevgi barınmaz. Hayat arkadaşı seçerken demek istemiştim. İyisimi, şimdi sen git bir müddet daha kendi dünyanı yaşamana bak.

Dedim ya bu günlerde aşka zaman yok.

Faruk sitemle seyretti genç kızı:

– İyi ya, daha sonra gelirim.

Yorgun bir savaşçı gibiydi vedalaşırken:

– İyi çalışmalar.

– Güle güleee.

Hilâl, Faruk'un, Leylâ'nın yanından ayrıldığını görür görmez koştu. İnadına dalgın yürüyordu Faruk. Bahçelerinin ortasında yolunu bekledi. Farkında bile olmamıştı. Kinayi ses çıkartan öfkeli bir öksürük sesiyle irkildi. Durup etrafını aradı. Hilâl, karşısında bekliyordu. Uykudan uyanmış insan gibi toparlandı:

– Ha sen miydin? diye mırıldandı.

Yüzüne anlamlı baktı. Şu anlarda bahçenin kenarlarındaki lambalar akşamın alacalanmış, uçuk renkteki karanlıklarını, güçlükle cilalamaya çalışıyorlardı.

Başını tıpkı solgun yüzlü çiçekler gibi hüzünle eğmişti önüne; gölgesi bile elem doluydu gözleri gibi.

Mustarip çehresinde bekletti ısrarlı bakışlarını. İnadına bedbin, sinirleri gergin, rengi soluktu Hilâl'in.

Sükut, dokundu delikanlıya, düşük bir sesi vardı:

– Ne o, birini mi bekliyorsun?

İçli bir nefes aldı, ağlamamak için sıktı kendisini.

Karşısında durmuş yumruklarını sıkıyor, derin bir sinir bozukluğunun etkisi altında dudaklarını buruşturuyor, aklına konuşabilecek hiçbir şey gelmediği için eziliyordu.

Yine Faruk yetişti imdadına. İçli, buruk, kederli bir sesi vardı onun da:

– Çok üzgün gördüm seni?

Nasıl bir cevap gerekirdi. Aslında hiçbir şey bulamıyordu konuşmak için. Kendisini zorladı. Beyin ip uçları verdi ona mazeret için:

– Şey, gerici bir kız. Anlatırım sana sık sık ya. İşte o.

Hayretle baktı gözlerine. Değişik sohbeti severdi, ayrı bir iklime taşımak istedi düşüncelerini:

– Anlat biraz, açılırsın.

– Abuk subuk sözler etti yine. Başımı örtmemi, kendisi gibi kapanmamı önerdi bana. Elimde olmadan moralim bozulmuş. Aradan saatler geçmesine rağmen, demek dış dünyama bile yansımış ve silinmemiş hâlâ?

– Bak, bir şeyi tenkit ediyorsun, fakat özünü bilmiyorsun.

Kızdı:

– Tıpkı onun gibi konuştun.

– Sen de fikirlerini ona söyle. İşte aydın insan olmak budur bence. İnsanlara hoşgörüyle, sevgiyle yaklaşmak. Kırılmadan ve kırmadan tartışabilmek.

– Bak beni dinlemeden konuşuyorsun.

– İslâm'ı bilmiyorsun ve ona hakaret ediyorsun. Tabii ki sonunda incinecek sözleri de duyacaksın.

– Sen biliyor musun sanki?

– Hayır, ama incelemediğim için, belki ilgi alanıma girmediği için, kimsenin inancına da hakaret etmiyorum. Barış insanın muhatabına saygı duymasıyla ölümsüzleşir.

– Yanlış olan bir şeye de mi saygı duyalım?

– Onun kesin bir yanlış olduğunu bilmiyorsun. Hem yanlışlar şiddetle anlatılmaz. Karşısındakini incitmeden, doğru bildiklerini aktaracaksın. Fikrinin kabulunü anında beklemen de yersiz. Unutma, zaman olgunlaştırır insanı.

Öfkelendi:

Tamam tamam, bugün seninle hiçbir şey konuşulmaz. Çünkü dönüşün yine çok zor oldu.

– Hilâl!..

– Neyse, unutalım ikimiz de. Var mısın diskoteğe? Çılgınlaşmadan atamayız üzüntüleri.

– Bak, işte bu fikrin hiç de fena değil.

GECE

Işıklı bir gece. Gökyüzü duru ve sakin. Gecenin ilerlemiş saatlerinde yıldızlar salkım saçak. Her biri kıristal bir parça gibi yansımakta dünyaya.

Ay gizemli bir masumiyete bürünmesine rağmen tesirli bir göz gibi.

Boğazın kenarında, sahil boyunca yılankavi kıvrılan yol, yükünü iyice azaltmıştı.

Kıyılardaki eğlence yerleri tıklım tıklım. Dışarıya kulakları tırmalayan sözde musiki sesleri yayılmakta.

Şu anda Hilâl'le Faruk, stres atmak için geldikleri diskotekte çılgınlar gibi dans etmekteler.

Günün, gönüllerinde kâbus derecesine varan kırgınlıklarını unutmuşlar, cazın kulakları teslim alan ritmine kaptırmışlardı kendilerini.

Pist nefes kesen bir kalabalıkla kaynaşmaktaydı. Hilâl efsunlu gözlerle bakıyordu Faruk'a. Âdeta, bütün çılgınlıklarıyla ona kendisini hissettirmeye çalışıyordu.

Delikanlı derin bakışların esrarındaki büyüye kaptırmıştı gözlerini. Sanki, genç kızdaki güzelliği yeni yeni keşfedercesine incelemeye koyulmuştu onu.

Leylâ geliyor birden gözlerinin önüne. Kollarının arasındaki sima değişiyor. Sonra, yeniden değiştiriyor modeli, anlamlı bir seyir başlatıyor Hilâl'in üzerinde, az önce yarıda kalan keşfini tamamlamak için çırpınıyor bakışları.

Hoyrat bir elin dürtüsü, insafsızca kopartıyor filmi. Anlam veremediği bir dekor kuruluyor karşısında.

Uzun boylu, sarı saçlarını Amerikan sitilinde kestirmiş, kulaklarında iri halkalardan küpeler, mavi, cam gibi parlayan gözlerinde şehvet arzuları kuduran, sarhoş bir delikanlı bozuyor neşesini.

Dans ediyor bir yandan, sorumsuz hareketlerine yenilerini eklemeye çalışıyor. Hilâl'in sıkı sıkı yapıştığı bileğini bırakmadan, beraberinde dans ettiği kızı habire Faruk'a doğru uzaklaştırmak için uğraşıyordu.

Faruk'un hiddetlenen gözlerine umursamadan bakarken arzularını şımarık bir lisanla mırıldanıyordu:

– Değişelim biraz!..

Hilâl, şaşkın ve tedirgin, rengini uçuk bir zemine çevriyor korku.

Beklenmedikler oluyor pistin ortasında. Şiddetle suratına inen bir kafa, kanayan bir burunla perişan bir manzaraya dönüyor delikanlının suratı.

Hilâl, güçlükle sıyrılmıştı kalabalığın arasından. Çekildiği köşede ürpertili seyretmekteydi savruluşları.

Cazın eşliğinde kavga büyüdü, az sonra bir harabe yerine çevrildi ortalık.

Caz sustu, pist boşaldı. Damarında kan yerine macera dolaşan genç, barut fıçısına kibrit çakmıştı.

Neden sonra çağrılan güvenlik kuvvetleri girdi içeriye. Diskotek sahibi hasarın tazmini için şikayetçiydi. Gençler söz birliği etmişler gibi, suçlu olarak hepsi de Faruk'u gösteriyorlardı.

– Kavgayı bu çıkardı.

– Biz grup olarak gelmiştik.

Komiser, grup olarak ayrılanların sağ kenarında bekleyen gençlere sordu:

– Ya sizler, sizler de grup musunuz?

Komiserin sıra sıra gözlerine baktığı muhataplar, aynı cevabı mırıldanıyorlardı:

– Hayır, biz tanımıyoruz kimseyi.

Sarışın hırçın delikanlı ağzını yaya yaya bağırdı:

– Kavgayı o başlattı!....

Komiser, öfkeli bakışlarla hedefini tehdit eden Faruk'a seslendi:

– Ya sen delikanlı?

Yüksek bir sesle cevapladı:

– Hayır o!..

Biraz sakinleşir gibi oldu, hatasını anlayıp sesinin hiddetini düşürüp susturucu taktı öfkesine:

– Dans ettiğim kıza sarkıntılık etti o it.

Muhatabı hırçınlaştı:

– Ulan. diye nağra attı karakolda. Polis kolundan sıkı sıkı tutup ona bir şeyler anlatmaya çalıştı bakışlarıyla:

– Burası diskotek değil.

Dişlerini sıktı. Yapacak başka şey yoktu. Derin bir nefes alıp, kinini yansıttı hasmına: Komisere çevirdi gözlerini kendisini savundu:

– Sadece, değişelim dedim komiserim!..

Alaylı bir gülümseme belirdi komiserin çehresinde:

– Neyi değişiyordun?

– Kızları!..

– Ya, demek kızları değişiyordunuz. Kızlar da istiyorlar mıydı bari?

Durakladı. Cevap için zorlandı, biraz ve mırıldandı:

– Bilmem.

Suçlular bulundu. Komiser iki çifti bırakıp diğerlerine

– Gidebilirsiniz dedi.

Mehtaplı bir gece vardı dışarıda ve saat tam sıfır biri gösteriyordu. Hilâl paniğe kapılmıştı. Kalp atışları değişti genç kızın, heyecanlanmıştı. Titrek bir sesle mırıldandı komisere:

– Biraz dışarıya çıkmak istiyorum.

İtiraz etmedi komiser:

– Çıkabilirsin. Ancak, ortalardan kaybolmaya kalmak sakın.

– Yo, hayır.

Faruk "Ne oluyor" diye baktı gözlerine. Omuzlarını kaldırarak cevapladı onu. Arkasına bile bakmadan ayrıldı sorgulandıkları odadan.

Dışarıya çıkar çıkmaz derin bir nefes indirdi ciğerlerine. Aceleci seyahatlerle etreftan bir şeyler aradı bakışları. Aradığını bulmuştu anlaşılan. Kıyıdaki telefon kulübesine doğru yürüdü. Dar kot pantolonunun cebinden güçlükle çıkardı kartını. Titrek parmaklarıyla ahizeyi kaldırıp tuşlara bastı.

Hayal Sokağı oldukça sakindi. Kuşlar ortalarda yoktu artık. Kangal köpekleri bahçelerde yorgun turlar atıyor, süs köpekleri evlerdeki muhteşem yataklarında çoktan uykuya dalmışlardı.

Işıklı gecenin sükûtunu yaldızlayan sokak lambaları yıldızlara nispet edercesine hüzünlü, loş aydınlıklar yayıyorlardı etraflarına.

Melih Bey ve Hacer Hanım bülbül sesli telefonun aralıksız çalışıyla uyanmışlardı. Yatağın içerisinde gece lambasının soluk aydınlığı ile ışıtmaya çalıştığı odada heyecan vardı. Yataklarının üzerinde oturmuşlardı. Birbirlerine uykunun mahmurluğu ile baktılar önce. Melih Bey sıçrayıp telefona koştu. Elini kalbinin üzerine bastırmıştı

Hacer Hanım, zor nefes alıp veriyordu.

Heyecanlı sesi titriyordu:

– Aloo!..

Karşıdan gelen sesin aşinasıydı fakat, çıkartamadı birden:

– Melih Amca.

– Efendim.

– Kusura bakma rahatsız ettim sizi. Ben Hilâl.

– Hay Allah. Bir şey mi oldu?

– Korkacak bir şey yok. Ben karakoldan arıyorum şu an.

– Nereden, arıyorsun?

– Sarıyer Karakolu'ndan. Faruk da burada.

– Anlatsana kızım. Niçin götürdüler sizi oraya?

– Diskoda kavga çıktı. Hasar var. Ödemedikçe bırakmayacaklarını söyledi komiser.

– Tamam tamam anlaşıldı. Bekleyin geliyorum.

Hacer Hanım soluk soluğa bekliyordu yanında:

– Ne var, ne olmuş?

Bozuk bir morelle baktı kadının gözlerine:

– Kavga etmiş yine, karakoldaymış.

– Kim?

– Kim olur başka?.

Paniğe kapıldı sendeledi, gözlerinde kareler uçuştu. Heyecan vücudunu örümcek ağı gibi sarmış, sarsmıştı anayı:

– Yaralı mı?

– Ne bıraktın öyle kendini, ilk defa mı duyuyorsun haltını?

Hilâl karakolun önünde turlar atıyordu. Farları parlayan arabaya dikti gözlerini, sevindi. Tanımıştı. Melih Bey'di arabadan inen. Koşarak karşıladı:

– Melih Amca.

İmalı baktı Hilâl'e:

– İçerde mi?

– Evet.

– Yaralama filan?

– Yo, yo!.. yumruk, kafa filan işte.

İkisi birden tırmandı merdivenlere.

Faruk babasını karşısında bulunca şaşırdı. Aralarında esrarlı bakış sağanağı oldu. Gözlerini oğlunun üzerinden çekip kendisini tanıttı komisere:

– Babasıyım.

– Hoş geldiniz. Buyurun oturmaz mıydınız?

Oturdu eli yüzü kan içinde bekleyen yabancı delikanlıya baktı. Sonra, Faruk'u gözden geçirdi. Karşısında oturan adam olmalıydı diskotekçi.

Mesele anlatıldı. Diskotek sahibi şikâyetini yineledi.

– Gençler birbirlerinden şikâyetçi değiller; ancak, hasarım oldukça fazla. Tazmin edilirse şikâyetçi değilim.

Melih Bey buruk bir kabul gösterdi:

– Tamam, öderiz her ne ise.

Farukun itirazı vardı. Beklenmedik anda hırçınlaştı, sesini yükseltti:

– Hayır baba, yapamazsın bunu. Kavgayı o çıkardı, hasarı da onun ödemesi gerekir.

Suçlanan genç daha kimseden ses çıkmadan kararlı bir lisanla sakin konuştu:

– Benim ödeyebilecek kuruşum bile yok.

Melih Bey azarlayan bir eda içinde süzdü delikanlıyı. Disko sahibine baktı arkasından:

– Tamam, hasarın ne ise tespit yaptırıp öderiz.

– Baba!..

Oğlunu azarladı:

– Karışma sen.

Delikanlı zafer kazanmış kumandan gibi sevindi. Faruk'a gıcık veren bir bakış fırlatıp yılıştı. Faruk dudaklarını gevdi sinirinden sonra öfkesini mırıldandı ona:

– Seni mutlaka yakalarım, unutma.

Melih Bey, Hilâl'le Faruk'u arabasına alıp diskonun önüne kadar götürdü. Yine bir sürü nesihat çekti o kısa mesafede. Dürüstlük, fazilet dersi verdi onlara.

Faruk'la Hilâl arabalarını park ettikleri yerde inip el salladılar Melih Bey'e.

İkisinin de morali bozuktu. Arabaları hareket etti ve sükût bozuldu. Hilâl içli bir sesle mırıldandı:

– Dokunmasaydın keşke.

Alışılmamış bir tepki vardı Faruk'un gözlerinde. Sert baktı Hilâl'e:

– Anlamadım?

– Sarhoştu.

– Olmasaydı. Aklını uyuşturan o muzuru içmesiydi madem.

– Sen içmedin mi hiç?

– Evet, ama hiç de iyi bir netice vermemişti. Hafifliği ve rezil olmayı oldum olası sevmem. Onun için de kullanmam o mereti.

– Demek istedim ki, belayı savuşturmak için.

– Yani seni onun kollarının arasına mı verseydim?

– Çok kıskançsın, ne var bunda? Hiç tanımadığın bir kızla dans etmedin mi sen?

Bunaldı zor durumdaydı:

– Bilmiyorum, bana tuhaf geliyor bunlár.

– Sosyetede âdeta bir kural hâlinde yadırgadığın hareketler. Çağdaş insanız şunun şurası birkaç dakikalık zaman.

Öfkesi sınır tanımaz boyuttaydı. Direksiyon arabayı yalpalattı:

– Başlatma çağdaşlığınıza şimdi.

– Tamam tamam, önüne bak. Ben de sevmem bu gibi hareketleri fakat düşünüyorum da bizler de tıpkı kıskandığın o insan gibi birbirimize yabancı değil miyiz?

Yutkundu. Zorlandı:

– Öyle de, şey!....

– Biliyor musun sen bizim Hayal sokağın insanlarından çok farklı, çok kıskançsın.

– İnsan sevdiklerini kıskanır.

Daha dikkatli baktı gözlerine genç kız:

– Anlamadım?

Hisleri galebe çaldı konuşurken:

– Güzel kızsın. Leylâ olmasa.

Hilâl etkilendi, uzun zamandır kulaklarının duymak istediği sözdü ancak, buruk bir itiraftı bu. Hassas bir sesle ulaştı ona:

– Evet, olmasa?

– Neyse başka şeylerden bahsedelim ha?

– Hı hı, başka şeylerden.

Müteessir dudaklardan keder notalı çıkan bir sesti bu.

– Geç oldu.

– Evet, saat gecenin ikisi. Sahi uyuyabilir misin varınca?

– Bilmem denerim önce. Uyuyamazsam, ya okur ya da yazmaya çalışırım.

– Master mı?

– O da var. Bıktıkça, roman ya da şiir.

– Cidden yazıyor musun?

– Evet.

– Adı ne romanının?

Zorlandı konuşmak istemedi başka:

– Şeeey!....

Genç kız alında ve anladı:

– Affedersin, özel hayatını irdelemeye başladım galiba.

Saat sıfır üçü gösteriyordu. Baba bir sürü nasihat daha çektikten sonra yattı.

Faruk da odasına çekilmişti. Sinirleri oldukça gergindi. Uykusu da yoktu. Masasının başına geçip, efkârlı efkârlı sigara yaktı.

Yatak odasıyla çalışma odası değişik değildi. Pijemalarını giyinmişti ve efkâr efkâr dumanlar çıkıyordu burnunun deliklerinden.

Dirseklerini masaya dayadı kafasını avuçlarının içine aldı. Uzak ufukların perdelerini araladı düşüncesi.

Değişik insan modelleri düşüyordu gözlerinin önüne. Diskolar, pavyonlar, meyhaneler ve daha nice uygunsuz haneler.

Sosyete partileri evlerde düzenlenen poker partileri. Masa altı ayak oyunları, gözlerden yansıyan şehvet kıvılcımları ve ihtirasa, kibre, öfkeye kapılarını açık tutan insan tiplemeleri.

– Sahi bu muydu yaşamak? Daha başka zevk alacak, insana haz verecek yanları da yok muydu hayatın?..

Sıkıntısı arttı birden, boncuk boncuk terler tepeleşti alnındaki derinin üzerinde.

Bıkkınlık vardı üzerinde, esrarını açığa vuran bir usanç. Parmaklarının arasında örgü örgü dumanlarla yanan sigarası, artık küçülmüştü. Parmağına acı vermeye başladığını hissedince toparlandı ve masanın üzerinde duran kül tablasına bastırdı.

Yazma iştahı yoktu. Okusa da, anlayamazdı. Uykuyu denemekten başka bir seçeneği yoktu. Kalkıp biraz ileride açık duran karyolasına geçti ve uzandı.

Kafasındaki düşüncelerden uzaklaşmak için çırpındı sonunda başardı da. Tam dalmak üzereydi. Rehaveti artıran bir nefes indirdi ciğerlerine esnedi. Gözlerini kapadı dalacaktı. Yine dışarıdan gelen o esrarlı sesle sıçradı:

– Boyacı!.... Boyacı!.... Boyacı!....

Öfkesini hafifletebilmek için dişlerini sıktı. Yastığı kulaklarına bastırdı elleriyle. Kesik kesik kulaklarına kadar gelen ses hançerledi beynini.

– Boyacı!.... Boyacı!.... Boyacı!....

– Allah kahretsin, diye homurdandı.

Sıkıntı terleri istilâ etti vücudunu. Derin derin soludu. Çok geçmeden ses, daha uzaklardan bir ninni gibi ulaştı kulaklarına. Sonra cılızlaştı, duyulmaz oldu ve silinip gitti.

Rahatladı, gevşedi yeniden uykunun beynini teslim alması için çırpındı.

Bir bomba gibi beynim, bölüşün düşüncemi.
Gün yüzüne hasretim, aydınlatın gecemi.
Hayat bulmacasında boş kaldı hep kareler,
Okuyun hece hece, çözün şu bilmecemi.

Günler, yoğun tahliller yaparak geçiyordu. Neleri sorgulamadı ki. Kapandığı odanın sigara dumanlarıyla bulutlanmış, o ağır havasını teneffüs ederek eriyordu geceler.

Etrafını kuşatan hayat biçimleri, silik, sevimsiz ve yapmacık geliyordu ona. O yalancı şafakların arasından bahtına gülümseyecek gerçek aydınlıkları seçemediği için muzdaripti.

Sun-i, yapmacık ve kuralsız disiplinsiz yaşantıların arasından, ciddi bir örnek bulup seçemiyordu kendisine.

Oysa herkes, Faruk gibi değildi. Gamsız arzuların hudut tanımayan mesafelerine doğru akan, yatağına sığmayan, şuursuz bir seli andırıyordu onun gözünde insanlar. Hiç derinliği olmayan, sofra tuvalet ve yatak odası arasında düşünenler.

Hele, Cuma akşamları her hafta başka bir evde düzenlenen poker partileri. Neyi sığdırmıyorlardı ki o gecenin içine.

Önce piyano eşliğinde davetliler, çocukları arasında çılgın danslar, şarkılar, içki ziyafeti ve gecenin ilerlemiş saatlerinde başlayan kumar.

Babasının "Gamsız Dul" adını taktıkları Nalan Hanım'la masa altı hareketleri ve fırsat buldukça birbirlerine duygusal bakışlarla kur yapışları, daha akla gelmeyen kepazelikler, göze çarpardı bu malum gecelerde.

Düşüncelerine yadırgı, ölçülerine sığmayan bu davranışlar kahrederdi onu. Fazla dayanamazdı, sıkılır anlamsız bulurdu ruhunu okşamayan bu kalabalıkların arasında kendisini ve fırsatını bulur bulmaz soluğu bahçede alırdı, ya da Hilal belirirdi yanında, kurtuluşu solurdu bakışları.. Gizlice aralarından ayrılıp onunla başka iklimlerde dolaşırlardı birlikte. İşte sırf bu yüzden basit ve silik bulurdu etrafını. Kim bilir, belki de etrafında yaşayan olumsuzlukların dürtüsüydü arayışı.

Leylâ birkaç günden beri ortalarda yoktu. Hatta bahçeye, o çok sevdiği çardağa bile çıkmıyordu.

Faruk "İmtihanlara" bağlıyordı onun dışarıya çıkmayışını.. Reddedilmek. O hazmedilmez bir hadiseydi Faruk için.

Hilâl'le kızkardeşi Marmara Üniversitesinde ayrı bölümlerde okuyorlardı. Genelde birlikte gelir giderlerdi fakülteye. Sırma cümle kapısından içeriye savuşurken, Hilâl, uzatmalı seyretti bitişikteki bahçeyi. Koltuğunun altına dosyasını sıkıştırmış, dalgın ısrarlı bakışlarla aynı noktada bekletiyordu gözlerini.

Şaşırmıştı, hiç sevmediği kadın Faruk'la bir şeyler konuşuyordu. Efruz da vardı yanlarında.

Onları duymuyordu, fakat merakı aşılmaz bir moktadaydı şu

an. Yanlarında olmak, onları duymak istedi. Oraya kadar gitse?..

"Ayıp olur" diye düşündü önce, sonra merakına yenik düşüp âdeta irade dışı adımlarla sokuldu yanlarına. Sessiz, derin bir seyirle bekledi Faruk'un arkasında. Artık konuşulanları duyuyordu.

Nalan Hanım ricacı bir üslûpla hâl hatır sormuştu önce. Şimdi Faruk'u övüyordu yüzüne karşı. Onun hiç sevmediği bir davranıştı bu. Biraz daha yana kayıp kenardan yüz hatlarını seyretti, gözlerini gördü en azından. Suratı hoşnutsuz çizgilerle doluydu ve onları görüyordu Hilâl. Nalan Hanım'ı dinledi.

Garibine gitti duydukları:

– Seni hep takdir etmişimdir. Yiğit, mert, etrafına korku ve güven salan bir delikanlısın. Adın yöremizde sık sık söylenmekte kendi kulaklarımla duydum bunu.

Faruk inanılmaz bir hayretle baktı Nalan Hanım'ın gözlerine. Bu kadar övgünün altında yatan şey ne olabilirdi ki? Düşünceleri allak bullak oldu. Sabırsızlıkla bekledi sonucu:

– Efruz'la çok iyi arkadaşlığınız var. Buraya kadarı çok iyi ancak, sıkıntılarını hiç sormuyorsun ondan.

Garip duygularla inceledi Efruz'u ve aptalsı bir çehreyle mırıldandı:

– Konuştuklarınızdan hiçbir şey anlamadım doğrusu.

– Bir haftadır evde hapis. Az önce dışarıya çıkmayı denedi, koşarak eve döndü.

– Neden?

Bunu sorarken cevabını almak için Efruz'un gözlerindeydi Faruk:

Efruz ezildi zorlandı. Soluğu sıklaştı kalbinin atışları değişti. Hilâl'e baktı kaçamak, sonra kafasını önüne eğip mırıldandı:

– İki kişiler.

– Kimden bahsediyorsun?

– Sarıyerli Levent ve Serkan.

– Ne alıp veremediğiniz var?..

– Kız meselesi.

Olumsuzluk ifadesi olarak dudak büktü:

– O nişanlı. Başka bir kızla ilgisi olsun hiç sanmam. Her neyse. Şimdi bizim sokaktalar mı yani?

– Evet, duvarların arkasında.

– Gel benimle. Öğreniriz şimdi.

Çekimser kaldı kıpırdamadı yerinden. Sadece heyecanı arttı anlamsız, baktı arkadaşına:

– Ben gelmesem?

Anlam veremedi davranışlarına:

– Neden?

– Daha görür görmez saldırıyorlar.

Günlerdir buralardalarsa ve de, ısrarla seni bekliyorlarsa, basit bir şey olmamalı yaptığın.

– Dedim ya kız meselesi. Abartıyor işte.

– Tamam, benimle gel.

Nalan Hanım yürüdü onlarla birlikte ve Hilâl. Faruk, Hilâl'i daha yeni farketmişti. Hemen itiraz etti:

– Yo yo, siz durun.

Hayal sokağın çıkış kapılarının açıldığı parke taşlı yol sessizdi. Efruz, Faruk'un birkaç adım arkasından, isteksiz adımlarla yürümeye çalışıyordu. Korkulu, tedirgin ve ürpertiliydi. Soluğu, göğüs kafesini zorlarken, ağır bir kabusun bulutları çökmüştü gözlerine.

Daha bir kaç dakika öncesi onları görüp âdeta evlerine geri dönerken fırtınalaşmıştı yolların üzerinde.

Sokağa açılan ihtişamlı kapı aralanır aralanmız gözgöze geldiler. Levent ve Serdar vardı hemen karşılarında.

Faruk'u görünce bekleyenlerin neşesi kaçtı. Aralarında hayli mesafe bulunmasına rağmen, keskin bir itiraz sesi geldi kulaklarına:

– Faruk!.. sakın sen karışma bu işe.

Aldırış etmeden yanlarına doğru yürüdü. Efruz, aynı yürekliliği bulamamıştı kendisinde. Yolun öbür ucunda bastığı yere çivilenmiş gibi kaldı. Kalbi duracakmış gibi atıyordu. Geriye dönüp bahçe duvarının arkasına atmayı düşündü kendisini, yapamadı. Anlaşılan daha erkendi kaçmak için.

Sinsi bakışlarla kaçamak seyrediyor yolun ötelerinde bekleyen gençleri, suçluluğunu ön plana çıkartan yansımaları andırıyor davranışları.

Kafasını, içinde kabaran nihayetsiz bir ürpertinin vehmiyle eğiyor önüne, kirpiklerini kaldırarak gözetliyor öteleri.

Faruk delikanlıları tanıyordu. Levent aralarındaki mesafeyi kapamak için yürüdü; Faruk'a, Alevli gözlerle baktı karşısında durup:

– Lütfen Faruk, sen sakın karışma bu işe.

Israrlıydı. Önünde gerilip yay gibi durdu:

– Önce söyler misin bana, mesele nedir?

Serdar umursamaz bir bekleyiş içindeydi. Titrek öfkeli bir sesi vardı Levent'in:

– Sen karışma bu işe dedim, severim seni.

– Bak Levent, annesi geldi az önce, rica etti benden. Hadiseyi bilmiyorum ama, ceza olarak sanırım korktuğu ona yeter de artar bile.

– Hayır Faruk, vücudunda birkaç delik açmadan, peşini bırakmam onun.

Kızdı, onun da davranışları değişti birden. Kolundan sıkı sıkı tuttu, gözlerine hiddetle baktı:

– Vazgeç dedim sana. Hadiseyi bilmiyorum, annesi yalvararak, beni koydu araya.

Hırçınlaştı, sinirleri daha da gerginleşti:

– Olmaz. Biz dostuz seninle, zedelemeyelim istiyorum anlıyor musun beni?.

Sakin, kararlı ve oldukça keskin baktı gözlerine:

– Hadise o kadar korkunç mu sence?

– Evet.

– Sakıncası yoksa anlatır mısın biraz?

– Faruk, sen mert bir delikanlısın. İşte bundan dolayı severim seni. Aynı hareket sana karşı yapılsa, inan daha başka türlü davranamazdın.

– Bir kız meselesi dedi sadece.

Bir haykırışı andırıyordu cevabı:

– Bahsettiği kız benim sözlüm, anlıyor musun, sözlüm. Onu bir köşeye çekip neler söylemiş anlattı mı bari?

– Hayır.

– Levent korkağın, ödleğin biri, benim kanatlarımın altına sığınmış olarak yaşayan, bir çömez demiş, anladın mı şimdi?

Faruk sabredemeyip güldü. Alay vardı edasında. Dönüp gerilere aynı tavırlarla baktı. Kafası önünde, bakışlarını üzerlerinde tutmaktan bile korkan bir genç, neler yapmıştı öyle. Eliyle gerilerde duran Efruz'u işaret edip:

– Bu mu? diye mırıldandı.

– O ya. Dahası var. Sen ona değil, benim gibi cesur, sözünün eri bir gence yakışırsın. Bırak onu da, bana gel, demiş.

Gülücükleri çoğaldı, zor tuttu kendisini:

– Neyse manzara ortada işte. Sen de kimleri seçiyorsun kavga için.

– Ya delikanlılık gururum? Sen daha birkaç gün öncesi diskoyu aynı anlamda bir hadise için birbirine katmadın mı?

– O ayrı. Dişe diş dövüştük onunla kaçmadı. Bak bu defa affet onu. Gerçek şu ki, bir daha semtinizden bile geçemez.

Gözleri döndü, öfkesinden yumruklarını sıktı elinde olmadan:

– Pekala Faruk, yalnız, ikincisinde asla çıkma, olmaz mı? Çünkü dinlemem o vakit, basit bir insan yüzünden dostluklarımız bozulsun istemem.

– Tamam, söz. Karşına çıkarım, fakat seninle birlikte olmak için.

Gülümsedi, burukluk vardı hâlâ edalarında. Nefretle baktı Efruz'a sonra gözlerini Faruk'a çevirip tokalaştı, öpüştüler birer birer ve yolun kıyısına park ettiği arabasına binip uzaklaştı iki arkadaş.

Faruk, usançlı bir yüzle yaklaştı duvarın kıyısında bekleyen Efruz'a. Sert, azarcı bir tembihi vardı ona:

– Bir daha kesinlikle beni alet etmemelisin, böyle iğrenç emellerine.

– Etmem, diye mırıldandı. Kızmadın ya bana?

– Kızdım!.. Delikanlılığa hiç, ama hiç yakışmayan bir davranış senin yaptığın.

– Tamam, yapmam başka.

Faruk, günlerdir uykusuz tükettiği gecelerin ürününü aldı. Leylâ için yazmakta olduğu romanı noktalamıştı. Okunaklı bir yazı karakterinin oluşturduğu dizelerle, his ve duygu çiçeklerinden oluşmuştu sayfalar.

Bilâl'i bahçede görür görmez aklına bir esinti düştü. Uzun zamandır kendisini meşgul eden ajandayı masanın üzerinden kaptığı gibi Bilâl'e koştu.

– Merhaba!..

Anlamlı baktı sesin sahibine:

– O, Faruk merhaba. Bu ne telaş?

– Seni bahçede gördüm de.

– Sen hep Hilâli ararsın da.

– Sana geldim.

– Hayırdır. Çoktan beri gazeteye de uğramadın?

– Meşguldüm. Master ve o sana bahsettiğim roman üzerinde yoğunlaştırmıştım zamanımı.

– Hallettin mi bari?

– Roman tamam. Şayet, boş yere bir meşguliyet saymazsanız, okumanızı istiyorum.

– İşte buna sevindim. Ver bakayım.

– Eleştirmeni istiyorum.

– Bir okuyalım hele.

– Tamam.

Aradan günler geçti. Birkaç defa sormak için sabırsızlandıysada erteledi.

Bugün aldığı telefon, Faruk'u telaşelendirdi. Hiç beklemediği şeyler olmuştu. Bilâl, özgeçmişini istiyordu ondan. Telefonda konuşurken şaşırdı. Sesini yükseltti farkında olmadan:

– Bilal ağabeey!..

– Hiçbir şey sorma şimdi. Özgeçmişin ve neden roman. Bunun üzerinde düşünceni yoğunlaştır ve resim çekecekler, hem de röportaj yapacağız birlikte. İşte yazarlığa ilk adamını atıyorsun demektir. Şimdilik kimseye bahsetmemelisin bundan. Tefrika, başlayınca sürpriz yaparsın.

Havalarda uçuşan bir gönlü vardı. Coştu ayağa fırlayıp deli bir kasırga gibi döndü evin ortasında.

– Heeeeey!....

Geceyi sabırsız bir gönülle sabaha bağlamıştı. Bugün, en çok satan gazetelerden birinde röportajı yayımlanacak ve fotografi çıkacaktı. Hayatta hiç bu kadar heyecanlanmamıştı. Erkenden kalkıp gelen gazeteleri karıştırdı. Konuşma yaptığı gazetenin sayfalarını sabırsız bir gönülle taradı. Resmini görür görmez gözleri parladı. Alt yazıları okumaya çalışırken kalbi çırpınarak atıyordu.

Genç Romancıyla Sohbet. Yakında tefrikaları başlayacak. Ne kadar mükemmel ve anlamlı gelmişti ona. Gazeteyi kapıp Leylâya koşmak geldi içinden. Fakat görünmeyen bir el, kıskıvrak yakalayıp bırakmadı onu. Tefrikanın çıkışını beklemeliydi.

Tam bu sırada, ayak sesleri geldi kulaklarına. Tıpkı bir hayalet gibi, fakat soluk soluğa durdu kapının boşluğunda. Elindeki gazeteyi gösteriyordu. Neşesi söndü birden. Faruk'un elindeki gazetenin aynısıydı. Hilâl garip bir heykel pozuyla bekledi. Sükût bozulmadı bir müddet!.... Haber, muştusunu yitirdi. Anlamı kalmamıştı artık. Karşılıklı bakışlar yorumladı her şeyi.

Bu gün Faruk'un beklediği gündü. Gazetedeki tefrika başladı. Gazete eline geçer geçmez bir solukta içti satırları. Sonunda, gazeteyi aldığı gibi dışarıya fırladı. Havuzun kenarındaki çardaktaydı yine.

Sonbahara rağmen itina ile bakılan bahçenin çiçekleri hayat soluyordu hâlâ. Bugün, renkler biraz daha canlı, daha bir değişik ahenkle tutuşmuştu.

Genç kız, kitap okuyordu. Kendisini öylesine kaptırmıştı ki, bir kelebeğin sayfanın üzerinden, teğet geçtiğini hissetti önce ve onun peşine takıldı gözleri. Kanatlarında renklerin cümbüşü vardı.

Mor, eflatun, sarı ve turuncu. Ahenkle çırpınan kanatlarda bütün renkler, desen desen, en içli nakışlarını dökmüştü.

O, en üstün sanatkârın hünerlerini taşıyordu kanatlarında. Kelebek uçtu, uzaklara, biraz daha uzaklara. Onun gözlerden silinmek üzere olduğu istikamete bakıyordu hâlâ. Faruk, tıpkı o, gözlerden silinen kelebeğin çırpınışlarını taşıyordu üzerinde; kendisine doğru geliyordu koşarak.

Sükûtla takip etti onu. Nefes nefeseydi karşısında durduğunda:

– Merhaba!..

– Merhaba!..

– Rahatsız etmiyorum ya.

– Yo hayır. Okulu bitirdim ve doktorum artık.

– Tebrik ederim.

– Teşekkürler.

– Bitiriş müjdeni aldım. Bir haber de benden.

– Hayırdır!..

Tefrika edilen sayfa açıktı uzatırken.

– İşte sana armağan etmek için yazdığım roman.

Şaşırdı. Beklemiyordu böyle bir şey. Dudak büktü. Gazeteyi alıp açık duran sayfayı sözdü. İri puntolarla yazılmıştı romanın adı. "LEYLÂ"

Daha tefrika bölümüne geçmeden yazarın adı olan mevkiye ilişti bakışları. "Faruk Kılıç"

Kafasını hafifçe kaldırıp anlamlı ve derin baktı gözlerine. Faruk Leylâ'nın konuşmasına firsat vermeden hicaplı bir ses tonuyla konuştu:

– İnan seviyorum seni. Bu bir ihtiras değil. Paslardan, kirlerden arınmış, duru, lekesiz, berrak bir sevgi yumağıyla geldim sana.

Duyguları okyanuslar kadar kabarmıştı. Nihayetsiz ve sınırsızdı şu an. O derin, anlamlı bakışlarını titrek parmaklarının tutmaya çalıştığı gazetenin üzerine doğru çekti. Baştaki dörtlüğü okudu önce:

Gönül dağlarında buzlar çözüldü.
Seller yatağını dağıtmadan gel.
Gonca gonca çicek açtı bahçeler.
Güz olup güllerin soldurmadan gel.

Satırları takip ederken ruhunda ılık bir iklimin heyecanı hakimdi.

Arzularımın, hislerimin ve bütün temayüllerimin çığlıklaştığı deniz buharlaştı. Bulutlu göklerin, uçuk renkteki yıldızları toplayıp kaybetti onları.

Leylâ'nın gözleri, evet o yıldızlar Leylânın gözlerinden başkası olamazdı. Ruhumdaki sıkıntıları etkili bir mıknatıs gibi toplayıp alan, sonra yok eden gözlerin ta kendileriydi onlar.

Hangi düşünce gönül girdaplarının derinliklerine kadar iner ve onu bütünü ile kucaklayabilir?.. O gözler, beni kucakladı ve teslim aldı.

Onun da hisleri bana karşı olumsuz olamazdı. Gözlerinden ve yüz hatlarından aldığım ip uçları, bu müjdeleri veriyordu karşılaştıkça.

Duygular, yazının icadından sonra ölümsüzleşti. Harfler olmasa şiirin, romanın, hikayelerin ve hatta masalların ne önemi kalırdı?..

Hisler, duygular ve sevdalar, mısraların ve satırların dizelerinde, ölümsüzleşti ve gönüllerin hafizası oldu. İşte bunları bildiğim için ölümsüzleştirmek istediğim duygularımı satırlaştırarak sesleniyorum. Kitap, ebediyete yazılan bir mektup ve seninle dolu satırlarım.

Heyecandan daha fazla takip edemiyordu satırları. Ve fisunkâr dost bir ses, en cazip musikisini fısıldıyordu kulaklarına. Munis bir yüzü vardı Faruk'u seyrederken. Hassas, içli bir sesle mırıldandı ona:

– Bestesini yeni duyduğum, ama hâlâ ayrıntılarıyla yorumlayamadığım bir güftesin gönül tellerimde. Ruh iklimimdeki mevsimleri değiştirdin bir anda. Amerika'ya gitmekten vazgeçtim. Fakat macerayı da hiç sevmem. Ciddi bir niyete açılan bir gönül kapım vardı ve onu sen açmayı başardın.

Manzara, Efruz'un gözlerinin hapsindeydi. Faruk, Leylâ'dan ayrılırken bulutların üzerindeydi ayakları. Gazeteyi Çardakta bırakmıştı. Her şey, ama her şey tamamdı artık. Ruhunu çarkları arasında sıkıştıran o görünmez işkence, bedenini terk etmişti. Evet, yanılmıyordu o boşluk dolmuştu. Makamda, şöhrette, parada, eğlencede bulamadğı yitik beklenmedik bir anda açığa vurmuştu kendisini.

Bu aşktı ve koşarken her şeyin üzerindeki duygularıyla sarmaş dolaş ve sermest olmuştu.

Evlerine doğru uçar gibi koştu. Yüzünde hayatının en muhteşem saadet rürgarları esiyordu. Evlerinde sadece annesi vardı. İçeriye, ortalığı toz dumana veren bir velveleyle girdi:

– Anne anneeee!..

Hacer Hanım birinci katın merdiven başına kadar ürpertili duygular içinde koşup geldi. Titreyen eliyle trabzanlardan tutunup alevli pırıltılarla baktı salona. Faruk vardı orada ve duvarlara şamar şamar inen bir sesle haykırıyor ve salonun ortasında tıpkı bir Mevlevi dervişi gibi, huşu içinde dönüyor, dönüyordu.

– Anneeee!.. Buldum, buldum, bulduuuum!..

Bir basamak inip trabzanlara sırtını yasladı ve irileşen göz bebekleri yuvalarına sığmayacak biçimde büyüdü.

Korkmuştu, nefesi titredi, yüzünü dehşetli bir keder örtüsü kuşattı. Faruk her şeyden haberiz kollarını kartal kanadı gibi açmış bir balerin ustalığında hâlâ dönüyordu:

– Buldum, buldum, bulduum!..

Daha fazla dayanamadı Hacer Hanım. Kararsız bir çığlık attı merdivenlerin başından:

– Faruuuuk!..

Ağlamaklı bir sesti bu. Yanlarına açtığı kollarının feri kesildi, hareketleri bir anlamsızlık kazandı bu sesle beraber. Durup sesin geldiği noktaya bön, keyifsiz bir bakış bıraktı. Neşesi sönmüştü. Sesin devamı geldi kulaklarına:

– Faruk, ne oldu sana böyle?

Aklı başına geldi yeniden:

– Ha, bana mı?

– Sana?

Trabzanlardan tutuna tutuna, fersiz adımlarla inmeye başladı merdivenleri. Yüzünde anlamsız bir rüzgâr esti delikanlının.

Hacer Hanım üzgün adımlarla yaklaşıyordu:

– Anne buldum diyorum sevinmen gerekirken neden üzülüyorsun söylesene?

– Neyi buldun?

Koşup kollarını açtı, annesini kucaklamak için sıkı sıkı doladı kollarını ve usta bir tango ritmiyle dans etti onunla.

Anne hâlâ toparlayamamıştı kendisini:

– Hay Allah. Şaşırtıyorsun beni, dur biraz. Söylesene bana neyin var senin?

Baş döndürücü bir şekilde savurdu kadını:

– Anne buldum buldum bulduuum!..

– Neyi buldun?

– İçimdeki boşluğun sahibini. Beni sıkıntıya sokan yitiği buldum anne, buldum onu. O bir aşkmış meğer, aşk. Evleniyorum.

Kıpırdamadı, ayaklarını diredi zemine. Şefkatle öfke karıştı gözlerine bakarken:

– Deli çocuk söylesene bana neyin var?

Nefes nefese kalmıştı dönmekten. Durdu, elini alnına bastırıp terlerini sildi. Sakinlemeye çalıştı soluklanıp. Kolunu annesinin omuzunda bıraktı:

– Neden korktun?

– Şaşırtıyorsun beni.

– Evleniyorum.

– Kim o talihsiz kız?

– Leylâ.

– Nihayet oldu demek?

– Elimden hiçbir şey kurtuldu mu şimdiye kadar?

– Cidden seviyor musun onu?

– Söyledim ya anne, içimdeki boşluk doldu onunla. Sıkıntılarım beni terkedip gitti. Artık bunalımlı değilim, duydun mu beni?

Efruz uzaktan çardağı gözetlerken elem dolu bir nefes çekmişti ciğerlerine.

Balkonlarından, Leylâ'nın oturduğu çardağı seyrediyordu hâlâ.

Düşündü, ihtiraslı bir ısrarla görüntüde tuttu çardağı.

Havadise en çok Hilâl üzülmüştü. Haberi ilk defa Efruz'dan aldı. İnanmamış gibi davrandı önce, buna rağmen acı acı yutkundu. Gözlerinde akmasına mani olamadığı yaşlar vardı. Onları Efruz'a göstermemek için yüzünü hışımla aksi istikamete çevirip evlerine doğru koştu.

İnanılmaz bir yas vardı çehresinde. Odasına çekilip kapısını kapadı.

Bu akşam Leylâlar'ın evde de çözülmesi güç bir sendrom yaşanıyordu.

Genç kızın gönlüne cemre düşmüştü bugün. Adına roman yazılmıştı. Anlamlı şiirler yazılmıştı, taze bir aşk için. İşte böylesi bir gerekçe, ısrarla sürdürmeyi başardığı direnişi kırmıştı.

Bu akşam, çok değişik bir Leylâ vardı evlerinde. Vizesi alınmış, Amerika'da kalacağı ev bile tutulmuştu. Üç gün içinde uçmaya hazırlanan genç kızın gönül iklimlerindeki beklenmedik değişiklik, her şeyi allak bullak etmişti.

Balkonlarında nargilesini keyifle höpürdeten babasına yaklaştı. Ona açılmak istiyordu. Lambanın ışıklarının müsade ettiği ölçüde, yüzünün en ince detaylarına kadar inceledi onu. İnanılmaz bir burukluk vardı gözlerinde.

Baba kızındaki durgunluğu hissedip nargileyi çekti dudaklarının arasından.

– Ne o, üzülüyor musun yoksa gidiyorum diye?

– Yo, öylesi değil.

– Başka bir meselen mi var?

– Evet.

– Anlat o hâlde.

Tedirginlik vardı hareketlerinde. Durakladı Leylâ. Baba, sabırsızlandı:

– Anlatsana kızım.

– Vazgeçtim gitmekten.

Babanın keyfi kaçtı. Nargileyi bıraktı elinden:

– Anlamadım!..

– Düşündüm, taşındım, ihtisası burada yapmaya karar verdim.

Baba kelimenin tam anlamıyla şaşırmıştı:

– İyi ama, biletin alındı. Orada kalacağın ev bile kiralandı. Çok önemli bir sebep olmalı?

– Evet.

– Anlat o hâlde.

– Bir gönül işi baba. Evleniyorum.

– Leylâ şaşırtıyorsun beni.

– Babacığım kızma ne olur. Bir anda herşeyin şekli değişti. Hislerim, kabullerim hatta idealim.

– Kim bu delikanlı?

– Faruk!..

Derin düşündü baba:

– Çok acele verilmiş bir karar bu. Henüz üç günün var daha istersen, yeniden gözden geçir düşüncelerini.

– Şimdilerin kararı değil bu baba, inan enine boyuna düşündüm.

Yorgun bir el, tekrar dudaklarına taşıdı yanına bıraktığı nargileyi. Efkârlı bir ritim tutturdu suyun fokurdayışına dudakları.

Faruk uyumaya çalıştı. Ama nafile, sevinç, uykusunu çalmıştı. Gözlerinde buram buram sevda tüten delikanlı gönlünün rüzgârına takılmıştı. Ya, bütün bu güzelliklerin zıddı olsa, Leylâ, habersizce çıkıp gitseydi Amerika'ya?.. Efkârlandı ürpertilerle doldu içi.

Yatağından kalkıp masanın başına geçti. Gece lambasının turuncu renkteki, zayıf ışıklarıyla aydınlatmaya çalıştığı odasında, derin düşüncelere daldı birden. Kalemine sarıldı, boş kâğıt çekti önüne. Gitmeye yelteniş bile zor gelmişti ona. Sitem doluydu duyguları. Terk edilişin acılarını duydu sevdalı yürek. Keder dolu mısralar vardı şimdi kalemin ucunda:

HAZAN

Bulutlar kuşattı yine gökleri,
Çileye arzunun manası başka.
Neden bilmem efkâr basıt her yeri?
Diyorum, yeniden başlasam aşka.

Rayihası hayat iksiri olan,
Nerde kaldı arzularım, umudum?
El değmedik bahçelerimde hazan,
Uğrunda çılgın hayeller kurduğum.

Bir yıkılış şaikası beynim de,
Köhnemiş bir kal'a gibi sarıldım.
Ah, neden vakitsiz bozuldu bağlar?
Gönülden, ta, gönülden bel bağladığım.

İlk gördüğünde Leylâya verecekti. Kalemi elinden şiiri yazdığı kâğıdın üzerine koyup yatağına geçti. Rahatlamıştı az da olsa. Gözlerini kapayıp uyumaya çalıştı. Ve yine uyku onu teslim almak üzeriydi ki yine o malum ses katletti uykuyu:

– Boyacı!..

Kızdı kulaklarını tıkadı. Sağa sola döndü. Bu defa buruk bir tebessüm gelişti dudaklarında:

– Hay Allah diye mırıldandı.

Faruk bugün oldukça geç uyanmıştı.. Efruz, sabahın erken saatlerinden beri bahçelerinde oturup etrafı gözetledi. Kimseler yoktu ortalarda. Leylâ da.

Daha fazla sabredememişti. Annesine sordu:

– Hacer teyze.

Balkondaydı. Aşağıya bakıp seslendi:

– Efendim.

– Faruk'u soracaktım da.

– Odasında, kalkmadı hâlâ.

– Ben kaldırsam, müsade eder miydiniz?

– Aman evladım, sen bilirsin.

Efruz, açık kapıdan içeriye süzülüp merdivenleri keyifle çıktı. Yatak odasının önünde soluklanıp kapısını çaldı.

Yeni kalkmıştı ve hâlâ pijamalarıyla oturuyordu:

– Geel.

Efruz kapıyı usulca araladı. Onu masasının başında görünce şaşırdı:

– Annen yatıyor demişti.

– Yeni kalktım.

– Yazıyorsun.

– Hı hı. Aklıma geldikçe bir şeyler karalıyorum işte.

İyice yaklaştı. Masanın üzerindeki yazı ilişti gözlerine.

– Okuyabilir miyim?

– Neden olmasın.

Faruk giyinmek için geçti gardrobun başına, O, giyininceye kadar şiiri merakla okudu. Bitirir bitirmez boş bir kâğıt aldı eline. Şiiri kaydetmeye başladı. Farukun gözünden kaçmamıştı bu hareket.

– Ne yapıyorsun?

– Hoşuma gitti, mahsuru yoksa?..

– Sen bilirsin.

– Çıkarsan birlikte olalım diye gelmiştim.

– Yo buralardayım.

– İyi. O hâlde ben gidiyorum.

– Sen bilirsin.

Villanın çıkış kapısından ayrılırken, Leylâ çekti dikkatini. Günün gazetesi vardı elinde. Tefrikayı okuyordu büyük ihtimalle.

Durakladı, düşüncelerinin şekli değişti birden. Evlerine yönelik olan vücudunu yavaşça çevirdi. Şeytanın vesvesesi parıldadı gözlerinde yürürken.

Yanılmamıştı, Leylâ gazeteden tefrikayı okuyordu. Yüz hatlarında inadına bir ferahlık vardı satırların üzerinde dolaşırken.

Başucunda bir başkasının heykelleştiğini fehmetmeyecek derecede dalgındı.

Satırları bitirdiğinde mesut bir yüzü, berrak, his dolu bakışları çekti dikkatini. Derin, asude bir nefes aldı önce, kendisine yönelen sesle irkildi:

– Tefrikayı mı okuyordun?

Toparlandı, çekidüzen verdi hareketlerine, kızarak baktı Efruz'a:

– Hay Allah. İnsan geldiğini hissettirir en azından.

– Afedersin. O kadar dalmıştın ki.

Yüzündeki olumsuz ifadelere yapmacık bir maske çekti hemen. Gözleri daha gerçekçiydi bakarken:

– Sır saklamasını bilir misin?

Hâlâ bir rüya ikliminin mahmurluğu vardı üzerinde:

– İkimizin arasında ne gibi bir sır olabilir ki, onu saklamamı istiyorsun benden?

– Seni oldukça yakından ilgilendiren bir konu bu.

– İyi ya, her ne ise söyle şunu.

Çardağın içine girdi. Biraz daha sokuldu Leylâ'ya. Etrafını sinsi bakışlarla gözden geçirdi. Kısık, inadına tedirgindi sesi:

– Tefrikayı okuyordun yanılmıyorsam.

Soğukkanlı, umursamaz ama, keskin baktı Leylâ:

– Evet!..

– Üzgünüm. Aldatılıyorsun. Söylemesem edemezdim, anlıyor

musun beni. Vicdan azabına benzer bir duygu kavurdu yüreğimi.

Şaşırdı, hayretle baktı gözlerine:

– Neden bahsediyorsun sen?

– Okuduğun romandan.

– Ne varmış okuduğum romanda?

Gözlerindeki çukurlara, korkunun kara bulutları çökmüştü. Sesi hassas ve ürkekti hâlâ:

– Affedersin Leylâ. İstersen bu sözleri hiç duymamış ol ama. Okuduğun o roman benim.

Rengi külleşti, gözlerini taze buğularla birlikte koyu bir hüzün tabakası kapladı.

– Sen neden bahsediyorsun öyle?

– İnan doğru söylüyorum. Seni beğendiğimi ve adına roman yazdığımı söylemiştim ona. Önce durakladı, sonra okumak için istedi benden. "Olur dedim" reddedemezdim arkadaşımdı.

Parasızdım son günlerde. Sık sık borç para istiyordum ondan. Annemle aramın da iyiye gitmediğini biliyordu tabii.

Üzülüyorum bunları anlatırken. Babasıyla, poker oynarlarken masa altı hareketlerini görmüştüm. Kavgalıydım annemle. O da, şahit olmuştu buna. Evet, harçlığım kesikti işte bu yüzden.

Birkaç gün öncesi:

– Okuduysan ver artık romanı mı dedim.

– Keyfi kaçtı:

– Sana para lazım mı? diye sordu.

– Evet, dedim.

Bana yekten "Roman için kaç para istiyorsun" diye sordu. Laf olsun diye iyi bir mebla söyledim. Buna rağmen kabullendi.

Şaka gerçeğe döndü birden, sıkı sıkı pazarlık etti benimle.

– Sen başka yazarsın dedi, artık bu roman bütün haklarıyla benim.

– Evet kitaptaki Leylâ sensin. Fakat ne yazıkki o aşık benim. Faruk, ikimizi de aldattı. Para verip altına adını koydu. İşte hepsi bu. Kendisini isbata çalışmaktı. O sadece bunalımlı bir çılgın.

Sıradan olmamak, yazar olup ad bırakmak. Fakat o kabiliyet yoktu kendisinde. Sana okuduğu şiirlerin hepsi benim.

Faruk sadece bir kimlik arayışının bunalımı içinde kıvranmakta. Hayalleri bile bıktırır insanı anlatırken.

– Mafya olsam. Çete kursam. Unutulmayan, sıradan olmayan birisi. Artist olsam? Rol kabiliyetim?.. Şarkıcı? Ya, sesim?..

Yazar, toplumları dalgalandıran bir yazar. Araştıran ve yazan. Hafizalardan silinmeyen eserler bıraksam insanlara.

Ya muhtevası?.. Hangi ideal uğruna?..

– Sorular, sorular. Yapamadı hiçbirisini de. Elimde hazır yazılmış eseri görünce iştahı kabardı.

Dedim ya, hep sıradan olmamak için çırpınan bir insan o. Babasının isminin arkasında olmak bile kızdırırdı .

Duygularında her zirveyi yaşayan, sonunda onu gerçekmiş gibi düşünen bir hasta o. Arzuladığı her şeyi, elde etme hastalığı var üstelik.

Derin bir nefes aldı:

– Şimdi rahatladım işte. Fakat ne olur kesinlikle benden bahsetme, çünkü şerrinden herkes çekinir onun.

Kanı devrini durdurmuştu damarlarında. Dudakları kurudu yüksek derecede bir hararet bastı vücudunu. Sadece kahrolmuş bir çehreyle anlamsız bakıyordu gözlerine:

– Neden böyle bir iş yapsın?

– Anlattım ya!..

Keskinleştirdi bakışlarını, nefret ifadesi yayıldı yüz hatlarına.

– isbatın ne?..

Sevinç rüzgârı esti kuşkuların istila ettiği bakışlarında. Hiç zorlanmadı Leylâ'yı cevaplarken, elini cebine soktu. Öyle havalara girmişti ki şu an, dünya cazibesinin ve zekâsının karşısında eğilerek selamlayacaktı onu.

Cebinden çıkardığı kâğıdı uzattı önüne.

– Gideceğini duymuştum. Üzüldüm. Bu şiiri yazmıştım. Sorsan en son şiirim diye mutlaka bunu okur sana.

Garip seyretti Efruz'u tiksinti vardı gözleririnde:

– Nerden bulabilir ki?

– Dün sabah bize uğradı, çalışma odamdaydım. İçeriye girdi bu şiir vardı masamın üzerinde.

– Yazabir miyim? diye sordu.

– Mahsuru yok dedim ona. Ve yazdı.

Elinde açık duran gazete titrek parmaklarının arasından cılız bir ses çıkartarak düştü yere. Gayri ihtiyari uzattı elini şiiri almak için.

Eli titriyordu. Bütün duyguları ve hissiyatı, uçuşan yüreği sustu. Her şey felç olmuştu.

Titrek bakışlarını gözlerinin önüne çektiği kâğıdın, üzerine dikti. Şiiri okuyordu.

Efruz'un gözlerinin hapsinde beklemeken sıkılmıştı. Hassas dokunaklı bir sesi vardı:

– Gidebilirsin, diye mırıldandı. Sana tavsiyem umut bağlama sakın. Tek taraflı olan sevgiler yeşermez.

– Hemen karar verme istersen.

Bakışları buğulandı. Titrek bir sesle fısıldadı:

– Şiir bende kalabilir mi?

– Şey tabii ki kalabilir.

Konuşamadı başka, üzerine daha fazla varamadı hadisenin. Ellerini oğuşturdu çaresizlikten, sonra arzularını acı acı yutkundu. Bir başka hesabın sinyallari vardı gözlerinde. Sessiz, tıpkı bir gölge gibi çekilip gitti.

Buharlı bakışlarında hüznü türküleştiren, bir sonbahar manzarasına bürünmüştü bahçeler. Çiçekler, renklerin en canlı desenleriyle gülümsüyordu. Çimenler, yeşilin emsalsiz oluşunu höykürmekteydi.

Her şey anlamını yitirmişti birden. Renkler, dekorlar, uçuk bir veda hazırlığındaydı etrafındaki görüntü.

Derin bir "Ah" vardı dudaklarında, Efruz'un arkasından bakarken. Demek, aldatılmıştı. Bir başkasından çalma duygularıyla kandırılmıştı. Affedemedi bir türlü. Yüreği gocundu, kendisine şiddetli bir isyan yükseldi iç dünyasından.

Duyguları kabardı. Avucunun içinde buruşturdu Efruz'un verdiği kâğıdı, kararsızca sıktı yumruğunu.

Yerinden hışımla doğruldu, ıslak gözlerinin güçlükle sağladığı görüntüyle, âdeta el yordamıyla koştu evlerine.

Odasına geçti ve telefonun ahizesini hırsla kaldırdı.

Fark edilir bir sabırsızlık vardı tuşlara çöken parmağında. Hacer Hanım vardı karşısında. Titrek bir sesle cevapladı onu:

– Affedersiniz, Faruk evde mi acaba?

– Evde.

– Rica etsem.

– Bir dakika.

Ahizeyi kulağından çekip seslendi:

– Faruk telefon.

Masasından kalkıp keyifle koştu:

– Kim anne?

Gözlerine derin ve anlamlı baktı:

– Bilmem!....

Anne balkona doğru yürüdü. Faruk karşıya seslendi:

– Alo!..

Leylâ'nın çehresi görmeye değerdi. Kederin en koyu izleri düşmüştü yanaklarına, gözleri ıstırap çukurlarıydı sadece. İçli, hazin bir sesti ahizeyi dolduran:

– Şey, aramadın da!..

Nasıl da sevinmişti. Sesi yükseldi, odanın içini kaplayan bir haykırıştı bu:

– Leylâ sen misin?

– Benim.

– Geç yattım da. Yine boyacı geçti şansımdan. Uyku tutmayınca şiir yazdım senin için.

– Adı ne?

– Hazan.

Zor durumdaydı. Zayıf cüceleşmiş hâldeki umutları bile erdi. Gözlerinden tesbih tenesi gibi yaşlar sıyrıldı yanaklarına. Sesi iyice titrekti:

– Okusana.

– İneceğim birazdan. Bahçede okurum.

Kesin bir itiraz vardı dudaklarında. Ağlamamak için direndi, acı acı yutkundu:

– Hayır hayır şimdi. Telefonda dinlemek istiyorum.

– O hâlde biraz bekle.

– Tamam.

Koşarak odasına geçti. Masanın üzerindeki şiiri alıp yeniden koştu telefona:

– Alo.

– Dinliyorum.

Avucunun ortasında buruş buruş ettiği kâğıdı güçlükle açtı sehbanın üzerinde. Sabırsızdı, zor tutuyordu kendisini ayakta. Henüz şiirin mısraları değildi duydukları. Faruk duygularını içine sığmayan hislerini cümleleştiriyordu:

– Kelimeler suya düşen aksimden başka bir şey değil. Duygu örgülerimin çelenkleri onlar. Evet, senin için.

Leylâ sabırsızlandı, direnemiyordu fazlasına. Hazin kısık bir ses ikaz etti onu:

– Hadi okuuu.

Kırışıklarını tek eliyle düzelttiği kâğıdı sehbanın üzerinde bırakmış titreyen parmağı ile yazıların üzerinden gezdirerek takip etmeye çalışıyordu. Faruk'un okuduğu mısraları:

Bulutlar kuşattı yine gökleri

Çileye arzunun manası başka.

Leylâ kelimenin tam anlamıyla kahrolmuşluğun şokunu yaşıyordu. Düşmemek için direndi. Elini iyice bastırdı sehbanın üzerine, artık mısraların geride kalanlarını duymuyordu. Yaşlar damladı kirpiklerinden. Neden sonra bittiğini farketti sesin. Dikkat kesildi. Faruk bir şeyler soruyordu kendisinden:

– Nasıl ha, güzel mi bari?

Muzdarip bir ritmi vardı sesinin, hazin mi hazin:

– Çoook!....

– Aşağıya in.

Derin ateş gibi bir nefes indirdi ciğerlerine. Başını salladı konuşmadın önce:

– Bugün olmaz. Sen yine şiir yaz benim için, olmaz mı?

Anlamsızlık ifadesi vardı Faruk'un yüzünde. Telefon kapandı. Kulaklarında bekletti ahizeyi. Sinyal seslerini dinledi.

Leylâ ogün dışarıya hiç çıkmadı. Ertesi sabah babası ve annesi ile birlikte çıktılar. Oldukca geç saatlerde döndüler evlerine.

Faruk, takipteydi fakat iki gündür görüşmeyi başaramadı. Ve ücüncüsü gün bomba gibi bir haber düştü Hayal Sokaktakilerin üzerine. "Leylâ gitmiş"

Evet, doğru olmalıydı haber. Acele acele evlerini aradı. Kimseler yoktu. Kızlarını yerleştirip gelmek için Anne ve baba da birlikte uçmuşlardı Amerika'ya.

Odasına çekilip başını avuçlarının arasına gömdü. Nasıl yorumlaması gerektiğini bilemiyordu.

Yıldızlar avuçlarına dökülüyor. Bu gece, dünyanın yıldızları salkım saçak.

Kâbusu eritmek için kendisini dışarıya attı. Bahçelerinde Hilâl'i aradı gözleri. Balkondaydı. Dikkatle baktı ve yorgun bir el salladı ona.Hilâl, sevinçle fırladı yerinden. Aslında kırgındı ona.

Leylâ'ya roman yazışı. Sonra evlilik şaikasını. Duyguları hırpalanmıştı onun da.

O da duymuştu gittiğini. Artık, aralarında yoktu. Yeniden beraberlikler, belki Leylâ'yı ona unutturur, yutkunmak durumunda olduğu sözleri, belki de, kim bilir, söyleyebilirdi artık.

İşte bu umutlarla indi merdivenleri. Koşarak geldi yanına, yüzünde onun da hüzün vardı:

– Bir şey mi söyleyecektin.

– Diskoya, diyecektim.

Boynunu büktü, ezik duygular yansıttı bakışları:

– Tamam.

Diskoteğin içi de dışarıyı andırıyordu bugün. Tavan gökyüzü gibi süslenmişti. Rengarenk lambaların aydınlattığı pist oldukça kalabalıktı.

Elektrik akımına kapılmış gibi, titreyen, zıplayan şuur dışı hareketlerle kaynaşan bir zeminin üstündeydi onlar da.

Herkes âdeta etrafındakilerden habersiz, kendi dünyalarına dalmış, birbirlerine sarmaş dolaş olmuşlardı.

İçerinin romantik aydınlığında göz göze gelmişlerdi. Hilâl hâlâ hicaplı bir sükûtta, Faruk, gamlı bir gönülle suskun. Onlar suskun gözleri konuşuyordu. Hayallerini uzak iklimlere kanatlandıran, onlardan daha değişik düşler kurmasını isteyen duyguların emrindeydi bakışları.

Faruk, belki de ilk defa farkında olarak bu necip yüzü seyrediyordu. Harikulada gözleri vardı. Fakat, efsunlu pırıltıların merkezi olan siyah bebekler, buğulanmıştı. Nemler, dumanlı gösteriyordu ona dünyayı. Dünya ki hüznün, o ıslak seyrinde, ateşin etrafında bilinçsiz dönen, şaşkın bir kelebek kadar aptalsı tutkuların yeri. Bir pula satacak kadar ucuzdu şu an.

Hareketli parçanın ritmine uyum sağlamıyordu ikisi de. Ağır, romantik bir tangoyu tercih etmişlerdi. Duyguların alacalanmış anlarında etraflarında çılgınlaşan gençlerden çok farklı bir manzara olduklarının farkında bile değillerdi. Şu an, koyu karanlıklarda sinyal veren ateş böceklerinin parıltıları kadar hazin ve titrekti bakışları.

Nihayetsiz bir duygu sağanağına tutsaktı ikisi de.

Faruk, irade dışı esrarlı, usul bir kıpırdanışla, dudaklarını yaklaştırıyor Hilal'e. Hilal, kendisine has bir çekingenlik ve irade dışı hareketlerle aynı karşılığı vermeye çalışıyordu Faruk'a.

Daha duyguların dediği olmadan Faruk'un gözleri kaçamak bir kayma yapmıştı karşısına. Bir mıknatıs, bir şuur altı güdünün gözlerini kendisinden çekip alışına mana veremedi delikanlı. Hislerine, duyguların en demli anında ara verip, alevli pırıltılarla bekledi kendisini çekip alan noktaya.

Hoyrat bir manzara bozmuştu rahatlarını. Hışımla geriye çekildi Hilâl'den hançer yemiş gibi irkildi.

Hilâl, şaşırmıştı. İkisi de az önceki hissiyatın zıddına, ayrı iklimlerde ayrı ayrı kabullerde ve davranışlardı şu an.

Kız kardeşi vardı az ötelerde. Bir delikanlıyla sarmaş dolaş. Tüyleri hançerleşti, tuhaf bir acıyla çıprındı önce. Pisti akrep kıskacı gibi kollarının arasında sıkıştıran, ürpertili bir ses, şiddetli bir bomba gibi düştü pistin ortasına:

– Sırmaaaa!..

Çakırkeyifti ikisi de, musikinin arasına karışan bu hırçın sese, aldırış bile etmemişlerdi.

Kaba, ahenksiz, hantal yapılı bir delikanlıydı beraberindeki. Hudutsuz bir öfkenin, haşin kıvılcımlarıyla dövüyordu hedefini.

Hilâl'i bırakıp rüzgâr gibi savruldu pistin ortasında. İnsafsız bir kelepçe gibi oturmuştu yakaladığı kola, Faruk'un parmakları.

İtilip kakılanlar şaşırdı, tiksintili baktılar önce. Kin, garaz ve ufuksuzluk, idrakin pencerelerini çoktan kapamıştı. Düşünce yeteneğini almıştı elinden.

Hınçla havalandırdı sağ elini ve insafsız bir tokat indirdi kardeşinin suratına.

Dünyası dönmüştü. Sendeledi, yalpaladı, ayakta durması için yardımcı oldu beraberindeki genç. O da şaşırmıştı. Bir ahmak davranışı vardı ikisinin de hareketlerinde.

Tokatın hışmıyla suratının şekli değişmişti. Arzuların, çılgınlıkların, sorumsuzlukların yediği darbeyle yamulmuştu her şey. Çığlıkları kayalaştı dudaklarında. Soluyuşu değişti, gözleri kin bulutlarının arasından keskin ışıklar yansıttı.

Salyasını şişkin bir balonun patlayış anında, havasını boşaltışı gibi püskürttü ağzından, hoyrat bir kobra yılanının öfke anındaki sevimsiz ıslığı gibi bir ses yaydı etrafina.

Şaşkınlığını yaşayan heybetli delikanlıya savurdu yumruğunu. Ortalık, yine bir maceranın dekorlarını hazırlıyordu.

Hilâl, şaşkın, aptalsı ve muzdaripti. Arzusu gönlünde, ahı dudaklarında bir seyir tutturdu. O, dev görünüşlü genç, peşpeşe aldığı öfkeli yumrukların darbesiyle düşüp kalktı, yeniden sendeleyip toparlanmak istedi, beceremiyordu ayakta durmayı. Dans durdu, caz kesildi. Kalabalıklar gerildi önlerine perişan görünümdeki görünümdeki delikanlı kayboldu, fırsatı değerlerdirip.

Kardeşinin bileğinden sıkı sıkı sarılıp yanına çekti.

– Yürü, gidiyoruz!....

O hâlâ, acı çığlıklarla direniyordu:

– Bırak beni, seninle gitmek istemiyorum.

Şiddetle çekip sarstı:

– Yürü dedim.

Sürükler gibi asıldı kolundan. Hilâl bir suçlu gibi yürüyordu peşlerinden. İncinmiş bir yürekle, tedirgin ve utangaç.

Son hadise evde nihayetsiz bir sevgi erimesine sebep olmuştu. Diskotekten kardeşini döverek getirmişti eve. Ve Hilâl ilk defa korkmuştu Faruk'tan. Hatta, böylesi bir davranışa anlam bile vermekte zorlanmıştı.

Faruk, arabayı garaja indirirken Sırma açtığı kapıdan ayağını yere bastığı gibi, amansız bir çığlık atmıştı bahçenin içinde.

Hilâl de inmişti. Sırmanın çığlık atarak evlerine doğru koşuşunu arkasından endişeli bir sükûtla seyretmekteydi.

Anne ve baba bahçelerinde yükselen sesle irkilmişlerdi. Bu Sırma'nın sesiydi. Acı çığlıklar atıyordu peş peşe.

Kendisini içeriye perişan bir hâlde atabildi. Saçları dağınık, yüzü garip bir dehşetin pençesinde yamulmuş, gözleri çıldırmak üzere olan insanın ip uçlarını veriyordu kıvılcımlar saçarken.

Dizlerinin bağı çözülmüştü korku ve dehşetin etkisinden. Karşısında babasıyla annesini bulunca, amansız bir çığlık tazeledi:

– Babaaa, babaaa!.... Kurtar beni. Beni kurtaaaar!....

Kollarını güçlükle aralayıp babasının boynuna dolayarak ayakta durmayı başarırken, anne, karşısındaki manzaranın rüzgârına takıldı.

Gözleri irileşti, bacaklarının canı çekildi. Salonun duvarına dayadı sırtını. Kalbi tekledi korkusundan, atışların ritmi değişti.

Baba kollarının arasında tuttuğu kızına, azap dolu bir sesle ulaştı:

– Sırma, ne oldu sana söylesene?

Faruk bütün öfkesiyle belirdi salon kapısının boşluğunda. Hayret dolu gözler buluştu üzerinde. Korkunun şekli değişti, biraz rahatladı anne baba ve az da olsa serin bir rüzgâr esti gönüllerde.

Baba suskun, vehim dolu gözlerle takipteydi oğlunu. Annenin korkusu hayrete dönüştü. Sırma, hıçkırıklarını dindirip keskin ürpertili baktı ağabeyisinin suratına. Beklenmedik, yeni gür bir çığlık tazeledi dudakları. Nefes kesen bir velveleyle karıştı ortalık:

– Baba, kurtarsana beni. Babaaa!....

Bir şeyler sezdi Baba. Oğluna azarcı bir sesle kustu hiddetini:

– Bu ne hâl?

Faruk, hırsını alamamıştı anlaşılan. Korkunun çıldırtan merkezine yürüdü. Sırma kısık, bezgin sesiyle bağırıyor babasına sokuluyordu.

Otoriter, kararlı bir sesle haykırdı Faruk:

– Baba, bırak onu kollarının arasından. Suçunu sor önce.

– Baba, baba baba kurtar benii!..

Anne güçlükle ayrıldı yaslandığı duvardan. Garip bakışlarla inceledi oğlunu.

Faruk, yeniden yapıştı kardeşinin bileğinden, kendisine doğru çekti. Babanın sabrı taştı, öfkesi hudut tanımaz boyutlardaydı. Oğlu meydan okuyordu. Liderliğini saygısını, gururunu çiğnemişti.

Hırsla itekledi elinin tersiyle oğlunu. Sırma'yı bırakıp ölçüsüz bir öfkeyle havalandırdı elini, gözlerinin derinliklerinde bekledi tokatı indirmeden önce. Yuvalarını zorlayan anlamsız budak delikleri gibiydi onlar.

Ani bir vehme kapıldı. Onun etkisiyle toparlandı. Gizli bir desteğin yardımıyla durdu kolu havada ve o anlamsızlaşan çehreyi sert, karşı koyan bir sesle sarstı ortalığı.

– Sana önce kızının suçunu sor dediiim.

Elini usulca indirdi yanına. Anne garip hareketlerle yaklaştı kızına:

Sızılı fersiz bir sesi vardı:

– Ne oldu size böyle?

Annesine sarıldı Sırma, hıçkırıklarını tazeledi:

– Anne, anne dövdü beni. Hem de diskotekte. Herkesin içinde anlıyor musunuz? Herkesin içinde.

Şefkati kabardı annenin onu ödüllendiren, destek olduğunun habercisiydi davranışları. Saçlarını okşayarak dolaşan, sonra gözlerindeki yaşları silen parmakları.

– Ağlama. Biraz dinlen, hıçkırıkların kesilsin kızım, harab etmişsin kendini. Sonra anlatırsın.

Faruk'a hırpalanmış, hislerin, perişanlığı ile eğisli baktı. Onu hakir gören ayıplayan mesajlar vardı seyrederken. Acı acı yutkundu:

– Yapmamalıydın bunu?

Faruk kahrolmuşluğun heykelini oluşturuyordu annesinin karşısında. Baba, indirmişti tokat için havalandırdığı elini. Vurmayı göze alamamıştı anlaşılan.

Faruk'un çehresini koyu, kahredici keder bulutları kaplamıştı. Sükutunu zehir gibi içti. Hırçın bir eda içinde yorgun adımlarla tırmandı merdivenleri. Odasına geçti. Penceresinin kenarını seçmişti oturmak için. Boğazın soluk renkli ışıklarla cilveleşen sularının üzerinde bıraktı gözlerini. Suskun, elem dolu bir gönlü vardı.

Üçü de üst kata çıkmışlardı. Antreden sesler geliyordu kulaklarına. Beynini hançerleyen, kanını damarlarında donduran sesler. Ağlamaklı, güce gitmişliğin bestesini yapan, dudaklardan kesik kesik dökülen, değişik notalar içeren bir yadırgı ses.

– Baba söyleyin oğlunuza artık kesinlikle karışmasın bana. Yoksa kaçar, ya da kendimi öldürürüm. İnanın yaparım bunu. Hiçbir vakit, ama hiçbir vakit karışmayacak bana.

Gözyaşları kendini yıkmış, bir sel gibi akıyordu yanaklarına.

Baba teselli etti kızını. Anne, yeniden okşadı saçlarını:

– Tamam, konuşurum onunla, Sen yatıp dinlen biraz. Çok gergin sinirlerin.

Babasını küçülten, onun gururunu inciten bir haykırış yayıldı antrenin boşluğuna:

– Gördüm, elini kaldırdın, ama vuramadın ona. Siz de korkuyorsunuz ondan, anlıyor musunuz sizdeee!....

Babayı hırpaladı bu itiraf. Hırçınlaştı, kızının gözlerine bakarken:

– Baban hiç kimseden korkmaz anlıyor musun, hiç kimseden. Şimdi odana çekil ve biraz sakinleş. Daha sonra konuşuruz bunları.

İçli içli ağladı, sesinin hızını düşürdü:

– Nasıl dövdü elin içinde beni. Kolumdan tutup, tıpkı pazardan satın aldığı bir esir gibi getirdi eve.

Anne müşfik bir eda ile okşuyordu saçlarını:

– Ama neden?

Yutkundu, boğulmaktan kurtulmuş gibi nefes aldı. Şefkate muhtaç bir çocuk gibi baktı gözlerinin içine. Buharlı ve içliydi onlar. Sesinin tellerindeki titreyiş kadar alıngan, yaralı ve hassas:

– Diskodaydık. Bir arkadaşımla ne güzel dans ediyorduk. Sarılmıştı bana. O da Hilâl'e tabi. Nasıl saldırdı üzerimize. arkadaşımı bir cani gibi yumrukladı. Zor kurtardılar elinden çocuğu. Kaçtı başka çaresi yoktu çünkü.

Baba merakla sordu:

– Sonra?

– Sonra beni tokatladı. Bak, yüzünde parmaklarının izleri var. Bir vahşetin mührünü taşımaktalar hâlâ.

Hıçkırıkları koyulaştı dudaklarında, doluktu yüzlerine bakarlarken. Kaçar gibi ayrıldı yanlarından. Küskün bir eda içinde, önünde beklediği odasının kapısını açtığı gibi, hışımla kapadı yüzlerine.

Babanın beyninde dağlar lavlarını patlatmıştı. Faruk'un bulunduğu odanın kapısını haber vermeden sert bir el hareketiyle açıp geriye dayadı.

Pencerenin kenarında oturuyordu ve odasına bu kadar hırsla girenin kim olduğunu bile merak etmemişti. O, hâlâ Marmara'nın sularının üzerinde bekliyordu, kederlerini boğazın dalgalarının arasına katabilmek için.

Baba, gocundu umursamazlığına ve hiddetli bir sesle bağırdı:

– Neden dövdün onu?

Gözlerini ısrarla beklettiği uzaklardan çekmedi. Kıpırdamadı bile. Sadece kuruluktan yapış yapış olan dudakları, mührünü bozdu:

– Kızını dinledin.

Şaşırtıcı bir tavırdı. Beklemiyordu onlardan böyle bir tepki. Onun için hayreti sonsuz ve benzi uçuktu:

– Onun da herkes gibi yaşamaya hakkı var.

– İnsan, arzularındaki her hakkı kullanamaz bence.

Tansiyonu çıktı babanın, beyni acıların en insafsızına ev sahibiydi şu an:

– Sen kendini ne sanıyorsun ha? Ona suç yazdığın haltı, aynı yerde, aynı şartlar altında sen de bir başkasıyla yaşıyordun.

Bunu hiç düşünmemişti işte. Bir kılıf buldu suçlanan yüreği kendisine. Hafifçe kafasını çevirip, hiddetli çehreye durgun, soğukkanlı baktı:

– Doğru. Fakat aynı ölçülerde bir beraberlik değildi bizimki.

Alaylı, kınayan, onu aşağılayan bir bakış uzattı gözlerine.

– Güldürme adamı. Ne farkeder, biraz, az, biraz çok. Yaptığın hata ise ve sen bunu isteyerek yapıyorsan, başkasını men edemezsin o hatadan. Olumsuz gördüğün ahlak dışı olduğuna inandığın duyguları önce kendin yapmamalısın.

– Baba!....

Bu feryadında, çaresizlik, ezilmişlik vardı. Sen nasıl kıyaslarsın bunları?

– Karışma bir daha ona.

– O benim kardeşim.

– Karışmayacaksın dedim.

Hırçınlaştı oturduğu sandalyenin üzerinden kalkıp sert bir tepki verdi karşıya:

– Karışırım benim de namusum o.

Acı acı güldü baba:

– Hıh!.. Namusuymuş. Namus dediğin şey nedir söylermisin bana. Kuru bir kelimeden ibaret.

İçli bir nefes aldı delikanlı. Annesi, mağrur ve kırgındı gözlerine bakarken. Beklenmedik çabuk bir savruluşla ayrıldı odadan. Merdivenlerden kendisini atacakmış gibi süratli indi ve kütüphanenin karşısına geçip kitapların sırtlarında gezdi bakışları. Titrek parmakları kalınca bir kitabı kavrayıp çekti yerinden. Sayfaları telaşlı bir şekilde açtı. Lügâttı bu. Bir kelimeyi arıyordu gayretli gayretli. Buldu, parmağını sayfanın arasına koyarak kapayıp aynı inişteki telaşeyle tırmandı merdivenlerden.

Şaşırmıştı anne baba. Arkasından çıktı onlarda. Koridorda karşılaştılar yeniden. Hicranlı bir yüzü vardı Faruk'un, karşılarında çakılmış gibi durup, lugatta bulduğu kavramın sayfasını açtı. Hicap notalı bir sesi vardı:

– Sen söyle anne. Namus nedir sence?

Anne beklemediği bir soruyla yüzyüzeydi. Durakladı bön bön baktı gözlerinin içine. Zorlandı çırpındı:

– Namus!....

Durakladı dersini çalışmamış talebe gibi yutkundu ezildi.

– Namus!....

Dudaklarını gevdi üzüntüsünden.

– Namus işte!....

Baba bağırdı. Gücüne gitmişti davranışları:

– Bırak şu safsatayı, senden mi öğreneceğiz namusun anlamını?

Direndi, ısrarını aynı heyecanla sürdürdü Faruk:

– Baba, hayatın da bazı kuralları olmalı. Örf, âdet ve bazı kutsal bildiğimiz değerlere sahip çıkmak gibi. Benim araştırdığım hayatta onursuz yaşamaya yer yok.

Anne yumuşatmaya çalıştı havayı:

– Oku hele, neymiş şu namus.

Sitemkâr baktı gözlerine:

– Sahi şimdiye kadar hiç merak edip okumadın mı?

– Lüzum hissetmedik demektir. Çünkü duru, lekesiz yaşadık. Faziletli, herkesin saygı duyduğu bir hayat örgüsü bıraktık arkamızda. Vicdanımıza baskı yapmayacak, evet, önünde dimdik durabileceğimiz bir geçmişimiz var. Sen de bununla gururlanabilirsin.

Hem, seçkin insanlarız biz. Yaşadığımız toplumun anlayışından farklı yanlarımız da olabilir. Aydınız, çağdaşız.

– Bak anne, sadece bizim değil, bütün toplukların kabul ettiği bir kural bu. Benim, garip karşıladığım bir kabul var. Sosyeteden birisi saptığında flört. Zengin olmayan birisinin sapışının adı ise orospu ya da fahişe oluyor nedense. Bu ne imtiyaz ha?

– Faruuuk!..

– Neyse, dinle, okuyorum işte.

"Irz, iffet, edeb, haya. Nizam ve emniyet. Şeriat ve istikamet gibi değerlerin korunması olan en değerli haslet. Bir kimsenin mahrem, gizli esrarı olup onların muhafazası. Her hangi bir hileye tecavüze karşı siper edilen değerler. Aslan yatağına da bu ad verilir."

Anne dudak büktü. Baba keskin baktı gözlerine. Anlamlı ve tehditli yaklaştı ve sürdürdü konuşmasını sadece, sesinin sertliğini yumuşattı biraz:

– Tabi ki bu kural sadece kadınlar için geçerli değil, benim saf anneciğim. Kadınını aldatan, bu rezil hayatı yaşayan, bütün erkekler içinde geçerli namus kavramı.

Melih Bey dudaklarını gevdi sıkıntısından. Sekreteri geldi aklına ve. Şen dul.

Cebinden sigara paketini çıkardı. Dudaklarına bir sigara tutuşturup çakmağı çaktı. Tıpkı bir eroinmanın iştahıyla çekti dumanları ciğerine, efkâr efkâr üfledi. Daha fazla tepkisini almak istemiyordu Faruk'un zira bu öfke ile küllerin altı deşelenebilirdi, ihtimal.

ÇAĞDAŞLIK

Bilâl'i severdi. Annesi ona Bilal'in bahçelerinde kendisini beklediğini söyleyince duramadı.

Havuzun kenarında bir biblo esdetiğiyle duran çardakta, gazete leri karıştırıyordu. Gelişini fark ettirmek için hafifçe öksürdü.

Dikkatini çekmişti. Oldukça, uçuk bir tebessüm geliştirdi peşinden:

– Merhaba.

Gazetesini kenara bırakıp ilgilendi onunla:

– Ha, merhaba. Otur hele şöyle.

Yanında yer göstermişti.

– Hayırdır meraklandım?

Sitemli baktı gözlerine:

– Sana darıldım desem yalan sayılmaz.

Mahcubiyeti, kederin cilveleştiği suratında biraz daha ön plâna çıktı:

– Sana karşı bir kabahatim olsun, hiç sanmıyorum.

– Sebepler var!..

– Yani, düşündüğümden de fazla!..

– Evet. Severim seni. Bir kardeş gibisin bana. Hiç riya yok sözlerimde bunları söylerken.

Dün yine bir bomba düşürdün sokağın üzerine. Ateşle oynuyorsun hâlâ.

– Bence abartıyorlar.

Tatlı, sert bir tavrı vardı. Tesiri alında tutmak için gözlerinden hiç ayırmadı bakışlarını:

– İstanbul'u titreten bir isim o. Hafife almaktasın hâlâ. İlyas Baba deyince ağlayan çocuklar susar. O bir mafya, dalı budağı her tarafa uzanan şer bir adam. Adamlarını dövmüşsün. Sonra da, hiçbir şey olmamış gibi ertesi sabah arabasına çağırmış ve ona meydan okurcasına yanına oturmuşsun, görmüşler bunu.

– Bilal ağabey, dediklerinin hepsi de doğru. Fakat korkacak bir şey yok bunda. Nihayet onlar da can taşıyorlar ve bizim gibi.

– Fakat onlar birer cani. Elleri tabancalı bıçaklı, kana doymamış katiller onlar.

– Neyse, dikkat ederim dediklerine. Hepsi bu mu?

– Faruuk. Hâlâ gamsız ve soğukkanlısın. Sen tanımazsın o dünyanın insanlarını. Dost görünürler, hasımlarıyla ve bir de bakmışsın temize havale edilmişsin.

– Tamam tamam. Seni bizimkiler doldurmuş anlaşılan. Yalnız unutmamak lazım ki İlyas Baba farklı bir insan.

– Bak ustaca kandırmış bile seni.

Faruk geçiştirmek istedi, konuyu değiştirmek için zorladı onu:

– Meseleler demiştin başlangıçta.

– Ha, evet. Roman ilgi topladı. Bir yol çizdin kendine. Her şeyi bırak artık ve kendini bu çizgiye doğru çekmelisin bence.

– Zor.

– Neden, arayış içindeyim diyen sen değilmiydin yani? Artist olmak, Çete, Mafya, yazar. Bence en mükemmelini yakaladın.

Senin için hem kimlik, hem erişilmez bir kişilik sahası bu.

– Kim bilir, belki. Henüz karar verebilmiş değilim. Arayışlarım sonuç vermedi ne yazık.

– Leylâ mı yine?

Yüz hatlarında nihayetsiz bir isyanın kıpırdanışlarını yaşadı mimikleri:

– Bilal abi.

– Konuşmadıkça hançerleşir meseseler.

– Başka şeylerden konuşsak?

Israrını sürdürdü:

– Neden gitti?

Usançlıydı. Hatırlamak bile istemediği bir yaraya neşterini vurmuştu. Hassas bir sesle itirazını yeniledi:

– Başka bir mesele yoksa, gidebilir miyim?

– Var!.. Aramızda bir sevgi bağının olduğuna sen de inanıyorsan, sorularımı yüreklice cevaplamalısın.

Neden gitti? Aranızda bir sorun mu vardı? Yoksa, roman.

Aşamayacaktı bu engeli. Yuktundu soluklandı içli bir sesle konuştu:

– Hakkımda yalan yanlış bir şeyler vehmettiği kaçınılmaz bir gerçek. Fakat nasıl? İşte bende sadece bu kadarını bilmekteyim.

– Neyse, asıl mevzumuza gelelim şimdi.

Faruk çarpıcı bir keskinlikte dikti gözlerini üzerine? "Esas mesele" Ne olabilirdi ki? Bunca nasihattan sonra.

– Esas mesele mi?

– Neden hayret ettin?

– Geride daha ne kaldı diye düşünmekteyim.

– Sırma?

Hayreti biraz daha çoğaldı:

– Ne olmuş ona?

– Dövmüşsün.

Küçümsedi, rahatladı biraz:

– Ha, dövdüm.

Suratını astı, yüzünü kırıştırdı. Bakışlarında derin bir teessür vardı. Sesi de aynen bakışlarındaki tepkiyi koydu ortaya:

– Çağdaş bir delikanlısın unutma.

Onun da tavırları değişmişti. Bilâl, sezdi bunu.

– Seni çok severim Bilâl abi. Kapatalım bu konuyu. Yanlışı müdafa eden sevdiklerim olunca, acım daha çok artmakta. Bana sıkıntı çektirmemen için, kapatalım dedim yanlış anlama.

– Fikir meydanından kaçılmaz. Ortada bir konu var ve biz bunu medeni insanlar olarak tartışmaya açıyoruz. Hürriyetlerin insanın kendi iradesine verilmiş olduklarını hatırlamalısın.

– Hürriyetler sınırsız değiller ki.

– O hâlde çok iyi dinle beni. Ya Hilal?.. Benim kardeşim o. Tıpkı bir gölgen gibi hareket etmekte. Bu yüzden hiç tepki aldığın oldu mu bizlerden?.. Diskotekler, macera gezileri.

Yüz hatları, okların delik deşik ettiği bir hedefi andırıyordu. Yutkundu, ellerini ovaladı, utanmıştı, nasıl nefes alacağını bile şaşırdı.

Bilal, buruk bir tebessümle rahatlattı onu:

– Bozulma hemen. Biz çağdaş insanlarız. Sırma'nın arkadaş edinmesi hata ise, senin yaptıkların da, işte o kadar hata. İnsanlar kendisi için ayrı, başkaları için ayrı hareket ve hayat tarzı seçemezler. Bu demokratik olmaz.

– Bilal abi. Benimki de bir hata, fakat biraz farklı şeyler bunlar.

– Alınma hemen, hata yaptın demedim.

Alıngandı sesi:

– Biliyor musun, belki de çok haklısın. Fark edemedim belki hatalarımı, fakat ben kardeşimi başkalarının kolları arasında görmeye sabredemem.

– Hoppala!.. Bak, yine çelişkilisin. Yine kendine göre koydun kuralı.

– Tamam, tamam affedersin. Araştırmam lazım.

– Bırak şu dayatmacı inadını. Herkes, elindeki hayatı arzularına göre yaşamalı.

– Yani kuralsız ve ahlâk sütunlarını yıkarak mı?

– Hayır.

Şiddetli bir reddiye vardı dudaklarında. Çehresinde dehşetli bir ürperti. Yeniden yaşıyordu o dakikalarını şu an. Kardeşi tanımadığı bir gencin kollarında, şehvet kıvılcımları kaynaşıyor bakışlarındaki esrarda. Ürperdi toparlandı, yeni bir öfkenin kasırgası rüzgârlaştı dudaklarında:

– Çağdaşlık kuralsızlıksa ben yaşamam onu. Belki benim de çelişkili kabullerim var, saklamıyorum bunları. Henüz şekillenmemiş bir düşünce yapım var, aradığım, fakat hâlâ tarzını bulamadığım, onun için özüme yadırgı bir hayatı yaşadığım doğru. Aramayı sevişim, ünitlerimi baslemekte. Hayatımın o yitiğini bir gün mutlaka bulacak ve onu sindirerek yaşayacağım. O, düşünmekten, aramaktan korkan, çağdaş insanların yapısına uymasa bile.

Hilâl her sabah oldukça erken kalkardı. Nereye gittiğini gözetlerdi Faruk'un ve bahçede yakalardı.

Bugün bunların hiçbirisi de olmayacaktı. Tıpkı bülbülün ömrünce gülün açılışını sabahlara kadar bekleyip o ilâhi törene dahil olamayışı gibi.

Herkes uykudayken arabasını alıp sırra kadem basmıştı. Arıyordu. Sokaklarda, belki uğramadığı bir adreste saklıydı aradığı sır.

Romantik bir manzarayı yakalamıştı yine Boğaz'da. Martılar, tekneler, suyun kıyılara esrarlı ıslıklarla vuruşunu taze bir güneşin bulutların arasından göz kırpışını seyrederken, düşünceleri derinlik kazanmıştı.

Nasıl bir hayat yaşamalıydı insan?.. Leylâ'yı gazetedeki tefrikayı çoktan unutmuş gibiydi.

Diskotekler, meyhaneler ve bütün çılgın haneleri gezindi düşüncesi. Mafyalar, olağanüstü güçler. Nasıl bir limana çekecekti hayat gemisini. Bir örnek arıyordu kendisine. Bataklıklara baktı.

İnsanın hayatında bir kıvılcımın nasıl çaktığını. Nasıl alev alıp inanılmaz boyutlarda yangınların alıştığını. Sonunda, geride nasıl bir harabe bıraktığını gözlemledi manzarayı seyrederken.

Yaşarken harcadıklarını kazanç sanan, en kutsal değerlerini arzuları için peşkeş çeken, sonra incinen gururlarına yamalık bulamayan insanların kaosun inanılmaz acılarına bile bile talip oluşlarını irdeledi.

Gün, Hayal sokaktan uzaklarda tükendi. Abartılar fiskoslardan sıkılıyordu artık. Sırma Faruk'la küskünlüğün rahatlığını yaşıyordu son günlerde. Babası ve annesinin desteği, ona arzularının şuursuz selinde akmasını sağlamıştı.

Eve geç saatlarda gelmişti. Babası annesi vardı salonda. Sırma ortalarda yoktu. Soluk bir bakışın arkasından, onları selamladı ve yorgun bir tavırla tırmandı merdivenlerden.

Bir kuşku düştü içine. Sırma'nın odasına yöneldi. Kapısını çaldı, ses alamayınca usulca araladı. Kimseler yoktu ortalarda.

Muzdarip bir yüzle salona indiğinde öfkeliydi. Boğazına susturucu takmış gibi kısıktı sesi:

– Sırma nerde?

Baba öfkelendi. Buna rağmen, o da yükseltmedi sesini:

– Ona karışmamanı söylemiştim.

Dişlerini sıktı, tepkisini açığa vurmak için ve konuşmadan bahçeye açılan kapıya doğru yürüdü. Kafasını salladı baba, anne kuşkulu yürüdü arkasından. Bahçede yakaladı Faruk'u:

– Nereye?

– Sırma'yı bekliyorum.

– Vazgeç, başkalarını idare etmekten?

– Anne, o benim kardeşim. Değişik birisini bulmuş şimdi de. Dün uzaktan seyrettim, çıkış kapısına kadar getirip bırakışını.

– Ne kötülük var bunda?

Hayretle baktı annesine:

– Siz, nasıl bir hayat yaşadınız gençliğinizde merak ettim bunu.

– Faruuuk!.. Yine aştın çizmeyi.

Baba, dinliyordu konuşmalarını. O da çıkmıştı yanlarına.

– İçeriye geç dedim sana. Aileye verdiğin bunca sıkıntı yetmiyormuş gibi, buna daha yenilerini eklemeye kalkma. Bir arayış, bir boşluk furyası estirdin dünyamızda. Bunalımlarının rüzgârına taktın bizi hep. Sonra, Leylâ dedin. O da olmadı. Bırak şu karanlık düşünceleri. Medeni ol, yaşamayı sev, hayatın tadını al. İstersen bin tane Leylâ bulursun. Aramak, aramak ve başkalarının hayatına müdahele etmek. Karışma kardeşine ve şimdi geç odana. Bırak da herkes kendi hayatını yaşasın.

Dudakları kurudu hararetinden, sadece tek kelimelik bir haykırışı vardı:

– Baba!....

Faruk iki gündür her zamankinden daha sıkıntılıydı. Her sabah arabasıyla ayrılıyordu evden ve akşam geç vakitlerde dönüyordu. Evden çıkışında iki günden beri kuşkularını artıran bir adam düşüyordu gözlerinin önüne. Vehimli ve ısrarla kendisini takip eden. Daha arabasını görür görmez, gözlerinin seyri paniğe kapılan telaş içinde bir delikanlı.

O da gençti, fakat iki sabahtır perişan bir manzara gibi duruyordu köşede. Daha, arabayı görür görmez değişiyordu hareketleri. Sağ eli, hep ceketinin dış cebinde sokulu olarak duruyordu.

Sarı, kıvırcak saçlı, mavi, cam gibi parlayan gözleriyle bir korku abidesiydi sanki. Ya da, Faruk öyle hissediyordu onu gördükçe.

Âdeta, arabanın müsait bir noktada durmasını, nişan alabileceği bir ortamın oluşmasını istiyor gibiydi.

Kuşkuları çoğalıyor, düşünceleri değişik hedeflerin perdelerini aralamaya çalışıyordu. Yoksa, babası doğru mu söylemişti?. Ya Bilâl. Yeraltı dünyasını korkunç bir taktiği ile mi karşı karşıyaydı şu an?. Kurt İlyas. Bu konu düşüncelerini amansız şekilde meşgul ekmekteydi.

Sabah, içine işleyen bu merakla kalktı yatağından. Kendisi kahvaltı için sofraya geldiğinde, yüreğini insafsızca inciten bir hadiseyi yaşadı yine. Baba, mutfağa yaklaşır yaklaşmaz Sırma'nın yüz hatlarındaki rahatlığın değiştiğini hissetti. Sonra, mide bulandıran bir yutkunuşla kırıştı yüzü. Usançlı, lanetli baktı, kaçamak gözlerle ve hışımla yerinden kalkıp terketti sofrayı.

Anne ve babanın yüzlerinde hoşnutsuzluk rüzgârları esti. Faruk alınmıştı:

– Ne o, sizin de mi huzurunuz kaçtı?

Anne müdahâle etti:

– Yo, hayır oğlum, neler düşünüyorsun öyle? Üzüntümüz senin aramıza gelişin değil. Tam aksine. Sırma'nın aynı sofrayı bile seninle paylaşmaması.

İsteksizce birkaç lokma aldı. Çayını yudumladı. Bir şeyler vardı kafasında, hâlli gereken. Usulca sofradan kalkıp odasına doğru yürüdü.

Hazırlanıp bahçeye indi. Gözleri ısrarla birisini arıyordu ve nihayet buldu. Hilâl inmişti bahçelerine. Mahcup adımlarla yaklaştı ona kücük kapıyı aralamadan durdu. Hilâl, kırgın ve çekingendi. Her zamanki gibi, atak değildi bugün. Ona da bir şeyler söylenmiş olduğu kanaatine vardı. Kıyıya kadar geldi:

– Çıkıyor musun?

– Evet. İşin var mı?

– Yo hayır.

– Şey, mahsuru yoksa birlikte çıkalım bu gün.

– Tamam.

– Bir fotoğraf makinesi almanı istiyorum yanına.

Şaşırdı:

– Neden?

– Dedektiflik yapacaksın.

– Hiçbir şey anlamadım doğrusu.

– Sen dediğimi yap şimdi. Anlatırım sonra.

Garaja doğru yürüdü. Hilâl fotoğraf makinasını almak için evlerine.

Makinasını kayışından omuzuna asmıştı. Arabayı hazır görünce koştu. Ön kapı için çöktü parmağını. Faruk itiraz etti:

– Arka koltuğa geç.

Dudak büktü, hayreti arttı. Dediklerini aynen yapıp arabanın arka koltuğuna oturdu.

– Tam arkama otur ve camı sonuna kadar aç.

– Neler oluyor kuzum?

– Sana az sonra, çıkışın tam karşısında sarışın, kıvırcık saçlı sağ eli ceketinin cebinde duran bir genç göstereceğim ve şu anda, çekim için hazır hâle getireceğin makinenin, düğmesine ustaca çökeceksin. Kaç poz alabilirsen.

– Şaşırtıyorsun beni.

– Peşimde bir tetikçi var.

– Kurt İlyas mı demek istiyorsun?..

– Bilmiyorum. Herkes aynı şeyleri söylemesine rağmen, ben hâlâ ihtimal veremiyorum.

Açılan çıkış kapısından dışarıya süzüldü. Heyecanlı bir sesi vardı:

– Hilâl, dikkat et karşıda!..

Önce biraz ağırlaştı, sonra süratle bastı gaza.

– Tamam mı?

– Evet.

Yine kurtarmıştı. Düşünceleri yoğunlaştı, çıkış yolları aradı. Polise haber verse?.. Evlerinin burnuna kadar sokulmuştu ve kaç sabahtır aynı noktada çıkışını bekliyordu.

Hilâl akşam ağabeyisine fısıldadı.

– Faruk'un peşinde bir tetikçi var. Resmini çektik.

Hadise yayıldı. Evdekilerin telaşesi arttı. Baba oğlunun dönüşünü bekledi akşam. Patlamaya hazır bir bomba gibiydi. Onu daha içeriye girer girmez salonda yakaladı:

– Etrafını bir mayın tarlası hâline getirdin. Şimdi hayat solumak istiyorsun o zeminin üzerinde. Sarıyerli Levent, Kurt İlyas, öfkesini kudurttuğun, macera çetelerindeki gençler. İşte arayışının semeresi. Herkes gibi sade ama debdebeli, arzuları adam gibi yaşayan bir genç olsaydın bunların hiçbirisi de olmayacaktı anlıyor musun, olmayacaktı.

– Kim söyledi size bunları?

– Tetikçinin resmini çekmesini istediğin kız.

Biraz kızdı, fakat konuşmadı. Merdivenleri tırmandı sükutunu bozmadan. Baba ardından verdi veriştirdi. Onları duymuyordu bile.

BABA

Gamlı bir gece başlamıştı yine, çekilip düşüncelere dalmak istediği odasının iniltili havasında.

Masanın başındaydı şu an. Başını avuçlarının arasına gömmüştü.

Herkesin güzide bir insan olarak tanıdığı öz babasının sözleri, beyninde kırık bir plâk gibi dönüyordu.

– "Etrafını korkunç bir mayın tarlası hâline getirdin ve şimdi, o ölüm tarlasının içinde hayat solumak için çırpınmaktasın.

Kurt İlyas Sarıyerli Levent Macera çeteleri ve peşinde gölgen gibi seni takip eden bir tetikçi."

Sonra, herkesin eli kanlı bir mafya babası olduğunu anlattığı adam düşüyor gözlerini önüne.

Şaşırtıcı şeylerdi ikisinin kıyası. Babasından duymak istediği sözleri ondan, mafya babasından duymak istediklerini babasından duyuşu, şaşırtıyordu onu.

Ona karşı bir saygı belirmişti yüreğinde ve o saygıyı etrafındakiler hiç acımadan yıkmaya çalışıyorlardı.

Adamlarını dövmüştü önce. Sonra, önünde durup arabasına almıştı. O günün tadı damaklarında kalmıştı sanki. Açık, kapanmak bilmeyen yaralarına neşter vurmuş, efsunlu sözlerle ilaçlamıştı onları.

– "Bak delikanlı. İyi dinlemelisin beni. Senden korktuğum için değil seni sevdiğim için hadiseye noktayı koydum. Bir mazi, bir nostalji oldun bana. Gençlik yıllarımı sende seyretmeye başladım.

Bana geçmişimi hatırlattın. Cesur, gözünü budaktan sakınmayan, mücadeleci ve vakarlısın. Bir baba oğul sevgisi gibi bu. İşte o değerlerle uğra bana. Benden korma ve kemlik de bekleme sakın."

Başa aldı düşüncelerini. Aslında affedilir gibi değildi yaptıkları. Bu dünyanın insanları sindiremezlerdi böylesi davranışları.

Şaşırdı. Onun için başa döndü. Kurt İlyas konuşuyordu. Kulaklarına bir uğultu bir ninni gibi geliyordu sözler. Faruk o günü o anı ve o dakikaları aldı görüntüye bir film şeridi gibi yeniden seyretmeye çalıştı hadiseyi.

Onun dokunulmazlığı vardı. Bu Leylâ, Hayal Sokağı'nın ikinci Leylâ'sıydı. O, mafya babasının kızıydı. Peşinden gölgesi gibi takip eden korumalarıyla dışarıya çıkar, yine aynı şekilde dönerdi evlerine.

Sokağa çıkması izne bağlıydı üstelik. Bugün babasından müsade almıştı. Hayal Sokağı'nın rüzgârsız Leylâ'sıydı o. Öyle takmışlardı adını.

Sadece bahçelerine çıkar, şadırvanlarında oturur. Boğazın sularını, hemen önünde, elini uzatsan dokunacak kadar yakın, çam ağaçlarını seyreder, bol bol okurdu.

Müsadeli vakitlerde, kah arabasıyla, kah yürüyerek, kısa metrajlı alış verişleri için çıkardı. Tabiî uzaktan kendisini takip eden korumalarıyla olurdu bütün bunlar.

Çağa ayak uyduramıyordu, Hayal Sokağı'n anlayışına göre. Tesettürlü, prensipli ve disiplin altında bir hayat tarzı vardı Leylâ'nın. Sıkıldıkça, Kurt İlyas'ın yani babasının "Hocam" dediği zata bağlı kız yurtlarında aylarca kalır, sohbetlerin engin iklimlerinde serinletirdi gönlünü. Oldukça mükemmel ve derin bir kültürü vardı.

Bugün, canı çarşıya çıkmak istemişti. Küçük, alış veriş işleri vardı. Yürüyecekti. Hemen, az ileri mesafelerde bulunan mağazaya uğrayacaktı.

Çantasının kayışını omzuna takmıştı. Güneş gözlükleri vardı gözlerinde. Taşlanmış astarsız ipek kumaştan pardösesini giyinmiş kaliteli, aksesuvarını tamamlayan bir eşarpla örtmüştü başını.

Leylâ yürüdü, peşinden korumaları.. Beş ya da on adımlık bir mesafe vardı aralarında.

Sokakta bir delikanlının dikkatini çekmişti Leylâ. Yanından geçerken durdu, hayran bir gönülle inceledi Leylâ'yı. Bir tuhaf, hayret ıslığı tutturdu dudaklarında. İradesinin dışında bir el delikanlıyı genç kızın karşısına çekip durdurdu. Ilık bir ses, mest bir gönülle, ama olacaklardan habersizce kesti yolunu:

– Bu güzelliğin hepsi senin mi?

Leylâ, sıkıldı, kızardı suratı ekşidi. Yolunu değiştirmek istedi, delikanlı bir adım hereketiyle yeniden gerildi yolunun üzerinde.

– Müsaitsen birlikte dolaşalım ha?

Leylâ azarlar gib baktı:

– Kıyafetim sana, müsait bir kız olduğumu mu söylemekte?

Tekrar yürümek için hazırlandı. Delikanlı ısrarını sürdürdü. Yeniden gerildi yoluna:

– Namuslu kızlara bayılırım. Bakarsın evleniriz ha?

Faruk belirdi yolun öbür ucunda ve korumaları hızlı adımlarla kapattılar aradaki mesafeyi.

Bir el pençe gibi yapıştı gömleğini yakasından kendisine çevirdi yüzünü. Bu Kurt İlyas'ın korumalarındandı:

– Ulan it, belanı mı arıyorsun sen?

Delikanlı serteldi:

– Sana ne be? Çekil yolumdan.

– Ya!..

Yolun kenarı çetin bir kavgaya sahne oldu. İki koruma hallaç pamuğu gibi attılar delikanlıyı. Tiftiği savrulmuştu gözlere.

Leylâ, cılız adımlarla arkasına bile bakmadan yürüdü. Peşinden gelen sesler, içler acısıydı:

– Yeteeeer!.. Öldürecek misiniz?..

Delikanlı bağırıyordu. Hâlsiz kalmıştı. Tozlara belenmiş yüzü kanla karışmış, korkunç bir manzara hâlindeydi artık.

Hırslarını alamamışlardı korumalar ve hâlâ tekmeleriyle inletiyorlardı, yerde kıvranan genci.

Biraz daha sürdürseler sonu gelmeyen darbelerini delikanlı, mutlaka ölebilirdi. Etraftan gelip geçenler ilgilenmedi sadece kaldurum değiştirerek uzaklaştılar ve meraklarını kaçamak bakışlarla eritmeyi tercih ettiler yine.

Faruk, Leylâ'yı tanırdı. Kurt İlyas'ı da. Hatta korumalarını bile tanıdı. Acımıştı, içi ezildi delikanlının feryatlarına.

Koşup korumalardan bir tanesinin kolundan tutup biraz yüksek sesle ikaz etti onu:

– Bırakın öldürecek misiniz?

Öfkeli bir el hareketiyle itekledi Faruk'u:

– Eeee, çekil be. Bir de sen bela olma başımıza.

Faruk, yeniden müdahale etti. Ayırmak istedi:

– Bırakın dedim sizee!

Korumalar Faruk'u tanımışlardı. Az önceki koruma yeniden itekledi:

– Çekil dedim sana. Burnunu sokma öyle her şeye.

Faruk kızdı. Tekmelerin biri iniyor biri kalkıyordu delikanlının vücudundan. Ortalığı velveleye veren bir nara attı:

– Bırakın dedim sizeee!..

Bu nara yürekli ve şimşekleri üzerine çekecek kadar tahrik ediciydi.

Korumaların ikisi birden Faruk'a döndü. Leylâ az ileride durmuş hadiseyi seyrediyordu ve Faruk'un ortaya çıkışı onu da heyecanlandırmıştı.

Müthiş bir kavga seyretti Leylâ. Dayanamayıp hadise yerine doğru yürüdü. Korumalar zor durumda kalmışlardı. Dayak yemişlerdi resmen. İçlerinden bir tanesi yerde debelendi kendisine gelir gelmez elini silahına götürdü. İşte o zaman olanlar oldu.

Leylâ elinde olmadan acı bir çığlık attı:

– Duuur bırak o silahı elinden. Komşumuz o bizim.

Korumalar durdu. Faruk tıpkı bir suçlu edasıyla çekildi kenara. Derin bir nefesle rahatladı. Hemen yanında beliren Leylâ'ya müteessir bir yüzle baktı:

– Kusura bakmayın. Ben delikanlıyı öldürecekler diye müdahale ettim. Sonuçta İlyas Amca güç durumda kalacaktı. Onlar, bana saldırdılar.

Leylâ titrek bir sesle mırıldandı:

– Tamam sen git şimdi. Karışma başka.

Delikanlı derin bir iniltiyle kalktı yerinden. Faruk, gamsız fakat, yorgun yürüdü evlerine yönelip.

Akşam mahalle bir başka türlü fısıltılarla kaynaşmıştı. Hayret rüzgârları esiyordu yüzlerde.

Hadise ailede bir şok tesiri yapmıştı.. Melih Bey dikenlerin üzerinde yürüyor, Hacer Hanım:

– Artık duramayız buralarda diye hayıfsınıyordu.

Panik içindeydi ikisi de, içi içine sığmıyordu annenin. Kocasına dönüp yalvardı:

– Polise haber ver hemen. Birazdan basar eşkiyalar burayı. Ya da, birlikte gidip özür dilesek Baba'dan. O etmiş sen affet desek?..

Melih Beyin dili tutulmuş gibiydi. Konuşmuyor, ecel terleri sökülüyor yüzündeki derilerden, boğulmamak için sık sık nefes almaya çalışıyordu.

Havadis Kurt İlyas'a da ulaşmıştı. Bu akşam, evine oldukça erken sayılacak saatlerde dönmüştü.

Korumaları eşliğinde sokakta göründüğünde, tansiyon iyice yükselmişti. Meraklar ve korkular hat safhada, eller yüreklerin üzerindeydi.

Kurt İlyas, yine her akşamki gibi arabasından inip evlerine doğru yürüdü. Kadınıyla karşılaşmıştı ve Leylâ belirmişti karşısında. Koyu bir merakın bulutları vardı gözlerinde.

Hadiseyi bir defa da kızından dinlemek istemişti. Leylâ, bütün çıplaklığıyla anlatmıştı babasına.

Hiçbir fikir yürütmemişti. Dışarıya çıkıp korumalarından birisini çağırmıştı yanına.

– Buradakilerin yerleri değişsin. Sakın, delikanlıya dokunmasın kimse.

Mahalle bunaltıcı bir bekleyişin, ağır hasarını soluyordu Hayal Sokağın insanları. Herkes, balkonlarında âdeta saklanır gibi oturmuş, bahçeler sessizdi bu akşam.

Hilâl zamanı eritemiyordu bir türlü. Balkonun dar zemini üzerinde sabırsız gitgellerle volta atıyordu, sık sık, Kurt İlyas'in bahçeyi sonra Faruk'ların evi göz hapsinde tutuyordu.

Beklenenlerin hiç bisiri de olmuyordu. Melih Bey, ağır hakaretlerle rahatlamaya çalıştı. Faruk, soğukkanlı ve suskundu.

Düşünüyordu hâlâ. Ardı arkası gelmeyen sendromlarla doluydu düşünceleri.

Faruk, villaları sokaktan ayıran, yolun üzerindeydi sabah çıkarken. Faruk'u görmüş tanımıştı.

– Bekle biraz, dedi şoföre.

Gözlerinin içine bakıp anlamlı bir tebessüm göndermişti ona. Arkasından yorgun bir el hareketi ile yanına çağırmıştı Faruk'u:

– Gel bakalım.

Arka kapıyı açmalarını istemişti korumalardan. Arabanın kapısı açılmıştı. Faruk'tan yanına oturmasını istemişti.

Bunlar bir şaşkınlık içinde gerçekleşmişti. Son model mersedesin arkasında ikisi oturuyordu. Önde koruması vardı. Arkalarında onları takip eden koruma ekibi.

Araba yürümedi. Kurt İlyas, Faruk'a bakıp otoriter bir yüzle sordu:

– Bir şey mi söyleyecektin?

Saygılı ve oldukça da soğukkanlıydı:

– Evet efendim. Dünkü hadiseden sonra özür dilemek için rahatsız etmek istemiştim.

– İşin yoksa birlikte gidelim.

Sevindi, hiç düşünmeden kabul etti:

– Neden olmasın?

Hilâl endişeli bir seyirle takipteydi hadiseyi. Anne, panik içinde çırpınışları yaşıyordu. Melih Bey, ellerini sıkıyor, dişlerinin arasında dudaklarını çiğniyordu:

– Hay Allah kahretsin diye hırçınlaştı.

Arkasında bıraktığı meraktan habersizdi Faruk. Hayatının fırsatını yakalamış gibi de memnundu üstelik.

Kurt İlyas şoförüne mırıldandı:

– Yürü tamam.

Sakin bir lisanla gözlerine bakarak sordu Kurt İlyas:

– Kormuyor musun?

– Korkmuyorum, çünkü milyonlarca modelin arasından özellikle seçtim sizi. Tıpkı, sizin gibi olmak için çırpınmaktayım.

Baba şaşırdı:

– Anlamadım?

Keskin baktı Baba'nın gözlerinin derinliklerine:

– Sizin gibi olmak dedim. Sizi örnek aldım kendime.

Hayrete düşmüştü yüzü. Gözlerinde teessür pırıltıları vardı, ancak sesi oldukça kısık ve sakindi:

– Hangi hâlimi?

– Sen bir babasın. Herkesin tanıdığı, korktuğu, hatta saygı duyduğu.

Faruk'un düşüncelerini allak bullak etmişti duydulkları:

– Yanlış bir model bu. O hâlde beni dikkatle dinlemelisin delikanlı.

Acı bir tebessüm vardı Baba'nın dudaklarında:

– Ben bir şey olmadım ki. Vurmak, kırmak. Sorumsuz bir hayat tarzı bu. Sonu yok hiçbir zaman. Ruhsuz, dalsız, budaksız ve köksüz bir isim. Haksız bir şöhret senin hülyalarında yatan. Adını başkalarına zorla ezberleterek, nefretle söyletmek. Senin aradığın şahsiyet, hayallerini süsleyen şöhret bu olmamalıydı bence.

Umduğunu bulamamışlığın üzüntüsü yayıldı yüz hatlarına:

– Ya nasıl?

– Yaşamak, fazileti elde edebilmek. Mükemmeli yakalamaktır.

– Ben sizi yanlış mı tanıyorum?

– Herkes gibi.

– Yani?

– Şaşırdın değil mi? Senin aradığın, kafanda şekillenen hayat değil benim yaşadığım. O, gençlik yıllarımın yanılgısı. Yani harcadığım, sahip çıkmak istemediğim günlerimdi demek istedim.

Senin aradığın hayat, istikametsizlik. Aferimlere gelmek. Adını söyletmek toplumda. Örnek alınacak hayat değil ki bu.

Gücüyle tanınmak. Tokatıyla, yumruğuyla, silahıyla, hatta şerleriyle.

İnsanda öyle bir kuvvet olmalı ki, bence o erdemlilikte mesafe almış, yaşadığı dürüst hayatla etrafina örnek olmalı.

Kitaplardan konuşmalardan, alamadığı cevabı, o insanın sükûtundan, hareketlerinden almalı tanıyanları.

İşte böylesi bir model bulmalıydın kendine.

– Yani, siz buldunuz mu böyle bir model?

– Evet. Görmek ister misin onu?

Hayretini gizleyemedi:

– Tabii.

Şoföre seslendi:

– Hoca Efendiye önce.

– Emredersiniz efendim.

Garipleşti, hep Kurt İlyas'ı dinledi yol boyunca. Bahçeli etrafı ağaçlarla çevrili bir gecekonduydu önünde durdukları.

Korumalar dışarıda beklediler, Faruk'la Kurt İlyas girdi içeriye. Milyonlara adını ezberleten adam, sakallı pirifani bir ihtiyârın karşısında âdeta elbisesinin içinde eriyip kaybolmuş intibağını veriyordu karşılaştıklarında.

Ak sakallı ihtiyâr, munis bir tebessüm geliştirdi dudaklarında:

– Gel oğul, özlettin kendini.

Kurt İlyas eline uzanıp belini büktü, nezaketle dudaklarına götürdü. Faruk aynı şekilde uzandı eline. Oturup, sohbet ettiler birlikte. Zaman bir su gibi eriyip gitti. Hiç duymadığı sözlerden aşinası olmadığı konulardan konuşuldu. Ötelerin ötesi irdelendi, değişik ufukları dolaştı, yadırgısı olduğu iklimlerde yaşadı. Bilmediği kaynaklara dayadı, yanık dudaklarını. Edeple dinledi ve müsade istenince, O da Kurt İlyas'ın arkasından ihtiyarın elini öpüp, birlikte çıktılar dışarıya.

Faruk'un düşünceleri allak bullaktı. Beyninin tuğlaları oynamıştı yerlerinden ve değişik yerlerde karma karışık, düzensiz duruyorlardı şimdi. İlyas Baba arabaya bindiklerinde bazı kesitlerin yelpazesini açtı delikanlının sersemleşen düşüncesine. Dikkatle dinledi onu.

Konuşurken sık sık ela derin gözlerine baktı. Her şeye rağmen çehresinde esrarlı bir vakar vardı. Bu Necip yüzü inanılmaz bir alaka ile süzdü.

– Tahammülleri zorlayarak, bir sapışa, bir yeknesaklığa yürümek, realitelerden kaçmak, ürkmek öğrenip de yaşayamadıklarımızdan.

Roman denemesi yapmaktasın, bir gazetede. Okumaktayım. Bir insanın ruh hâlini, yazıp çizdiklerinden anlamak oldukça kolay. Sanatçı yazarken, iç dünyasını kuşatan, onu iradesi altına alan, düşüncenin malzemesini kullanır. Bence, ruh hâlin sürekli zikzaklar çizen, biçimlenmemiş bir düşüncenin ip uçlarını vermekte. Onlar, platonik, masum bir aşkın egzotik tablolarından ibaret sadece.

Düşüncelerini, hayatını, bir biçime, özlediğin modele kavuşturmak istiyorsan beni dinle.

Hiç acımadan, bütün hatıralarını üst üste yığ. Emellerine, arzularına hiç aldırış etmeden, başa dönmeyi düşünmeden, altına kibriti çak ve küllerini savur. Onurlu, herkesin saygı duyacağı, vicdanının seni rahatsız etmediğini hissettiğin, asude bir hayatın izine düş.

Geçmişini unut. Yeniden başla hayata. Tıpkı dünyaya "Merhaba hayat" diyen, masum bir çocuk gibi. Ardına bakmadan, adresi kesin ve kuralları mantıklı çizgiden yürümeye başla.

Cambazlığa boş ver, macerayı bırak. Güçlüklerden yılma sakın. Hayatı bütün girdaplarıyla, bataklıklarıyla, bütün ihtişamıyla, tutuşmuş alevleriyle, kasırgalarıyla, hortumlarıyla yaşayacaksın.

Önüne beklemediğin engeller çıkacak, nefsin çıkacak, bıkmayacaksın. Annen, baban, hattasevdalıların kesecekler adımlarını..

Onlar çıktığın bu yolda ya seninle birlikte gelecekler, ya da önünden çekilmek zorunda bırakacaksın.

Bütün kâinatın önünde giyindirilmiş döneklikten, ikiyüzlülükten arınmış, bukalemun gibi yaşamaktan tiksinen yürekliliğinle tanınacaksın. Fikirlerin duru, katıksız ve çıplak kalacak.

Gecenin saat kaçından habersizdi şu an. Başı hâlâ avuçlarının içine gömülüydü. Hâlâ İlyas Baba'nın konuşmaları dalgalanıyordu kulaklarında.

Tesellisiz bir hicran vadisinde dolaşıyor, bazan cüretli bir isyan çığlığı içine düştüğü çölde, kurtuluşunun vahasını gösteriyordu ona. Müşfik, içli pırıltıların gökleri ıslak ve ürkek. Duygularının paniğinden sıyrılmak için bir sığınak, bir destek, bir dost arıyor, darda kalan kalbinin çırpınışları kabusu koyulaştırıyor damarlarında ve gücü hıçkırıklarının fırtınalaştırdığı deniz gibi kabarıyor, selleşiyor birden, dünyayı endişeye düşüren gözyaşları oluyor.

Gözyaşları ki, hayatında hiç tanımadığı, başvurmadığı bir sığınak. Ağlamak ki bir kurtuluş, en azından boşalmak rahatlamak sıkıntıları kısmen bile olsa dışarıyı atmak.

İçli, derin bir soluk aldı, dudaklarını gevdi sıkıntısından. Elinin tersiyle gözlerini silip buruk bir tebessümle ıstırabını yenmeye çalıştı. Yeni baştan dirseklerini masaya dayayıp, başını avuçlarının arasında tuttu. Etkisinden hâlâ kendisini kurtaramadığı sözlerin anaforunda, rüzgârın önüne zamansız düşmüş bir yaprak gibi savruluyordu:

– Abesler, hayal kırıklıkları ve el değmedik kepazeliklerin yer yer sahnelendiği bir dünya var önümüzde. Teknoloji, bütün toplumları kahbe bir ağ gibi kuşattı. Ekranlar kahbe ve küstah. Görüntüler edep dışı ve şımarık. İçkiyi yasak ettiğimiz evlerde sarhoş çığlıkları var. Kumarhaneler sapıklıklar ve nice haneler. Yatak odalarının mahrem sahneleri, üstsüz plaj görüntüleri, plajlar, diskolar meyhaneler. Hatta sokaklarda bile mahrem yerlerini göstererek dolaşanlar. İşte toplumumuz ve genel ıstırabımız.

Ne kadar benziyorsun gençlik yıllarıma bir bilsen. Buluğ çağına girmemiş bir akıl. Kafada kavak yellerinin estiği yıllar. Tıpkı senin gibi işte. İnandığım, her şeyi en doğru diye adlandırdığım delikanlılık çağlarım. Zehri şerbet diye yudumladığım günler.

Aklıma düştükçe, önce utanasım geliyor, sonra sınırsız bir azap, buruk bir tebessümle geçiştirmeye çalışıyorum onları.

Araba ilerliyor, radyodan gamlı bir şarkının yanık musikisi ve yumuşak, dokunaklı bir ses galiyor kulaklarına:

Kurt İlyas'ın sesi çekiyor dikkatini:

– İhmal ettiğimiz, kötü yanlarımızın rüzgârına taktığımız gençlik. Onlara iyi örnek olamadığımız gençlerimiz, içler acısı şimdi.

İçen, uyuşturucu kullanan, her türlü çirkinliklerin kabında eritilen yanlış biçimlendirilen, talihsiz gençlik.

Çılgınlıkları yaşamak, çürümeyi filizlenmek kabul eden, o yanlış mantığın insanlarında da duygu var, his var. Acımak var, hatta dürüstlük var bazı hâllerinde.

Duyguları körelten, hatta acımasız bir ejderha hâline getiren, bozuk düzenlerin ürünleri bunlar.

Yanlış değerlerdirmişti onu. Tanımadığı incelemediği, ama hiç araştırmaya yaklaşmadığı bir dünyanın adamıydı.

Tadı damağında kalmıştı konuşmaların. Şaşırdığı tek şey vardı. Babasından duymak istediklerini "mafya" diye isimlendirdikleri bir insanın ağzından işitmek.

Sorular, sorular dirildi kafasında. Onunla bir daha görüşebilmek için sabırsızlandı. Herkes "Peşine tetikçi koydu, seni yüzüne güle güle vurduracak" derken, hiç, ama hiç aldırmıyordu şimdi.

Beyni, ambele olmuştu ve artık düşünemiyordu. Gözleri manmurlaştı gözyaşları kurudu, uyku hakim oldu uyuşan beyninde.

Evlerinde koyu bir matem havası hakimdi bugün. Duvardaki saat yirmi ikiyi gösteriyordu. Sırma hâlâ dönmemişti. Evin kadını gamlı bir gönülle seyrediyordu erkeğini.

Salon, sıgara dumanlarının oluşturduğu, kopuk kopuk bulutlarla doluydu.

Faruk, yas evinden farksız olan salona sessizce girdi. Tuhaf bir seyir tutturdu önce. Annesi farketti geldiğini. Fakat, kederin pençesinde çırpınan duygular kilitlemişti dudaklarını. Melih Bey ayak seslerine bile aldırış etmemişti. Manzara hiç iyisine varmamıştı Faruk'un.

– Baba!..

Bu ses, o mefluç uyuşukluğun ağlarını az da olsa parçalamıştı. Kafasını haiffçe çevirdi sesin geldiği tarafa ve yine aynı keyifsizlikle eski hâline getirdi.

Ölümüne bir dalıştı bu. Kuşkusu çoğaldı, dehşet kıvılcımları kaymıştı gözlerinde ve derin bir hayret ifadesine büründü çehresi. Bayatlamış ruha işkence veren bu mistik havayı dağıtmak için haykırdı:

– Baba:

Azarcı, uykudan huzursuz edilerek uyandırılmış insanı andırıyordu gözleri:

– Ne var, ne istiyorsun?

Başucunda bekledi:

– Hay Allah. Bu ne hâl, ölen mi var evde?

Kısık bir sesle mırıldardı:

– Daha da kötü.

Endişesi aşılmaz bir hâl almıştı:

– Neymiş o ölümden de kötü olan şey? Yoksa Sırma?..

Hiddetli bir çırpınışla açtı gözlerini:

– Ne olmuş Sırma'ya?

– Ben nerden bileyim. Üzüntülü olan sizsiniz. Sebebini de siz bileceksiniz elbet.

Yeniden kara düşüncelere gömüldü Melih Bey. Biten sigarasını yeniledi. Konuşmadı. Faruk, neşesi gözlerinde donan kadına döndü:

– Anne!..

Kısık, öfkeli bir sesi vardı:

– Uzatma be çocuk. Üstesinden gelemeyeceğimiz bir hadise var karşımızda.

– Neymiş o?

– Bıçkın Baba.

– O da kim?

– Baba, dedim ya?

– İyi de, hadise ne?

Baba, derin bir nefes aldı. Kurtuluşu ancak özet bir izahta bulabilirdi. Öyle düşündü.

– Büyük bir ihale. Kendimi ona göre ayarlamıştım bütün yıl. Yüzde yüz bizimdi. Her şeyin tamam olduğu bir anda Bıçkın Baba çıktı karşıma. "Çekileceksin" dedi. Şaşırdım.

– Ya çekilmezsem? diyebildim.

Alay etti benimle:

– "Ölü adam ihaleye giremez". Dedi.

Doluktu, çaresizliği yudumladı, kırışan dudakları. Gücüne gitmişti Faruk teselliye çalıştı babasını:

– Bırak şu üzüntüyü. Sen demez misin her zaman "Hayat mücadeleden ibarettir" diye?

– Bu başka.

– Bana bırak.

Acı acı gülümsedi. Alayın zirvesi vardı çehresinde:

– Bu senin bildiğin gibi çocuk işi değil.

Anlamlı baktı gözlerine ve odasına geçmek için basamakları tırmandı.

Odasına girdiğinde morali oldukça bozuktu. Telefonun başına geçip bilinmeyen numaralardan Bıçkın Baba'nın telefonunu sordu.

Büro, ev, hepsini. Israrlı aramalardan sonra güçlükle ulaşmıştı. Sert, otoriter ve azarcı bir sesi vardı ahizeye yansıyan.

– Bıçkın Baba mı?

– Evet!..

– İyi dinle beni. İş adamı Melih Kılıç'la aranızda tatsız bir hadise olmuş.

– Sen de kimsin?

– Bana Faruk Baba derler, tepem attı mı İstanbul'da taş üstünde taş koymam bunu bil. Dokunma ona.

Bıçkın öfkelendi:

– Bırak şu bilöfü ben İstanbul'da böyle bir isim duymadım.

– O sadece senin kendi yumruğunu büyük gördüğün için olmalı. Bir daha aramam. Kan gölüne döner İstanbul. Benden söylemesi. Yüzüme kapadı dememen için söylüyorum bunu. İyi geceler.

Sert bir el hareketiyle kapadı telefonu. Bıçkın, sinirinden ahizeyi ısıracaktı. Dudaklarını gevdi ahize havada kaldı bir müddet.

– Faruk baba, diye mırıldandı. Derin düşündü farkında olmadan.

Satine baktı gece ilerlemişti. Yirmi üç otuzu gonkluyordu tam. Kurt İlyas düştü aklına. Buna rağmen fihristi açıp numarasını buldu.

Gökyüzünde gamlı bir sessizlik vardı. Hayal Sokak'taki villaların ışıkları sönmemişti hâlâ.

Leylâ balkonlarının kapısını usulca araladı. O bu sokağın farklı kızıydı. Evlerinde bile açmadığı eşarbı, hâlâ itina ile kapamıştı saçlarını. Elindeki telefonu uzattı babasına:

– Sizi arıyorlar.

– Kimmiş?

– Bilmem söylemedi.

Kızının elinden telefonu alıp karşı tarafa sinyal verdi:

– Alo!..

İtina ile dinliyordu karşıyı. Yabancısı olmadığı bir sesti:

– Kusura bakma abi. Bu saatte yeri değil belki ama, sormam gereken bir şey vardı.

– Hayırdır?

– Sen eskisin bizden. Belki duymuşsundur diye rahatsız ettim. Melih Kılıç'la aramızda bir ihale meselesi vardı. "Çekil" dedik namlunun ucunu gösterdik sadece.

– Evet komşumuz olur.

– Az önce bir telefon geldi. Sözlerini it yese kudururdu.

İlyas Baba durakladı:

– İsim vermedi mi?

– Evet, ama adını hiç duymadım bu dünyada. Senin malumatın var mı diye?

– Adı neymiş?

– Faruk Baba dedi!..

Gülmemek için dudaklarını ısırdı Kurt İlyas. Ciddileşti, kaygılı bir ses gönderdi cevap olarak:

– Ha duydum. Gençlerin oluşturduğu, amansız bir çete. Severim kendisini de üstelik. Gençlik yıllarımı hatırlatmakta bana. Daha bir kaçgün öncesi benim korumaları dövmüş.

– Ne yaptın?

– Düşmedim peşine. O yaşın insanı aklıyla değil, ihtiraslarıyla hareket ederler. Dedim ya, Melih Bey de komşum olur. Pişmiş aşa soğuk su katılmaz bizim kitapta. Seni bilmem.

– Kusura bakma Baba. Yanında yetiştik. Katmayız o hâlde.

– Bir telefon aç Melih Beye. Yanlış anlaşılma olmuş deyip kapat istersen meseleyi.

– İyi geceler baba, hürmet ederim.

– Hürmet edenlerin bol olsun.

Faruk odasındaydı hâlâ. Melih Bey salonda sigaralardan aldı hırsını. Sırma gelmişti az önce. Sermest bir gönülle etrafına gülümseyerek odasına doğru yürüyüp hâl hatır bile sormadan ayrılmıştı yanlarından.

Istırap notalı bir nefes aldı kızının arkasından bakıp. Telefon çaldı. Yüreği hoplamıştı ikisinin de. Hacer Hanım kaldırdı ahizeyi.

Kibar bir sesti karşıdan gelen:

– Kusura bakmayın, rahatsız ettim bu saatte.

– Estağfurullah efendim buyurun.

– Melih Bey yatmışlar mıydı acaba?

– Şey hayır. Kim arıyordu acaba?

– Bıçkın diyin.

Gözleri parladı. Ahizeyi atacaktı elinden. Heyecanı nefesini kesecek kadar şiddetliydi. Yutkundu, soluğu sıklaştı, konuşamadı, ahizeyi kocasına uzatırken. Melih Bey hayretle baktı gözlerinin içine. Bozuk, gamlı, açılmamış bir sesti Melih Bey'in sinyali:

– Alo!..

– Melih Bey.

– Evet.

– Ben Bıçkın Baba.

Gözleri yuvalarını zorladı. Suratında ruhsuz bir çift budak deliğinden farksızdı onlar. Titrek, güçlükle dudaklarını terketti mırıldanışı:

– Buyur!..

Konuşmaları dinledikçe, yüzünde esen serin bir rüzgâr, kâbusu kovup, oldukça yumuşak bir havaya terketti yerini:

– Bir yanlış anlaşılma olmuş. Faruk Baba'yım diyen bir şahısla konuştuk az önce. Gerek yoktu buna. İşin hayırlı olsun. Biz vazgeçtik. İlyas Baba'nın komşusu olursun da, aramızda sürtüşme olur mu hiç. Onunla da konuştum az önce. Vazgeç dedi. Haber vereyim dedim. Bir sıkıntın olursa beklerim. İyi geceler.

– İnşaallah. İyi geceler.

Şaşırmıştı. Yerinden fırlayıp oğlunun kaldığı odaya doğru koştu. Hayretini gizleyemeyen Hacer Hanım koştu peşinden.

Kapısını vurdu hızlı hızlı. Heyecanını gizliyemiyordu ne yapsa.

Çocuklar kadar garip bir sevinci yaşıyordu şu an.

Faruk, kapısı hışımla açılınca korktu. O da fırladı yerinden. İnanamıyordu, karşısında duran adam o değildi. Daha, yarım saat önce dut yemiş bülbül gibi düşünen adam, şakıyordu şimdi.

– Faruuuuk!.. Kurtulduk, kurtulduk!..

– Ne var, ne oluyor?

– Bıçkın aradı Bıçkın. Özür diledi benden. Vazgeçtik, hayırlı olsun işin dedi duyuyor musun?

– Şaşırtıyorsun insanı baba. Ne var bunda?

– Bir sıkıntın olursa beklerim dedi bana. Özür diledi, benden özüüür!..

– İyi ya, şimdi gidip rahat bir uyku uyumaya bak.

– İlyas Baba'yı aramış. Faruk Baba kim? diye.

O da gizleyemedi hayretini:

– Ne demiş?

Yaklaşıp omzunun üzerine indirdi elini. Yüksek bir kahkaha tufanı vardı dudaklarında:

– Demek sen de "Baba" oldun ha?

Anne, sevinçli, Melih Bey havalarda uçuşuyordu. Faruk sadece:

– Uykum var dedi.

Günlerdir kapanıp kaldığı odasında oldukça sıkılmıştı. Balkona çıkıyor, arasıra bahçeye inip çardağın serinlik vadeden gölgesinden etrafı seyrediyordu.

Yaz aylarının sıcakları oldukça etkiliydi. Villaların havuzlarının etraflarına çadırlar çekilmişti. Havuzlar, boş kalmıyordu bugünlerde.

Faruk, kaç gündür ne havuza girmeyi, ne de dışarıya çıkmayı düşünmemişti bile.

Üzerine yakın bir akşamın, yorgun ışıklarının çoktan düştüğü şu anda, ruhunda hülyalarının en içli musikisini dinliyordu.

İp uçları yakalamıştı. Düşünceleri, artık onu bir noktaya doğru çekmeye başlamıştı ve bunu yavaş yavaş hissediyordu Faruk. Yalnızlığın karanlık dehlizlerinden yükselen bir sese kaptırmıştı kendisini. O, pirifani ihtiyar ve herkesin mafya diye adlandırdığı adam. Evet ikisi de farklı insanlardı ona göre. Fırtınalara kapılmış, yolunu kaybetmiş insanları alıp, ufuklarını zorlamama talihsizliklerinden onları kurtarmak, sıhhatli düşünebilme yeteneklerini kullanmalarını sağlamak görevini yüklenmişlerdi.

Aşk, şefkat hoşgörü ve sevginin uzlaştıramayacağı bir yapının olamayacağını haykırıyorlardı insanlara.

Lüksün, şatafatın ihtirasın sahte gülücüklerine tutsak olan insanları özüne çağırıyorlardı onlar.

Kurt İlyas'ı düşündü. Tereddütleri vardı içinde. Hem ona övgüler yağdırıyor, hem de resmini çektirdiği tetikçi düşüyordu gözlerinin önüne. İçinde vesveseye yol açan, yakaladığı parlak dünyanın ışıklarını söndürmek isteyen o kurdu, öldürmek istiyordu. Fakat nasıl?.. Korkuyordu. Yeni dünyasında devleşen adam, sahiden peşine o serseriyi takmış olabilir miydi?

Uzaktan Kurt İlyas'ın dönüşünü gözetledi. Hilâl, balkona çıktı, bahçede kur yaptı gözüküp, aldırış etmedi.

Leylâyı düşünüyordu, Faruk. Onun vefasız davranışını sindirememişti.

Gün battı, vakit oldukça ilerledi. Saat akşamın dokuzu gibi, Kurt İlyas korumalarının eşliğinde evlerine geldi. Faruk görmüştü bu anı. Evlerine geçip acele acele bir telefon aradı. Bekledi heyecanlıydı.

– İlyas Amca!..

– Efendim.

– Tanıdın mı!.. Ben Faruk.

– Tanımaz olur muyum hiç. Faruk Baba'yı?

Müteessir bir edaya büründü utandı.

– İlyas Amca!..

– Neyse söyle bakalım.

– Şey, rahatsız etmiş olmazsam, ziyaretine gelmek istiyordum da.

– İyi ya bekliyorum.

– Sağol.

Bu evde düzen kendilerinkinden oldukça farklıydı. Kadınlar hiç görünmemişlerdi ortalarda.

Kapıyı İlyas Bey açtı ve salona aldı Faruk'u:

– Buyur bakalım, Faruk Baba!..

Al al oldu yanakları, ince ince terledi:

– İlyas Amca utandırma beni. Siz söylemediniz mi bana "Toplumda namussuzlar kadar namuslu insanlar da cesur olmalı" diye.

– Otur bakalım.

Karşılıklı ve yakın oturdular. Baba, sıgara yaktı sehbanın üzerinden alıp:

– Bir sorun mu var?

– Yo bir ziyaret. Beynimdeki tuğlaları oynattınız o gün. Biraz devam etsek diye.

– Memnun oldum buna.

Mahcup baktı gözlerine:

– Sürekli bir arayışın içindeyim. Ailem, arkadaşlarım yardımcı olamadı. Bunalımlı dediler bana. Doğru mu bu? Siz de hissettiniz mi hâlimden böyle bir şey?

Alaylı bir gülüşü vardı:

– Doğru yoldasın demiyor mu hislerin?

– Ondan şüphem yok.

– Kendi yalnızlıklarından ve kendi bunalımlarından haberdar olmayan insanların oluşturduğu bir toplumda yaşıyoruz.

– Birkaç söz beni teslim aldı, şaşırdım. Sadece birkaç saat görüşmekle değişen fikir, acaba kaypak mı? diye düşündüm. Tereddütlerim devleşti beynimde.

– Bak delikanlı, bir söz deyip de geçme öyle. Yerinde kullanılmış bir kelime bile, insanın yönelişlerini değiştirmeye yeter. Okuduğum bir kitapta, küçük bir pasaj teslim almıştı beni.

Kendimi onunla sorgulamıştım, derbeder günlerimde. Bir arkadaşım ısrarla okumamı istemişti benden.

Kalkıp kütüphaneye doğru yürüdü. Bir kitap çekip aldı raftan ve arayıp bir sayfasını araladı. Faruk'a uzattı:

– Oku, dedi. İşte benim kendimi sorgulamamı isteyen ve yönelişlerimin yanlış olduklarını bana fısıldayan satırlar.

Delikanlı önce isteksiz bir göz gezdirdi satırların üzerinde. Okudukça yazı değişik iklimlere çekti onu.

" Geceleyin bir ses böler uykumu.

İçim ürpertiyle dolar Nerdesin?

Yıllar var ki, arıyorum ben onu,

Aşıkıyım beni arayan sesin."

– Gönlümün ufkundan haykırdılar:

– Gel!..

Sonra her türlü fikrin ve düşüncenin kasırgasında bir ışık yol gösterdi:

– Gel!..

Bütün yolları yay gibi büktüler, sonunu başa düğümlediler, bir yanda kuyu, ötede minareyi gösterdiler:

– Gel!..

Can ve canan gibi klişeleri silip, hecelediler:

– Geeel. Gel!..

Sesler eriyip gitti manalar maddeleşti, "Gel" kelimesi inceldi ve bitti.

Artık ona hasrettim. Herşeyi unutup, onu aradım. Nerde "Gel" sözü duysam döner bakardım. Kurtların ulumasından, yılanların çığlığına kadar, her seste o derin ve lâhutî manayı kolladım.

Kımıldayan yaprakta, söken şafakta, her gurupta, her karanlıkta ona koştum.

Nihayet kıvılcımın zulmeti emdiği an, yine haykırdı:

– Gel!..

Koştum, koştum dizlerimin bağı çözülürcesine koştum. Bir de baktım, "Gel" diyen elleriyle "Git" diyor. Şaştım. Kurudum kaldım. O anda şefkat ve merhamet dile geldi:

– Kendine gel! Heyhat başka şeylere koşmaktan o kadar yorulmuştum ki, kendime gelecek mecalim yoktu.

– Ne acı gerçek: "Kendine gel"

Edep dolu bir hareketle kapadı kitabın sayfasını ve:

– Güzel, diye mırıldandı. Harfler insanın beynindeki karanlıkları aralayıp ufuklar açıyor sanki. Yalnız bir sorum olacak size:

– Sor.

– O hâlde neden hâlâ babalık sıfatını üzerinizde taşımaktasınız?.. Bırakın, inandığınız gibi görünün. Unutun geçmişi.

Acı acı gülümsedi:

– Çok doğru bir fikir. Fakat, insan kendisini unuttu mu hatırlatanı çok olur. Ben bu lakabımla yaşamak zorundayım. Fakat dürüst, inançlı ve dış tehlikelere karşı eskisi kadar tedbirli.

– Anlayamıyorum bir türlü. Bir sürü çelişkiler gibi geliyor bana ilk bakışta. Yaşadığınız hayat, edindiğiniz kimlik ve bana olan tavsiyeleriniz.

– Yani, inancımla yaşayışımı mı, demek istiyorsun?

– Hayır inançlısınız ondan şüphem yok. Fakat, inançlı insanlar açıktan yaşamaktalar kurallarını.

– Bak delikanlı. Söylemek istediğini anladım sanırım. Ben Camide namaz kılamam.

Hayretle baktı suratına:

– Neden?

– Çünkü vehimle secdeye varan baş, Yaratıcısıyla rabıtayı kuramaz. Kopukluk yaşar orada duygular.

Yaşadığım geçmişim kötü bir miras olarak kaldı üzerimde. Arkandan saplanacak bir bıçak, vücuduna boşaltılacak kurşunları hayal ederken, huşu içinde ibadet olmaz. Benim kadarim de de evde ibadet etmek varmış ne yaparsın.

Onun için, yaşadığın hayata dikkat etmelisin.

– Ben bir kızı seviyorum İlyas Amca. Günah mı?

– Hayır. Evet Allah gönülleri de yarattı. Fakat, hayat sadece, şehvet, eğlence, macera, makam ve şöhret edinme hırsından ibaret değil ki.

Seveceksin. Ama ahlâkın sütunlarını yıkmadan. Bu kelimenin içinde çok gizlilerin olduğunu da düşün.

Sevmek. O pencereden bakarken mesafelerin aralanışı, ve sevgiyi yüreğe koyanı aramak.

Zeki bir çocuksun. Aradığın doğruyu bulacaksın. Bir etki altında kalmadan. Kendini sorgulayabildiğin an, yanılgıları en aza indireceksin ve sonunda aralarından gerçeği bulup çıkartacaksın.

Bak, bir mafya. Bir zamanlar her şeyi mübah görerek yaşamış, acımak hissi duyarsız hâle gelmiş bi adam, yürüdüğü yolun yanlış olduğunu idrak edip tövbekâr olmuşsa, söylediklerine inanılır.

– Hep inandım size. Ta başından beri.

Saatine baktı ezik bir duyguyla çalkalandı. Başka bir sıkıntısı vardı açamadığı. Elini çebine götürdü bir resim çıkardı. Gözlerine ürkek duygularla baktı:

– Takipteyim!..

– Anlamadım?..

– Etrafimdakilerin kuşkusu kızdırıyor beni. Bir sorum var size.

– Dinliyorum.

– Peşimdeki tetikçinin sizin adamınız olduğu yolunda.

– İnanma bunlara.

– Bir babanın kalleşlik yanı açığa çıkarsa, etrafını yitirir.

– İnanmadım.

Elindeki resmi uzattı önüne, hicaplı bir sesle mırıldandı:

– Tanıyor musunuz bunu?..

Resmi alıp dikkatlice baktı. Kafasını olumsuzluk ifadesi alarak sallarken mırıldandı:

– Hayır. Biraz anlatır mısın.

– Günlerdir peşimde. Farkına vardıktan sonra fırsat vermedim tetiği çekmesi için.

– Resim bende kalsa?

– Tamam.

– Biraz dikkatli ol bu sıra. Nerelerde görünmekte?

– Çıkıştaki yolun kıyısında. Sadece üç gündür çıkmadım, şaşırtmak için.

– Birkaç gün daha çıkmasan?

– Bilmem.

Eve döndüğünde yoğun bir düşünce bürüdü kafasını. Babasının, etrafının, öğütleriyle kıyasladı konuşmaları. Çok farklı sözlerdi bunlar. Farklı dünyaların, uçurumlaşmış fikir yapıları çarpıştı yorgun kafasında. Saatine baktı, sıfır ikiyi gonkluyordu. Hüzünlü bir gönülle soyunup yatağına uzandı.

BOYACI

Aheste adımlar iniyordu gecenin iniltili sesizliğine. Ve yine hazin bir sesin ağırlığı altında eziliyor gibiydi dünya.

– Boyacı. Boyacı. Boyacı.

Uykuya o kadar ihtiyacı vardı ki, sesi duyunca beynine paslı bir çivi çakılmış gibi acı çekti. Yatağına uzandıktan sonra bir hayli düşünmüş, öteleri ufkunun aralamak istediği öteleri kurcalamış yorgun düşmüştü. Tam uyumak istediği vakit, işte bu ses, sanki işkence etmek için ortaya çıkıyordu. Yatağın içerisinde nihayetsiz acılarla kıvrandı, çırpındı. Sesler bir türlü durmak bilmiyordu.

– Boyacı. Boyacı. Boyacı.

Yatağından bir yay gibi fırladı. Bozuk bir asapla üzerine bir şeyler taktığı gibi kapıdan bir rüzgâr gibi dışarıya savruldu.

Bahçe kapısını ve sokağa açılan kapıyı aynı öfkeyle aralayıp dışarının iniltili, mefluç zeminine, elinde olmayan bir hırsla baktı..

Sokak lambalarının aydınlattığı parke taşlı yol, gamlı bir görüntü veriyordu parlayan kâbuslu bakışlarına. Ölçüsüz bir panik içinde nefeslenip etrafını aradı. Aynı ses, sahile inen yokuşa doğru çekiliyordu:

– Boyacı... Boyacı... Boyacı...

Koştu. Peşinden, tıpkı bir deli gibi koştu. Aradaki mesafeyi kapar kapamaz gömleğini yakasından parmaklarını atıp hiddetle asıldı.

– Heey, baksana sen?

Omuzlarına kadar dökülen, taranmamış, dalgalı, gür saçlarına daha yeni yeni aklar düşmüştü. Sakalı, bıyıkları hür bir eda içinde alabildiğine uzamıştı. Sokak lambalarının açığa çıkardığı gözlerinde buruk bir tebessümü vardı bakarken.

Öfkeli bakışlarında esrarlı bir parıltı vardı. Gecenin sessizliğine gizemli, yumuşak bir bir sitille yansıyan gözlerin derinliklerinde beklerken boğuluyor gibi oldu Faruk. Çok etkili bir sertlik vardı sesinin tonunda:

– Ne yaptığını sanıyorsun gecenin bu saatinde?

Mahcup bir ses ulaştı karşılık olarak. Gecenin, sessizliğini bozan pejmurde kılıklı adam konuşuyordu. Kibar olgun ve muzdaripti sesi:

– Rahatsız mı ettim?

– Rahatsız etmekte söz mü be adam?.. İstirahata en çok ihtiyacım olduğu günleri seçiyorsun hep.

Gecenin bu saatinde boyacı mı olurmuş ha?

Ürkek ve ıstırap doluydu sesi:

– Arıyorum işte.

Çileden çıkmıştı. Kıskıvrak yakalayıp bırakmadığı yakasından şiddetle sarstı.

– Gecenin bu saatinde boyacı mı olur? Gündüzleri çıkıp arasana?

Derin, içli bir nefes aldı. Gözlerini semaları aydınlatmaya çalışan dolunaya dikti. Tesbih tanesi gibi yaşlar yuvarlanıyordu yanaklarına. Dolukan, hazin bir ses düştü gecenin gocunan kanatlarına:

– Ben iş ya da işçi aramıyorum ki.

Azarlı, hırçın bir ses incitti gecenin sükutunu:

– Ya ne arayorsun, bu saatlerde ortaya çıkıp? Boyacı, Boyacı. diye?

– Ben, tavus kuşunun kanatlarına o işveli nakışları döken Boyacı'yı arıyorum.

"Dank" dedi kafasında bir şey. Yabancının yakasını, sıkı sıkı tutan parmakları gevşedi, hâlsizleşti ve yavaşça tutunduğu kumaşı bırakıp yanına düştü. Yüzünde kırışlar belirdi, gözleri mahmur, nemlenen pırıltılarla parladı:

– Nee?

Karşısında hilkat garibesi gibi bekleyen adam, gamsız bir gönülle baktı hayretli yüze ve ekledi:

– Nergisin yaprağını boyayan. Çiçeklere koku süren. Gülün goncısanı dürümleyen Boyacı'yı arıyorum ben.

O içli sesin sahibi doluktu. Alt dudağını dişlerinin arasına sıkıştırıp acımadan çöktü. Sonra hiçbir şey olmamış gibi aldırışsız, bir edaya büründü tavırları adamın. Hazin bir manzara oldu gecenin içinde, umursamadan başlattı adımlarını ve bir hayalet gibi süzüldü sahile inen yokuştan. İçli bir sesi vardı yine dudaklarında; titrek ve hazin:

– Boyacı... Boyacı... Boyacı...

AŞKA UYANMAK

Günün ilerlemiş vakitlerine kadar uyudu. Kahvaltı için çağıran sese aldırış etmeden yeniden yumdu gözlerini. Dinlenmişti. Çok değişik bir dünya vardı uyandığı vakit kafasında. O, ses, o lâhuti ses dirildi beyninde. Kulaklarına aynı makamda aynı hassasiyetle doluyordu. "Ben tavus kuşunun kanatlarına o, işveli nakışları döken Boyacı'yı arıyorum."

Mutfağa geçip bir şeyler atıştırdı. Salona çıktı, Sırma ile göz göze geldi. Yüzünü kırıştırdı tiksintili baktı ve tepkilili bir ayrılış sitiliyle terketti salonu. Umursamadı Faruk. Kafasındaki oluşumu bozmamak için yapıyordu bunu. Kütüphaneye geçip kitapları karıştırdı. "İnançlar" adlı bir kitaba takıldı gözleri. Çekip aldı. Odasına çekilip usanıncaya kadar okudu.

Duygularındaki kabul, hislerindeki iklimin değişmeye başladığının farkındaydı.

Akşam, evet yine akşamdı Hayal sokakta. Bu gece yine görkemli bir parti hazırlıkları vardı. Şen dul koşturdu hizmetçisine talimatlar verdi. Her şey tamamdı.

Davetliler yavaş yavaş Efruzlara doğru çekilmeye başlamışlardı bile. Sırma, annesi ve babasıyla birlikte geçtiler önünden.

Çardağın ışıkları romantik bir aydınlıkla yaldızlıyordu bahçeyi,

Faruk vardı içinde. Herkes şen dullara çekilmişti ve villalarda bir sessizlik hakimdi.

Efruz koşarak geldi. Boğazın sularındaydı gözleri. Heyecanlı bir sesle çekti dikkatini:

– Faruk!..

Dönüp, durgun, anlamsız ve don bir bakış bıraktı gözlerinde:

– Efendim.

– Gelsene seni bekliyordum.

– Düşünüyorum.

Kolundan tutup asıldı:

– Bırak şu saçmalığı yarın düşünürsün.

İstifini bile bozmadı.

– Bırak, asılma koluma, gelmem dedim ya.

Endişelendi:

– Neden, bir şey mi oldu?

– Yo hayır. Kalabalıklar, o anlamsızlık ifade eden toplantılar artık sıkıyor beni.

– Gücenirim.

– İnat etme, canım istemiyor dedim sana.

Biraz sert konuşmuştu son cümleyi. Elini kolundan usulca çekti. Kırılmıştı. Dargınlık ifade eden bir tavırla seslendi:

– İyi ya, sen bilirsin.

Muzdarip bir çehreyle ayrıldı yanından. Faruk, oralı bile olmamıştı. Biraz önce seyrettiği manzaraya çevirdi yönünü.

Efruz, dalgın adımlarla geçiyordu bahçeyi. Gözleri parladı birden, Hilâl vardı görüntüde. Durup istekli bekledi. Hayret, onun da yönelişi başkaydı. Selamsız, sabahsız bir dalgınlıkla Faruk'a doğru yürüyordu.

Beklediği yerde heykelleşti, yaralı duygularla baktı yanından savuşurken. İçli bir sesle uyardı onu:

– Hilâl.

Gamlı bir yüzü vardı. O da durdu, sesin çağırısına uyup. Belirgin bir gariplik vardı hareketlerinde. Hassas bir fısıltı zor ulaştı hedefine:

– Efendim.

– Bize gelmiyor musun?

Kekeledi, kesin bir cevap veremedi:

– Şey, belki biraz sonra.

– Faruk'u almak için mi?

– Dedim ya belki.

– Ne oluyor size yahu?.

– Bilmem, artık eski heyecanı kalmadı partilerin.

– Sadece, sıra bize gelince mi?

– Alınma hemen öyle demek istemedim.

– Leylâ gidince Faruk'un dünyası değişti. Onunla birlikte senin de. Garip şeyler gibi geliyor bana bunlar.

– Sen git. Yorum yapma başka.

– Çok mu seviyorsun onu.

Gözleri parladı fakat, sesinin tonu değişmedi. Boğuk, hassas ve temkinli:

– Gider misin sen?

– Neden kızıyorsun. Aslında sana nasıl değer verdiğimi bir bilsen?

– Hayretle baktı gözlerine:

– Efruz!.. nasıl cüret edersin buna?

– Güzelsin, insanı etrafında pervane edip döndürebilecek kadar.

Usançlı bir nefes boşalttı dudaklarından, kızgın yansıdı bakışları.

– Sen de dönüyor musun öyle?

– Âşıkım sana, yürekten bir itiraf bu.

– Şimdi çekilip git buradan ve bir daha tekrarlama sakın.

Arkasına bakmadan yürüdü. Efruz, dumandan heykeller gibi kaldı, yalpaladı dalgalandı ve evlerine çevirdi yönünü.

Çardağa sessiz adımlarla yaklaştı. Tıpkı bir balerin titizliğiyle yürüyordu Hilâl. Yanına iyice sokuldu ve sağ arkasında durdu. Hassas içli bir ses böldü hülyalarını:

– Faruk.

Döndügünde hazin bir sesi vardı:

– Sende mi gitmedin?

– Evet.

Annem, babam, yengem ve Bilâl abim gittiler. Ben de seni burada görünce vazgeçtim.

– Gidip eğlenseydin.

– Bana hitab etmiyor artık, monotonlaştı toplantılar.

– Hayret gecelerin piyanistti, assolisti, artık toplantılarda olmayacak desene.

– Belki sıra bize geldiği vakit.

Karşısına oturdu:

– Bak, istersen diskoteğe gidebilirim.

Şaşırtıcı bir itiraz vardı cevap olarak:

– Hayır, tat vermiyor bana artık oralar. Birşeyler yakaladım sanki. Bir oluşa, bir biçime yaklaştı düşüncelerim. İp uçları yakaladım, hayatın bilinmeyen esrarlılıklarının arasından. Sanki, içimdeki boşluğun dizginlerini verdi bana gaipler. Ondan, sıkı sıkı tutunduğunu hissediyor gibiyim. Şimdi o bilinmeyen mesafelere doğru dolu dizgin koşmakta düşüncelerim.

– Faruk!.... Neler söylemektesin öyle? Esrarlı bir uyuşukluğa tutsak bakışların ve düşüncelerin şaşırtıcı.

– İnanmak, bir şeylere inanmak. Gayesizlikten, derbederliklerden kurtulup bir hedefe doğru yürümek.

– Biliyorsun inançsız birisiyim ben. Hayatta sadece tek şeye inanmıştım: "Aşka". Seni sevdikten sonra değişmeye başlamıştı dünyam.

Hatta sevda kutsallaşmaya başlamıştı yüreğimde. Biliyor musun? Onu, beni bir başkasına tercih ederek bitirmiştin.

Şimdilerde, gururumu ayaklarımın altına sererek geliyorum sana. İncinmiş, hırpalanmış duygularımla. O, gitti belki yaralarına merhem olabilirim, onu unutturabilirim diye gelmekteyim yanına. Günlerden beri, hiçbir belirtisini alamamanın ıstırabıyla doluyum.

Durgun akan bir su gibiydi gözleri. Hazin bir dışa açılışı vardı fikirlerinin:

– Aslında sen hiçbir şeye inanmam derken, inandığın çok şeyin isbatını yaşamaktasın.

Teessüre büründü yüzü. Derin bir hayreti yaşıyordu bakışları. Kısık açılmamış ıstıraplı bir sesle mırıldandı:

– Anlamadım?

– Gururumu kırdın dedin.

– Ne var bunda?

– Bu sözün izahında bir inanç var.

– Bunun inanmakla alakası ne?

– Sende olan bir güç, o kavram. Gurur, his, duygular ve aşk, sevmek. Bu zincirin halkalarını teker teker yokla ve derinliklerine nufuz etmeye çalış.

Bir saati düşün. Zamanın dilimlerini üzerinde taşıyan parçalar gibi. Yelkovan, akrep, saniye ve salise. Bunlardan bir tanesi olmasa saatin eksikliğidir bu.

Bunlar saat için sadece birer etken. Birer yol gösterici. Vücut, ayarlanıp bırakılmış, duyarlı hasas bir makine. İrademiz dışında işleyen ve çalışan. Hiç düşündünmü aşkı, sevgiyi hissi, duyguların sağanaklarını, alınganlıkları, menfaati, egoizmi, kavgayı, öfkeyi ve hudut tanımayan hırsı, ihtirasları. Onları kim koydu insanın bedenine?. Elinde tutamadığın gözlerinle göremediğin, dokunamadığın şeyler bütün bunlar.

– Ben başka şeyler konuştum seninle.

– Hayır, sorularının cevapları bunlar. Neden anlamak istemiyorsun beni? Başka dertleşecek hiç kimsem yok etrafımda.

– Ben felsefeyi sevmem.

– Felsefe değil ki bunlar. Aradığım hayatın ip uçlarını yakalamak üzereyim, fakat başaramıyorum işte.

– Bir bağa girdiğin belli, fakat, üzümünü yiyemiyorsun anlaşılan. Aşk desen, eğlence desen, yardımcı olurdum sana. Anlattıklarından bir şey çıkaramıyorum ki. Nasıl bir şey o, biraz daha açık anlat yardım istiyorsan.

– Yardım değil, anlatabileceğim birisi ol hiç değilse.

– Dinliyorum işte, anlat o hâlde şu ip uçlarını.

– Ruhumu, hissimi, derin nihayetsiz bir kavram teslim alıyor. Adını koymaya çalışıyorum onun. Biraz daha müşahhaslaştırmak için uğraşıyor, ayrıntılarıyla tahlil ediyorum. Sınırsız galip bir kuvvet, otoriter, çarpıcı gerçeklerini seriyor önüme, dimağımda bütün geçmişimin sahte, etrafımın, muhitimin şedit cazibeli çekiciliği, şuhluğunu yitirip siliniyor, basit silik anlamsız bir çizgi gibi kalıyor hayalimde.

Görünmeyen bir el tutuyor parmaklarımı, beni yeni, berrak ufukların gizemli âlemine doğru çekiyor, an be an geçmişimden uzaklaşıp o bilmediğim âleme doğru gidiyorum.

– Sen zeki bir kızsın Hilâl, ben bir yitik arıyorum. Kendisini hayal meyal gösterip yeniden kayboluyor dünyamdan.

– Sen serap görüyorsun, ama çölde değiliz. Yoksa, hâlâ Leylâ'mı?

– Leylâ ya da efsane bir sır.

– Ya bırak şunları şimdi. Başkasını bana tercih ettiğinden söz etmiştim.

Sitem etti gözlerine bakıp:

– Bülbülün yüz türküsü varmış, hepsi de gül üstüne.

– Sen onu da karıştırdın, o türkü ayının.

– Hilâl, sen dalga geçiyorsun hâlâ. Ve de dinlemiyorsun beni hiç.

– Dinledim. His dedin, duygu dedin. Vücudumuzda taşıdığımız cihazlara, kendi irademizle emir veremiyoruz dedin. Fakat, benim çekmek istediğim çizgiden hep kaçtın. Bu sıkıntının asıl sebebinin Leylâ olup olmadığını sordum, ona bile net bir cevap veremedin hâlâ.

– O, çok zor bir kızdı, mıknatıs gibi beni hep kendisine doğru çekti. Ben yaklaştıkça da kaçtı. Sonunda, bir de baktım ki aşığım ona.

Hilâl kızdı:

– Ne o, ben kolay bir kız mıyım sence?

– Yo, yo, onu demek istemedim. Henüz başka bir erkeğin eli değmedi ellerine bunu biliyorum.

Gözleri buğulandı Hilâl'in. Kirpiklerini kapadı yaşlar sızdı yanaklarına. Morali bozuldu Faruk'un:

– Biliyor musun, gözyaşlarını hiç sevmem.

Titrek bir sesi vardı, kendisini sıktı ağlamamak için:

– Tamam.

– Partiye gitmiyor musun?

– Yo sevmiyorum, artık.

– O hâlde başka şeylerden konuşsak.

– Kabul. Mesela o tetikçi işi ne âlemde?

– Bilmem, çıkmıyorum kaç gündür.

– Ben çıktım.

– İki gündür o da ortalarda yok.

– Anlamış olmalı. Hedefi şaşırtıyordur belki.

– Yarın, birlikte çıkmaya ne dersin.

– Neden olmasın?

Sevindi. Buruk bir tebüssümü vardı gözlerine bakarken.

PARK

Deniz dalgasız, mavi bir çarşaf gibi gözüküyordu villanın balkonundan. Elini uzatsan avuçlarında dalgalanacaktı Marmara'nın suları. Saat henüz dokuz sularındaydı. Pijemasını bile değiştirmemişti. Son günlerde kahvaltıyı ev halkından oldukca sonra yapmaya başlamıştı. Sırma onunla aynı sofrayı paylaşmak istemiyordu.

Bahçeye çekti mahmur bakışlarını, şaşırmıştı. Hilâl çoktan hazırlanmış, sabırsız turlar atıyordu aşağıda. Ona akşamdan söz verdiğini hatırlayıp içeriye geçti. Çarçabuk üzerini giyinip bahçeye indi. Ev halkı kahvaltıdaydı.

Hilâl, Faruk'u görünce sevindi.

– Geç kalkıyorsun.

– Ne bu telaş?

Gülümsedi, taşı gediğine koydu:

– Yine gül üstüne işte.

– Başka şeyler konuşmak için söz vermiştin.

– Tamam tamam söz.

Yönlerini çıkış kapısına doğru çevirdiler. Garaj istikametini geçince Hilâl durakladı:

– Hayırola arabasız mı?

– Evet.

– Ya o tetikçi?

– Yok dedin ya.

– Ölümle şakamı olur. Ya gelmişse?

– Yürü, bırak şu ödlekliği. Hayatım kaçmakla mı geçecek yani?

– Birkaç gün daha, en azından.

– Vehmi bırak, günün tadını çıkarmana bak.

Yola çıkar çıkmaz ikisi birden keskin bakışlarla gözetlediler etrafı. Ortalarda kimseler yoktu. Yine de etrafı kolaçan ederek yürüdüler. Kurt İlyas'ın korumaları fark etti Faruk'un çıkışını ve iki kişi birden onlara sezdirmeden koyu bir takip altına aldılar gençleri. Her şeyden habersiz, aheste adımlarla fakat, tedirgin yürüdüler. Semtlerinden fazla uzaklaşmadılar, caddede kısa metrajlı bir geziden sonra semtin görkemli parkına doğru yürüdüler. Park, dinlenmek ve konuşabilmek için en müsait yerdi onlar için.

Boş bir kanepeye oturmuşlardı. Tepelerindeki ağacın gölgesi serinlik vadediyordu. Karşılarındaki seksenlik ihtiyarın çocuksu ağlayışı çekti dikkatlerini. Uzatmalı bir seyrin ardından Hilâl merakla kalktı yerinden. İhtiyarın yanına sokuldu, hatta diz çöktü önünde gözlerinin içine baka baka sordu:

– Amca!..

İhtiyar sağ elinin sırtı ile kirpiklerini ovuştururken, sol gözünü hafifce kıyıştırarak baktı.

Şefkatli bir sesti duyduğu:

– Neden ağlıyorsun?

Yüzü kırıştı, dudakları biraz daha buruşmuştu. Değişik bir biçim aldı suratı, çocuksu: İçli bir sesti Hilâl'in duyduğu:

– Dedeme dil çıkardım diye, babam beni dövdü.

Hilâl, gözlerini iyice açtı aptallaşmıştı:

– Neee?

Kendisini tutamadı güldü. Az ilerisindeki kanepede oturan Faruk bile duymuştu bunları.

Sürekli elindeki defterine bir şeyler yazan, orta yaşlı adam çalışmasını durdurup meraklarını gidermek için konuştu:

– Kendisini çocuk zannetmekte ihtiyar. Parkın, hemen kenarındaki evlerden birinde oturur. Torunu buralarda.

– Ha!..

Çömeldiği yerden doğrulup kalktı. Hayret vardı bakışlarında. Sesin sahibi, aşina bir yüzdü Hilâl'e. Faruk'un, yanına geldi kanepeye oturdu, kulağına eğilip mırıldanırken, söze giren o adamdan konuşuyordu.

– Dikkatli bak karşına.

Endişelendi:

– Ne var?

– Karşımızda oturan adamı diyorum. Tanıyor muydun?

– Yoo.

– Ünlü bir yazar, fakat gerici.

Faruk'un yüz hatlarında, hissedilen rahatlığın ahengi bozuldu.

– Neden ona gerici dedin?

Konuşmalar fısıltılar hâlindeydi:

– Çünkü o bir yobaz. Çağın gerisinde bir yazar.

Hayreti biraz daha arttı delikanlının:

– Nereden tanıyorsun onu?

– Fuarda imzalı bir kitabını almıştım. Kırk elli sayfasını okumak için bilsen nasıl tahammül ettim. Namus, ahlâk din ve dürüstlük. İnsanı mistik, korkunç dar, işkence veren bir kafesin içine sokuyor ve sonra yaşamasını istiyor ondan.

– Yine bilmediğin bir konu hakkında peşin hükümlerle konuştuğunun farkında mısın?

Sadece tatlı esintileri var kafamda. Fakat araştırmadım. Dini bilmediğim için de inananlara düşman değilim. İşte en kötü yanımız bunlar yargısız infaz.

– İnandıklarını zanneden o cahil insanlar, inançları konusunda uzmanlaşmışlarda mı yaşıyorlar sence?

– Fakat yazar diyorsun, ünlü diyorsun, kitaplarının olduğunu söylüyorsun. Uzmanlaşmış ki "Hodri meydan" deyip fikir savaşına çıkmış. Toplumlardan kabul görmüş ki ünlü olmuş.

Onunla konuşmadan, fikirlerini sorup, eserlerini tahammülle incelemeden yapılan tenkitler tenekkuzlardan ibarettir.

Seviyesiz derinlikleri olmayan eserler, toplumları dalgalandırmaya, insanları peşine takmaya yetmez.

– Bilmem sevmedim işte.

İsteksizlik vardı tavrında:

– Kafamı karıştırmıştı okurken. Yeniden rahatsız olmak istemem.

– Rahatsız olmadan gerçeklerle yüzleşemezsin. Istırab olmadan sevinç, kin olmadan sevgi, çirkini tanımadan güzelin kıymeti bilinir mi hiç?

Faruk yerinden kalktı:

– Gel, birlikte gidelim.

Çekimser bekledi biraz, sonra dayanamadı o da yürüdü peşinden. Birkaç adımlık yerdi aradaki mesafe. Faruk karşısında durup:

– Mahsuru yoksa diye mırıldandı. Kısa bir sohbet için vaktinizi almamız mümkün mü?

Defterini kapadı kalemini koydu cebine:

– Neden olmasın?

Gençler yazarı aralarına alarak oturdular. Hilâl, Faruk'a fırsat tanımadan konuştu:

– Fuarda imzalı bir kitabınızı almıştım. Fakat ne yazık ki okuyamadan attım.

Faruk'un moralini bozdu bu sözler, yüzü al al oldu utancından:

– Hilâl!..

Yazar müdahele etti Faruk'a:

– Bırak, dilediği gibi konuşsun. Sadece takdir toplamak için esere hazırlanılmaz. Muhalifleri de olacaktır fikirlerin.

İçli bir soluk tazeledi Faruk ve sustu: Yazar, Hilâl'e döndü incitmeyen bir lisanla konuşmaya çalıştı:

– Neden attınız. Yoksa insanlığa bir haksızlık mı edilmişti?

Zorlandı sıkıldı ve devam etti:

– Ben ataisttim.

– Ben de müslümanım. İnancımın engin derinliklerinde dolaşıp insanlara hizmet kabilinden, aralamaya çalıştığım kapılardan ufuklar açıp, o pencereden yakalayamadıklarını göstermek, belki de yeniden seyrettirebilmek onları.

Kimseyi düşman bilmeden, bütün insanlığı ılık iklimler gibi kucaklayan duygu örgüleriyle çıktım karşılarına. Ürkütmeden korkutmadan. Sevgiyi dostluğu ve barışı, o duru, katıksız şirinlikleriyle sunmaya çalıştım. Tıpkı, dinimin bana öğrettiği gibi.

Günah ve sevap defterleri elimizde değil bizim. Ne de Cennet ve Cehennem'in anahtarları elimizde. Bir sevgi yumağıyız biz, insanlara, muhabbet tellallarıyız, kana, kine ve dehşete karşı.

– Bilmem beğenmedim işte.

– Ama beğenenler var.

– Onlarla aynı fikirde değilim.

– Bak güzel kız, işte onlarda seninle aynı fikirde değiller. Taraf tutmuşlar inançtan, imandan, Kur'andan yana. İdealleri, ilkeleri çizdikleri yolları, belli bir adresleri var onların yürümek için.

Ya sen, belli bir idealin, istikametin var mı bizlere söyleyecek?

Faruk, şaşkınlığının komasından çıkıp yazarın dikkatini üzerine çekti:

– Affedersiniz. Benim sorularım olacaktı. Ben de yazdım. Hâlâ tefrikası gazetede süren "Leylâ" isimli romanın yazarıyım.

Dikkatle baktı Faruk'un gözlerine:

– Ya, desene meslektaşız.

– Eh, sayılır. Bir yola çıkış sadece.

– Okudum.

Sevindi heyecanlandı birden. Bir ünlü yazar okumuştu yazdıklarını:

– Ya demek?

– Evet, okudum.

– Şey nasıldı sizce?

– Leylâ ile seni ilgilendiren bir roman.

Yüzünün manzarası değişti:

– Ha, evet. Doğru. Kafamdaki malzeme sadece onlardan ibaretti yazarken.

– Anlamıştım.

– Ünlü bir yazar olduğunuzu duydum. Merak ettim, sonunda. Sizi hiç televizyonda görmedim, sesinizi duymadım radyolardan. Tanıdığım yazarların makam koltukları gibidir buralar. Silik birisi değilseniz, neden tanımadık sizi?

– Bak delikanlı sana kısa kısa ip uçları vereyim merakların için.

Gençlik yıllarımda herkesin ilgiyle seyrettiği, dikkatleri üzerine çeken bir fizik yapım vardı.

Bünyemi kemiren amansız bir sıkıntıyla boğuştuğum günlerim de bana rahatlamam için artist olmamı tavsiye ederdi yakınlarım.

– Yakışıklısın, dediler.

Heveslendim. Bu arzum olursa kurtulacaktım. Şöhret, para kadınlar. Aşıktım bu mesleğe artık. Filmlerde oynamak, tiyatroda sahneye çıkmak, radyodan seslenmek, kalabalıkların dikkatle baktığı mikrofonun başında olmak, toplumları dalgalandırmak. Bunlar nefsimin şuursuzca aktığı bir nehir hâlindeydi artık. Çırpınışlarım sonuç vermedi. Arzularımın peşinden koştukça biraz daha bunaldım. Düşüncelerimi kaydettim, beğenmediklerimi ısrarla araştırdım ve yazdım. Araştırmalarım beni belli bir noktaya kadar getirip bıraktı.

Sonra, bir yola girdim. İnandım, idare ediliyoruz ve dümen gerçek bir kuvvetin elinde.

Artık, kendime göre gerçeği yakalamıştım. Onun kurallarını öğrenip kendimi aldatmadan yaşamaya çalıştım. İnandığım gibi yazdım. Hıristiyanlara ve Yahudilere bakın. Sofralı duasız, kilisesiz, havrasız, maneviyatsız, bir edebiyata rasladığınız oldu hiç?

Onlar, inançlarını anlatırken ilerici, biz neden gericiyiz? Hiç sebebini araştırmak zahmetinde oldunuz mu?

Utançlı ve alıngan bir sesti:

– Ben sizi kınamadım. Sanki, beni anlattınız kesitlerinizde. Arıyorum. Araştırıyorum. Neden televizyonda görmediğimi, radyoda sesinizi duymadığımı sormuştum sadece?

– Evet, güzel bir şey ekrandan seslenmek. Radyodan ulaşmak okurlara. Dedim ya, gençlik yıllarımın ulaşamadığım arzusuydu onlar.

Sonunda da bir de baktım ki, hep nefsimmiş bunları isteyen. Şöhret için başkalarının tanıması, beğenmesi için. Sonunda aşık olduğum bu tutkulara karşı tavır aldım. Sevmedim onları.

Ya artist olsaydım diye üzüldüm. Bir başkasının yazdığı senaryoyu oynamak?.. Yönetmenin uzaktan kumandası ile hareket etmek. Suni acılar asılsız hazlar yaşamak. İnsanları güldürmek eğlendirmek için sahnelerde zorlanmak.

Acılarının olduğu, içinin kan ağladığı günlerde bile. Bunlar geçici zevkler ve hazlar gibi geldi ve bende değer olmaktan çıktı. Başka gerçekler ve ölümsüz değerler aldı onların yerlerini. Yaratıcının emrettiği gibi olmak ve onun koyduğu yasakları ezberlemek, ebediyete talip olmak.

Hilâl sıkılmıştı. Gözünden kaçmadı Faruk'un:

– Bir kartınızı istesem.

– Tabiî.

– Bir gün, sohbet için ziyaretinize gelmek isterim?

– Elbette. Randevuya gerek bile duymadan.

– Sağol.

Oturdukları kanepeden kalkıp, müsade istediler yazardan. Evlerine yönelmişlerdi. Henüz, parkın ortasına bile gelmeden iklim değişti parkta. Korumalar yavaşca yerlerinden kalkıp, yeniden takip için koyulmuşlardı. Hilal, kuşkulu gözlerle baktı bir noktaya, acı bir çığlık attı parkı karıştıran:

– Faruuuk, dikaaaat!..

Peşlerindeydi o genç ve hiç beklenmedik bir anda çıktı ortaya. Birkaç adım yaklaştı, arkalarından. Gözleri dönmüş gibi baktı ve düşünmeden bastı tetiğe. Bir an meselesi olmuştu herşey.

Birkaç adım ötelerinde bulunan iki adam da paniğe kapılmıştı. Namludan çıkan kurşun isabet aldı ve tetiğe ikinci defa dokunmasına mani oldu bir el.

Arkasından inanılmaz bir hızla yetişip bileğinden çelikleşen bir kuvvetle kavradı ve adresini değiştirdi namlusunu peş peşe terkeden kurşunların.

Hilâl neye uğradığını şaşırmıştı. Gücü çığlıklarına yetiyordu:

– İmdaaat, imdaaaat!..

Faruk şiddetli bir ıstırabın acılarıyla kıvrandı önce, sonra dengesini yitirip tıpkı bir Mevlevi edasıyla açtı kollarını yanlarına, o kanatların havada dönüşüyle kısa da olsa ayakta kalmayı başardı.. Sonra mecalsiz bir görüntü verdi etrafına, sendeledi bir iki gitgellerle gerildi bacakları ve toprağın üzerine pelte pelte yığılıp kaldı.

Beyaz gömleği al al kan lekeleriyle doldu. Kalbinin hemen altından sızıyordu bunlar.

Cılız bir kıpırdanışla sırt üstü dönmeyi başardı düştüğü yerde. Gözleri hâlelendi, yüzü kırıştı acıdan. Dudaklarını yaladı daha mahmurlaştı bakışları. Hilal, üzerine eğilip ortalığı velveleye verircesine feryadını yükseltti:

– Faruuuuk!.....

Kıt duyuyordu, baygın baktı Hilal'in gözlerine. Umursamaz ve kaygısızdı sanki. Fakat, bir küskünlük belirtisi oldu acıların oynaştığı gözlerinde.

Dönüp tetikçiye baktı Hilâl. Hayret edecek şeyler oluyordu bir kaç metre ötelerinde.

Bir adam, kıyasıya vuruyordu tetikçiye. Elinden tabancasını aldı bir tanesi. Başka bir adam belirdi başlarında:

– Taksi getirdim, acele etmeliyiz.

Tetikçi ayağa kalktı, kaçmak için yeltendi. Çelme taktı bir yabancı, diz üstü süründü acısıyla toparlandı ve kaçmaya başladı.

Taksiyi getiren adam bağırdı arkadaşına:

– Bırakma peşini, takip et.

Koştu, emri alır almaz fırtınalaştı arkasından.

Yazar koştu yanlarına taksi şoförü, yardım eden yabancı tuttu Faruk'tan. Kalabalık çoğaldı, her kafadan ses geldi. Gidişleri güçleşti taksiye.

Sonunda başarmışlardı. Yardımcı adam bindi şoförün yanına.

– En yakın hastahaneye dedi.

Sokakların arasında yaman bir kovalamaca başlamıştı. Yoldaki insanların, çarpıp düşürdüklerinin, lanetli tepkisini alan bir kovalamaca. Sonunda genç, tetikçiye kılpayı yaklaştı. Yorulmuşlardı fakat ikisi de ölümüne koşuyorlardı.

Kim bilir, belki de öyle gerekiyordu. Tam müsait bir zeminde yaklaşmıştı ona. Atletik bir yapısı vardı kovalayanın. Ayağını uzattı, tıpkı bir baston kıvrımı biçimi verdi ayağına ve yere bastığı ayağa, kuvvetlice takıp çekti.

Tetikçi âdeta uçtu. İleriye, birkaç metre uzaklara düştü. Üzerine hışımla atlayıp ensesine dayadı tabancasını:

– Kımıldadın mı yersin kurşunu.

Gömleğinin ve atletinin yakasından attı pençesini. Soluk soluğa kalışı sesini daldırıyordu ikaz ederken:

– Kalk ayağa.

Kaldırdı sıkı sıkı tuttu. Yanlarından geçen bir taksiye işaret verdi. Arka koltuğa oturdu ikisi de.

Hayal Sokağın insanları bir telefonla çalkalandı.

– Faruk vurulmuş!..

Villalarda hava değişti derin bir hüznü yaşadı sokağın sakinleri. Herkes yaslı yüzlerle kaldırıldığı özel hastahaneye koştu.

Doktorlar görüşmeye müsade etmediler. Tek havadis vardı koridorları dolduranlar için: "Ameliyat hanede yaşıyor".

Onu hastahaneye getiren adam, özel koruması gibi davrandı. Kurt İlyas'ı arayıp malumat verdi ona.

Melih Bey hastahaneye girdiğinde herkes ordaydı:

– Dedimdi ona, etrafın bir mayın tarlası diye. Vurdular oğlumu vurdular!....

Hacer Hanım sarılıp teskin etti. Ağlıyordu o da:

– Yaşıyor Melih, oğlumuz yaşıyor. Yoğun bakımda şimdi.

Tetikçi adamları tarafından getirilip Kurt İlyas'a teslim edilmişti. Onu, bürosuna isteyip sorguya çekti.

Hayatın her kehanetini yaşamıştı. Tecrübeli bir hakim gibi davrandı.

Hilâl ertesi sabah Hacer Hanım'a takılıp, onlarla birlikte hastahaneye geldi.

Herkesin yüzü gülüyordu bugün. Faruk, hayati tehlikeyi atlatmış, yoğun bakımdan çıkmıştı.

Fısıltılar ayyuka çıktı.

– Kurt İlyas vurdurmuş.

– Adamları dövülür de, bırakır mı hiç öcünü.

– Allah esirgemiş şekerim.

– Hem de dost görünerek yaptı bunu.

Son sözü babanın dudaklarından çıkmıştı. Hem de Faruk'un baş ucunda konuşuluyordu bunlar. Alındı, kızdı duyduklarına. Kırgın ve sert baktı babasına:

– Lütfen diye mırıldandı. Gerçek bir dosttur o.

– Sen daha toysun oğlum. Mafyadan dost olmaz.

Sert bir ikazda bulundu. Gönül ikliminde sitem vardı bakarken:

– Baba, o benim dostum.

Anne sokrandı:

– Dostmuş!..

– Lütfen kapatır mısınız. Soruşturma olabilir. Bir şeyler sorarlar "Şüphe ettiğiniz kimse var mı" diye. Cevabınız hayır olacak anlıyor musunuz beni?

Anne yaşıtırdı:

– Tamam tamam, sen kızma.

Hilâl sokuldu yanına. İçli, ağlamaklı baktı gözlerine. Dokunaklı bir sesi vardı:

– İyisin ya?

– Hı hı.

– Zamanı değil ama, sana bir müjdem var.

– Meraklandırdın beni.

Çantasını güçlükle açtı, parmakları. Sonra, bir zarf sıkıştırdı eline ve Faruk'a doğru uzattı. Eğisli konuştu:

– Leylâ'dan!..

– Giderken ısmarlaşmamıştı.

Hazin bir ses sitem etti:

– Ne yaparsın, senin dostların, hep böyle işte.

Gözlerindeki yaşları saklıyamıyordu. Hıçkırıklarını boğmak için dudaklarını gevdi. Herkes dikkat kesilmişti. Hilâl zarfı açmak için yeltenen Faruk'un elinden tutup, mani oldu:

– Biz gidince.

İtiraz etmedi. Gözlerine baktı, yaşlar derin bir ıstırabın seline dönmüşlerdi.

– Tamam, diye mırıldandı.

Yastığın altına soktu zarfı.

Gözleri aniden odanın kapısına çevrilmişti. Heyecan, alev alev tutuşmuştu gözlerde. Kurt İlyas'tı içeriye giren. Korumaları kapıyı tuttu. Derin bir sükût hakim olmuştu odada.

Bir isteksizlik vardı yüzlerde ve ağır bir korku basmıştı yürekleri.

Hastanın başucuna yaklaşırken herkes saygılı bir çekiliş sitili içinde boşalttı odayı. Müteessir bir yüzü vardı Baba'nın.

Faruk sessizliği fark etti önce, Hilâl'in ıslak gözlerini yanından ürkek bir ceylan gibi çekilişini gözetledi ve göz göze geldi Kurt İlyas'la.

Meteessir müşfik bir sesi vardı:

– Geçmiş olsun.

Faruk sevindi, bir güç geldi vücuduna. Gözlerinin içi güldü: Doğrulup oturmak için yeltendi. Baba, elini usulca kolunun üzerine bırakıp hareketi durdurmasını istiyordu ondan:

– Hayır, kımıldama.

– Sağol, İlyas Amca. Hoş geldin!..

Baba Melih Bey'le Hacer Hanım'ı aradı. Israrlı bir seyrin ardından mırıldandı:

– Geçmiş olsun.

– Sağolun efendim.

Annesine döndü:

– İyi gördüm, meraklanacak bir şey yok dedi, doktorlar.

Anlamlı bir ziyarette bulundu Melih Bey'in gözlerinde:

– Müsadeniz olursa birkaç dakika Faruk'la özel görüşebilir miyim?

Kuşkulu kıpırdanışlar oldu içeride. Melih Bey, acı acı yutkundu:

– Şey, tabiî efendim neden olmasın?

Herkes çıktı. Korumalar kapıyı kapadı. Dışarıda nihayetsiz bir kâbus sarmıştı herkesin çehresini.

Faruk, herkesin çıkışını yadırgadı. Bir sözü vardı Baba'nın, meraklanmıştı. Gözlerine baktı hep. Baba, derin bir nefes aldı ve başladı:

– Doktorlarınla görüştüm.Ucuz atlatmışsın. Birkaç gün sonra ayağa kalkar dediler. Sevindim buna.

– Sağol.

– Tetikçiyi yakaladık. Sana sormadan polise teslim edilsin istemedim. Hadiseyi anlatayım teferruatı sonra. İstersen, polise teslim edersin, istersen salıveririz gitsin. Bu tamamıyla senin isteğine bağlı.

Aptallaşmıştı. Kafası karıştı dukyduklarından. Ne demek istiyordu bu adam:

– Hiçbir şey anlamadım doğrusu. O beni vurdu!..

– Dedim ya karar senin. Fakat, önce beni dinlemelisin. Ziyaretcelerini de fikrini almak için çıkardım odadan.

– İlyas Baba!..

İçine sığdırımadığı bir hayretin ifedesiydi bu sesin, odanın içindeki yankısı.

– Biliyorum şaşırdın. O hâlde iyi dinle beni ve heyecanlanmamaya bak. Tetikçi öz be öz amcanın oğlu.

– Olamaz diye irkildi. Benim amcam yok.

– Sabret biraz, sakin ol dedim baştan.

– Tamam tamam. Affedersiniz.

– Yıllarca önce, babasını ve dedeni iflas ettirip kaçan, babandan alınan bir intikam bu.

– Neden ben?

– Yazdığın romandan önce bir röportajın yayımlanmış gazetede. Resmini, görmüş. İsmini okumuş. Babanın adı da varmış. İz sürmüş, gazeteden almış adresini, "Hayranıyım" demiş.

Yoksulluk kinlendirmiş anlaşılan. Bir kız kardeşi ölmüş parasızlıktan. Kan bulamamışlar. Zenginlermiş önceden, baban dedenin sekreteriyle anlaşıp paraları ve sekreteri yani anneni alıp kaybolmuş ortalardan.

Bir de kız kardeşin varmış boşadığı karıdan.

– İlyas Amca, benim amcam, dedem yok.

– Şimdiye kadar demek hiç anlatılmadı sana.

– Evet.

– Unutma, her insanın kökü, dalı, budakları vardır. Dedesiz insan olur mu?

Dayın var, teyzen var, hatta anneannen ve diğer deden.

– Evet onlar var.

– Neyse, delikanlı. Yorum senin. Şimdi söyle bakalım. Teslim mi serbest mi?

– Sır kalsın İlyas Amca. Nüfus kağıdı ve adres alın. Sonra da bırakın gitsin.

– Ben de olsam, bu durumda aynısını yapardım delikanlı. Yani fâili meçhul.

– Evet, Melih Amca aynen dediğiniz gibi.

Baba korumalarıyla birlikte gitti. Herkes sabırsız bir gönülle doluştu içeriye.

Yaslı bir yüzü vardı babasını incelerken. Annesine aynı yeisle baktı. Duygulandı gözleri ıslandı. Kendisini sıktı geçiştirmek için ve âdeta zorla gülümsemeye çalıştı ziyaretçilere. Hilâl, bu buruk tebessümün karşısında incindi yine, buharlandı gözlerdeki pırıltılar. Kısa, anlamlı bir ziyaret oldu aralarında. Baba değiştirdi içerinin havasına:

– Değilim dedi, sen de inandın değil mi? Bak moralin bile bozuldu.

– Baba!..

– O işte, demedim mi ben sana etrafını mayın tarlası hâline getirdin diye?..

Konuşamıyordu. Doluktu. Az önceki neşesi kesinlikle yoktu. Biraz öncesi kırgın değildi fakat, şimdi yaslı bir çehresi vardı. Anlamlı seyrediyordu babasını ve annesini, inceledikçe kâbus, koyulaşıyordu çehresinde.

Konuşmaları ve yersiz yorumları kederli bir çehreyle dinliyor, yeis, gözlerinde buharlar oluşturuyordu.

Odadan çıkmadan evvel şakalaşan, dünyayı bir pula satacak kadar gamsız gözüken delikanlıya bir kaç dakika içinde ne olmuştu da bu kadar değişmişti?..

Sorular, üstü kapalı mazeretlerle cevabı gizliyor. Bir türlü sır vermiyordu.

Hilâl o, mahmur gözlerin nihayetsiz derinliklerine baktı. Boğulur gibi olmuştu seyrederken. Ne olduğunu bilmediğimiz beynin girdaplarından, hüzünle yansıyan nemli pırıltılardan mana çıkarmaya çalışıyordu. Sır alacaktı gözlerinden. Acısını bölüşecekti belki. Başaramadı. O da ağlamaklı oldu yeniden. Hüznü bölüştüler sadece. Evet, ağlıyordu Faruk. Şimdiye kadar onu hiç gözyaşıyla görmeyen anne telaşlandı. Hıçkırdı hatta:

– Faruk, söylesene ne oldu sana...

Üzerine eğilmişti. Elinin tersiyle usulca uzaklaşmasını sağladı. İncinmişti anne. Kenara çekilip ağladı, gözlerini sildi çıkardığı mendiline.

Baba, tatlı sert bir üslûp kullandı oğluna:

– Ağlamak çare değil. Korkma, onunla da mücadele ederiz.

Eğisli, kinayî, dikenli bir cevap vardı dudaklarında:

– Kiminle?

– İlyas'la. Seni bu hâle getiren adamla, anlıyor musun baban ölmedi daha.

İçli, dolukan bir sesi vardı gözlerine bakarken:

– Baba, bu kahbe ağı etrafıma siz ördünüz. Ne olur yalan yanlış yorumlar yaparak dostlarımı bari incitmeyin.

– Neler söylüyorsun sen?

– Yalnız bırakın beni. Lütfen!..

Anne de rahatsızlandı, anlamlı bakışların altında ezildi hayretini gizleyemedi:

– Faruk söylediklerinin farkında mısın?

– Evet. Lütfen yalnız bırakın beni. Bu hadise ile de kesinlikle ilgilenmeyin.

Bu garip sayılan tutumu ile, aileyi bir daha şaşırtmış ve hatta sarsmıştı. Üzülmemesi için üstelemediler.

– Tamam tamam, diye mırıldandı anne.

Melih Bey dostlarının gözlerinde gezindi:

– Sonra konuşuruz, biraz dinlen diye söylendi.

Hilâl yorgun bir el sallamayı tercih etti. Konuşmadı çıkarken.

Bir merakı daha vardı. Yalnız kalır kalmaz, derin nefeslerle rahatlamaya çalıştı. Gözlerindeki nemleri silip, elini, yastığının altına soktuğu zarfı çıkarmak için uzattı. Son derece heyecanlanmıştı. Sır kalan bir gidiş, vadalaşmadan kaçışın sırrı açıklanacaktı az sonra. Parmakları titredi heyecanından, zarfın kapağını açarken. Mektubu aceleci bir gönülle çıkarıp satırları getirdi buğulu gözlerinin önüne.

MEKTUP

Sığ bir gönlü vardı. Kasırgaları fırtınaları, duygularının mesafesiz derinliklerine indirmiş, unutmuş gibiydi onları. Şimdi tek emeli kalmıştı.. Açtığı zarftan çıkan mektup, ona nasıl bir haber verecekti...

Gözlerine inanamadı mırıldanırken:

"Yalan, düşüncenin katrana bulandığı anlarda doğar. Oysa, siz gerçeklerle yalanı uzlaştırmak istiyorsunuz. Tabiî bu abesle iştigale uyan, insanlar da vardır toplumlarda. Fakat benim mizacım sapışlara müsaait değil ne yazık ki.

Bir yalan ülkesine taşıdığın, hayal ve temayüllerin, seni eksiltmiş, şahsiyetini bile silip tüketmiş gözükmekte.

Değişik fikirlerin, yapmacık hislerin yelpazesinde mütemadiyen tenakuzu yaşamış, şekil almamış duygularınla meğer ne kadar acınacak hâldesin.

Başkalarının his ve duygularından örülmüş romanı ve şiirleri satın alıp, altına ismini koyacak kadar şahsiyetinin zayıf olduğunu bilseydim, seninle karşılaştığım yollarda inan kaldırım değiştirirdim.

Bunlara değmezsin belki. Yine de seni sana anlatmak, hayatın gerçeklerini anlayabilmen için insanlık görevimi yerine getirmek istiyorum.

Ben hipokrat yemini etmiş bir doktorum. Sense bunalımlı, gerçeklerden ürken bir hastasın. İşte bu yüzden sana bazı tesbitlerimi açıklamak zorundayım.

Hayat yürümek demektir. Hiç durmaksızın, ileriye. Yeni yeni ufuklar aralayarak bilinmeyenleri çözmeye. Oysa sen, gerçeklerle yüz yüze gelmekten korkan birisin. Onun için de çaresizlik zırhının arkasında hazırcı arzularına, para ile sahip olmaya çalışan, ürkek, tedirgin, tembel, fikirsiz ve çaresiz zavallının birisisin.

Bir rüya estetiğiyle girdin hayatıma ve yine öylesine mücerret görüntüler vererek silinip gittin.

Sevda susuzluğu çeken bahçemde, ümit çiçeklerim, birer birer kuruyup yapraklarını döktü. Onları, hislerimin sağanaklarıyla ıslayıp hayata dönmelerini arzuladımsa da nafile.

Bu satırları İstanbul'da mektuplaştırmıştım fakat, sana Amerika'dan postalıyorum. Sakın adres bulup mazeret beyan etmeye kalkışma. Çünkü, sorularına bile tahammül edemeyecek kadar kırgınım.

Hislerimle alay edişini, hayat boyu unutamayacak ve bu aldanıştan dolayı kendimi hiç, ama hiç affetmeyeceğim.

Sana hoşçakal demeyi bilsen ne kadar isterdim fakat içimden gelmiyor.

En derin nefretlerimle.

Leylâ."

Dünyanın yakası açılmadık zilletleriyle boğuşan delikanlı, yine toplumda kronikleşmiş, paslanmış, bir zihniyetin kurbanıydı.

Derin bir "ah"ı vardı dudaklarında, dünyayı kavuracak kadar ateşli.

Gönlünde zarfı açmazdan önce beliren ümidin çırpınışları ne de, sevgini ruhunu ayrı bir iklimle kuşatan sıcaklığı. Bedenini nihayetsiz mesafelerine inen alevlerle, amansız bir tecessüs bekliyordu yönelişi.

Artık biliyordu ki dudaklarını uzattığı pınarlarda, yanık yüreğini serinletmeye kafi evsafta su yoktu.

Koyu bir elemin kara bulutları çöreklendi yeisli gözlerine. Derin düşüncelere daldı. Mektup cılız bir ses çıkartarak düşmüştü yorganın üzerine. Daldı bir şeyler hayal etti:

– Hakkımda yalan yanlış bir şeyler vehmettiği doğru. Fakat ya kaynağı?..

Hepsi de ağır hakaretlerdi. Hakikaten, herkesin söylediği gibi gerçek bir bunalımı mı yaşıyordu? İyi de, aramak, bunalım değildi ki.

Susuzluktan çatlayan dudaklarının üzerinde harareti söndürmek için dönen dil, çölde vahasını arayan bir insanın panik hareketlerini andırıyordu şu an.

Duygular, ürkek kelimelere benzerler. Çoğu kere küçük bir olumsuzluk, onları bitirmeye mecalsız bırakıp hırpalamaya, hatta öldürmeye yeter de artardı bile.

Faruk, hadisenin sonunda, anlaşılan, büyük bir başarısızlığın öncüsü gibi, yenilgiye bırakmıştı kendisini.

Yanındaki dolaptan çektiği defterini açıp kalemini buldu el yordamıyla. Yeisini yanılgılarını, ıstırabını ve şu anki duygularını yansıttı satırlara:

– Ümitlerim bir kuş gibi havalanmıştı. Maviliklere, uzak el değmedik görüntülerin ulaşamadığı maviliklere çırpıyordu kanatlarını. Güneşin varılmayan ufuklarını aralamıştım, bilinmeyen mahremiyetlerine göz koymuştum anlaşılan.Uçmak, ufukları aralamak. Güneşin o kızgın lavlarını dayanılmaz ateşlerini aşmak, bir vuslattı benim için.

Acemi duygularımı, beni o sürekli kendisine doğru çeken dipsiz mavilikler kandırdı. Tıpkı ateşin etrafında danseden, aptal bir kelebek gibi avladılar beni. İşte o uzak maviliklere kavuşmak için çıktığım yolculukta yitirdim kendimi.

Ah, gönül hep bilinmeyen adreslerde dolaştırdın, yitirdin tükettin hiç ettin beni. Demek duygularımdaki aşka da değil o boşluk. Kim bilir?

HASTAHANEDEN ÇIKIŞ

Hastahaneden çıktı ve nihayet sel yatağına çekildi. Öfke dindi korkunç fırtınaların ardından, sonunda, gittikçe yorgunlaşıp hâlsiz düşüp cılızlaşan ve ölen dalgalar, şu anda sakin ve ümit verici bir görüntü sergileyen, berrak, masmavi çarşafını seren deniz gibiydi.

Dipsiz, kör bir kuyuya mahpus etmişti duygularını, âdeta hatırlanmasını bile yasak ettiği, beyninin bütün girdaplarıyla üzerini küllendirdiği, onların açığa çıkmasını önleyen hücreleri, başına nöbetçi bıraktığı mazinin karanlıklarına gömmek istiyordu geçmişini.

İyileşti zindeleşti ve yeni dünyasına hazırlıklar yapmak için çırpınmaktaydı şimdi.

Sırma, ne hastahaneye ne de çıktıktan sonra odasına uğrayıp "Geçmiş olsun" bile dememişti ona. Aynı sofrayı bile paylaşamıyorlardı hâlâ. Ve bu hâl Faruk'u fevkalade rahatsız etmekteydi.

Bir başıboşluğu yaşıyordu bu günlerde. Baba ve anne müdahâle etmiyorlar, Faruk'u aynı ısrarla engelliyorlardı.

Hilâl, sık sık uğrayıp ziyaret etmişti. Tek, onunla dertleşiyor, fakat duygusal bakışlarının hançerine dayanamadığı anlar oluyor, hissettirmemeye çalışıyordu ona.

Bugün hastahaneden çıkalı ilk kez bahçeye inmişti. Hava oldukça güzeldi dışarıda. Çardakta oturup semaverin fişini soktu. Canı çay içmek istemişti anlaşılan.

Leylâl'nın mektubu içinde bir hançer ucuydu hâlâ. Kim sahneye koymuştu bu adi oyunu?.. Çözemiyordu bir türlü. Sadece kuşkuları vardı bu konuda. Belgelendirmedikçe infazı güçleşiyordu onların da.

Semaver kaynarken eline yeni geçirdiği, özellikle kütüphaneden seçtiği bir kitap vardı önünde. Master tezini bırakmış çok daha değişik bir tezin üzerindeydi çırpınışları.. Kendisini tanımak, etrafındaki yelpazenin kanatlarına binip gaipleri kurcalamak.

Kendisini iyice vermişti kitaba. Hilâl belirdi birden baş ucunda.

Yeni dünyasına adepte olmaya çalışıyordu, fakat Hilâl... Bugünlerde sık sık yaralı, yasaklı, kâbuslu duyguların üzerlerinde yığılmış olan külleri deşeliyor, zor durumlarda bırakıyordu onu. Ve bunu sık sık yapıyordu.

İşte şu an yine öyle yaptı. Esintili duygularla dikildi başucunda ve coşkulu bir sesle bozdu çalışmasını:

– Merhaba.

Bu ses, iç dünyasındaki taze kurguları ürküttü ve bozdu. Biraz isteksizdi karşılık:

– Merhaba.

– Sana bir teklifle geldim.

– İyi ya, söyle o hâlde.

– İyileştin artık. Bırak şu hüznü. Canlan biraz. Var mısın bir diskoteğe?

Rengi uçtu, yüzünde kâbuslu bir rüzgâr esti. İçinde yıllardır yaşadığı sorumsuz hayatın, kahredici dürtüleri vardı hâlâ.

Oysa nedamet dönemecindeydi duyguları, ayağı iradenin kaypak freninin üzerinde bekliyordu. Sezişlerinde açılan taze ufukların, doğum sancılarını çekiyordu günlerdir.

Her şeyi unutmaya çalışmak, fırtınaların hoyratlıkların dışında kalmak. Sırları, acıları bütün uhteleriyle gönlünde hapsetmek... Bütün kirlerden ve olumsuzluklardan uzak tutabilmek hayatını... Üzerine leke sıçratmamak için yaşamak... Bütün hayallerini kuşatan bir olguydu.

Sert bir çıkışla karşı koydu Hilâl'in teklifine:

– Hayır hayır. Hem rahatsızım hâlâ.

– Rahatlar, kendine dönerdin diye.

Anlamlı baktı gözlerine:

– Diskotekte mi?

– Evet.

– Kâbuslu gürültüler, dansöz çığlıkları, musikinin sarhoş seslerini duyarak kendisinden geçen gençlik, şehvet sarasına tutulup benliğini yitiren, çılgınlaşan kalabalıklar. Hiçbir zaman kandisine mantıklı bir yol çizebilecek sorumlulukları idrak etmemiş insanların arasına davet etmektesin beni. Artık bütün gayesizliklere paydos.

Hilâl duyduklarının karşısında, tıpkı mağlup bir kumandan gibi bozgunlara yaşadı.

İnanmamıştı ona. Ruhu karardı birden:

– İn artık bulutların üzerinden ve ayakların yere değsin. İnanmadığın hayallere bürünüşün, ruhunu karartan hadiselerle kaosu yaşayışın, sonra umursamaz bir tavırla aldırış etmiyor görünüşün. Gamı kederi gönlünde üğütüşün, kendini kandırışın ve sermest oluşun. O vurdumduymazlıklarla sendromlarına meydan okuyuşun. Çözer mi sanıyorsun bilmeceni?

Biten her umut hayatın sonu değildir hiçbir zaman. Başka Leylâ'lar mı yok sanki?..

Duygu sağanağı vardı gözlerinde ve titrek hassastı sesinin yapısı. Faruk, değişik mizaçtaydı bugün. Her zamankinden biraz daha farklı ve katı:

– Hep aynı soruyu soruyorsun. Geçmişimi karıştırma artık. Deşeleme o küllerin üzerini.

Hilâl bir şok etkisiyle irkilmişti. Habis, uğursuz bir üslûpla konuşuyordu bugün. Ayrılık rüzgârları estirmekteydi tavrı ve Hilâl, hissedebiliyordu bunu. Kullandığı kelimeler ve onların cümleleşmesi bile farklıydı.. Her biri, bir bitişin habercisi, ya da idam fermanıydı sankı.

Duygularına hakim olamadı yüzünü seyrederken:

– Neden kırıyorsun beni. Leylâ barışalım mı dedi mektubunda? Yoksa, onun reddinin intikamını mı alıyorsun başkalarından?

– Hilâl!..

– Yo yo, açıkça söylemelisin. Yanına gelmemi istemiyorsan, daha yumuşak. Anlayış gösteririm meraklanma, istemiyorsan gelmem

Ağlıyordu konuşurken. Faruk sıkıldı, bozuk bir asapla soluklandı:

– Öyle bir niyetim yok.

– Balçığı mermerleştiremezsin. Taştan bir kalp taşıyor olamazsın. Her insan gibi sen de yumuşa. Hoşgörünün ikliminde başkalarının duygularına da saygılı olmaya çalış. Çileye alkış, ya da azar, ikisi de yanlış bir kabul. Ben, bunu yapamadım sana. Hep duygularımla oynadın, kırdın beni. Ve hep hislerin çöplüğü kaldı benimle. Bir daha yanında bulamayacaksın beni.

Başları hırçın bir rüzgârın karşısında eğilen başaklar gibi esefli ve keder doluydu çardaktan ayrılırken. Gözleri inadına yağmurlu.

Ardından bozulmayan derin bir sükûtla baktı sadece. Yakıcı, içindeki ateşi körükleyen bir nefes çekti ciğerlerine.

HAYKIRSAM SESİMİ DUYAR MISINIZ?

Ben eli koynunda ağlayan çocuk,
Ben sokakta kalmış bir çaresizim.
Ben kirpiklerden düşen gözyaşlarıyım,
Ben tüm acıların mıknatısıyım.
Çağırırsam sesimi duyar mısınız?
Ben gülen yüzlerin son kahkasıyım.
Uzatsam elimden tutar mısınız?..

Kısa bir seyahata diye çıkmıştı.. Dört gündür ortalarda yoktu. Evde bir infial uyandıran bu sancıyı yaşıyordu herkes.

Faruk babasının hesabından büyük, akıl almaz bir parayı çekmişti. O gün ödemeleri allak bullak olmuştu Melih Bey'in. Akşam hâlâ üzerinden atamadğı sıkıntının şokuyla dönmüştü evlerine.

Hacer Hanım vahim habere şaşırmıştı:

– Demek!....

Dudakları kuru kuruydu hararetinden. Peş peşe sigara yakıp söndürüyordu Melih Bey. Kadını hep onu teskin edebilmek için çırpınıyordu:

– Üzülme o kadar, mutlaka döner. Bu kadar para birkaç günde harcanmaz. Ne macera için, ne de zevk uğruna.

Dumanlar içinde kalmıştı evin salonu. Bozuk bir asapla öfler, püfler sayısızdı:

Kuşkusu vardı Baba'nın:

– Kim bilir belki de paraları aldığı gibi kaçtı.

– Nereye?

– Leylâ'sına.

– Bilmem.

Sırma yine geç geldi evlerine. Meseleyi öğrenince yüzlendi ateş püskürdü:

– Demedim mi ben size? O bir yılan, bir hain o. Kovun onu bu evden kovun.

Anne azarlar gibi baktı gözlerine ve sustu. Sırma fazla beklemedi yanlarında. Yorulmuştu. Odasına geçmek için tırmandı merdivenlerden. Bir şarkı tutturdu dudaklarında:

Bu akşam yıldızlar daha parlak, ay, daha cömertti gökyüzünde. Hayal sokak oldukça sakindi. Koruma kulübelerinden yansıyan ışıklar, sokak lambalarının ışıklarıyla cilveleşiyor, bahçelerden ara sıra kangal köpeklerinin kart sesleri geliyordu. Anlaşılan süs köpekleri evlerdeki, kuş tüyü yataklarında çoktan uyumuşlardı.

Saatine baktı, kocayan gün tükenmiş, yeni bir gün başlamıştı. Yani saat yirmidörtü devireli üç dakika olmuştu.

Faruk beraberinde getirdiği genç kızla, açtığı bahçe kapasından içeriye bir gölge gibi savuştu.

Genç kız sessizce yürümeye dikkat ederken hayran ve şaşkın bir seyirle inceliyordu etrafını.. Hayatında hiç görmediği debdebe ve ihtişamın manzarası şaşkına çevirmişti onu. Endişeli ve tedirgindi Faruk'u takip ederken.

Faruk sokak kapısını açtı. O hâlâ bahçenin dizaynine, binanın görkemli duruşuna ve zevkin desen desen işlendiği dekorlara vermişti kendisini.

Faruk, genç kızdaki hayranlığı sezmişti:

– Yürü, diye mırıldandı. Sabah, istediğin kadar seyredersin.

Konuşmadı. Mahcup ürkek bir hâli vardı. Antrenin ışığını yakıp cümle kapasını kapadı peşinden.

Baba uyumamıştı. Ayak sesleri geldi kulaklarına. Hacer Hanım daha yeni giyinmişti geceliğini.

Merdivenleri duvarlardan yansıyan renkli ampullerin loş aydınlığı içinde tırmanmışlardı.

Genç kız ayaklarının uçlarına basa basa yürüyordu, Faruk'un peşinden. Tam yatak odasının kapısını açmıştı Faruk, içeriye gireceklerdi ki, ortalık birden aydınlandı.

O, renkli, loş aydınlık veren duvar lambalarının keyfini bozan yüksek voltajlı bir ışık sardı antreyi.

Faruk'un peşinden odasına girmek üzere olan genç kız, daha içeriye adımını atmadan heykelleşti. Yakalanmış bir hırsız gibi, kalbinin atışları değişti, soluğu tehdit etti vücudunu.

Melih Bey gözlerine inanamamıştı önce. Öfke, beyninde dibek dövmeye başladı. Tansiyonu yükseldi manzarayı görünce. Hırçın bir sesle sükûtun kabûsunu parça parça etti:

– Faruuuk!..

Beraberinde getirdiği genç kız, pusulayı şaşırmıştı. Ayakta durmasını güçlükle başarmaya çabaladı. Tam odaya girmek için yönelen vücudunun pozunu hiç değiştirmeden bekledi. Titriyordu. Başını usulca sol omzunun üzerine doğru çevirdi, korkulu, titrek pırıltılar yansıttı sesin sahibini görmek için ve öylece yerinde çakılmış gibi kaldı.

Hacer Hanım irkildi azametli sesin şiddetiyle ve odasında uykuya henüz varmamış Sırma sıçrayıp kalktı.

Onlar da korkmuşlardı.

Melih Bey, başını avuçlarının içine gömdü biraz, döngünlüğü savuşturmak için çırpındı. Yeniden ellerini çekip o heyecanı yudumlayan gözlerle baktı manzaraya. Genç kızın üzerindeydi ısrarı:

– Kim bu kız?..

Hiddetinden, duvarların sarsıldığı bur soruydu bu.

Bu evin yabancısı, hatta debdebenin, şatafatın, sosyetenin, yabancasıydı bu kız. Henüz üzerindeki yeni kıyafetin bile... Faruk biraz farklı, pahalı kıyafetler almıştı giyinmesi için.

Tesettür, oldukça güzel bir çehreyi yansıtıyordu dışarıya. Anne şaşkın bekledi gerilerde, Sırma hayretler içinde donup kaldı beklediğ zeminin üzerinde. Baba haykırışlarına bir yenisini daha ekledi:

– Demek bu gerici yosma için harcadın o paraları.

Genç kızın kolundan tuttu, yüzünü çevirdi Faruk. Kimseye fırsat vermeden konuştu:

– İşte merak ettiğin ailemiz. Durmadan bağıran babam. Ve gerilerde sessiz, ama merakla bekleyen annem ve onun arkasında duran da kardeşim.

Babasının gözlerinin içine tepkili baktı Faruk. Elbisesinin içinde büzüşmüş erimiş hâlde bekleyen, yüzü solgun bakışları buğulanan genç kıza baktı:

– Ne kadar sıcak bir karışlama oldu değil mi? Tabi sen bu kadarını beklemiyordun.

Anne suskundu, Sırma dut yemiş bülbülü andırıyordu beklerken. Baba elini dizine vurdu, yeniden hücuma geçti:

– Anlamalıydım ve sana güvenmemeliydim!..

Yutkundu gözlerine şefkat dilenircesine baktı. Sesi de aynı şeyleri istiyordu:

– Baba!..

Sert bir ikaz olarak algıladı baba oğlunun davranışını.

– Ne var yani, biraz daha mı kibar olmamı bekliyorsun?

Şahadet parmağı ile, sert bir çizgi çizdi kapıdan yana:

– Hemen çıkarmalısın evimden o çağdışı kızı. Anlıyor musun hemen.

Delikanlı erimişti olanlardan, dişlerini sıktı, sabrını toplamak için. Annenin sesi yetişti:

– Faruk!..

İkaz notalıydı bu ses, kısaca devamını getirdi:

– Uzatmamalısın.

Sırma sinirlerini tahrip eden sesiyle kendisini gösterdi:

– Demek buydu Leylâ'n. Hah, hah hahhaaayit!.... Bir gericiymiş meğer.

– Sırmaaaa!..

Bu ikaz villayı sarstı. Lambalar sallandı sesin azametinden.

Baba korkup yatak odasına kaçan Sırma'ya destek çıktı:

– Bir de bağırıyorsun utanmadan. Çabuk çıkar dedim onu buradan. Yoksa, bu garip yaratığa başlık parası mı ödedin kazancımı?

Kendisini kontrol edemiyordu artık:

– Babaaa!..

Anne, öne doğru çıktı kolundan usulca tuttu oğlunun:

– Faruk görüyorsun ki sinirli baban. Al ve götür bu kızı.

İnce ince terler söküldü genç kızın suratından. Hıçkırmak, yırtınırcasına ağlamak istiyordu; fakat o şansı yoktu şu an. Yutkunuyor nefes almak için kıvranıyor, ayakta durabilmek için diriniyordu.

Faruk, annesine sert bir lisanla itiraz etti:

– Bu kız hiçbir yere gitmeyecek anne. Burada, bu evde ve istediği yerde kalacak.

– Hayır! diye haykırdı baba.

Daha fazla dayanamayacaktı genç kız. Bir sükûtu hayalın yeis rüzgârı esiyordu yüzünde. Buruk, içli güç bir sesle yalvardı delikanlıya:

– Beni bu evden götürür müsün Faruk?

– Hayır. Sıkılan varsa, çıkıp kendisi gitsin.

Hayreti arttı, bakışları değişti babanın. Sesi düştü konuşurken:

– Ne o, birlikte mi kazandık bu serveti? Uzatma şimdi. Al o hilkat garibesi kızı ve götür bu evden.

Bir de ahlâktan bahsedersin, başkalarını tenkit edinceye kadar burasının, tuttuğunu alıp getirmek için müsait bir ev olmadığını düşünmen gerekmez miydi?

– Ona söz söyletmem ben. O namuslu bir kız.

– Hadi güldürme adamı. Namuslu bir kızın gecenin bu saatinde başka bir erkeğin evinde ne işi var söyler misin bana?

– Baba yeter!.. O kız, senin günahıın!..

Sesi oldukça kısıktı. Durakladı, manidar baktı gözlerine:

– İşte bir o kaldıydı bana günah olarak yazmadığın. Suçlarını örtbas edebilmek için mi getirdin bu kızı? Ya o çek?.. Beni maddî sıkıntıya soktuğun. Şerefimi, haysiyetimi, beş paralık ettiğin gün?

– Geçmişte unuttuğun, ödemeyi ihmal ettiğin bir borçtu o paralar. Ne yaparsın, babanın günahını ödemek evlatlarına düşüyor bazen.

– Biraz daha konuşursan, seni vuran tetikçiyi de benim gönderdiğimi söyleyeceksin.

– Ne yazık ki, beni de sen kurşunlattırdın baba.

Anne paniğe kapıldı. Duyduklarına inanamıyordu bir türlü. İşte şimdi aklını atmıştı oğlu. Derin bir kaygının çığlığı vardı dudaklarında:

– Faruuuuk!.. diye haykırdı.

Değişik bir yüzü vardı. Omuzlarından tuttu gözlerine bakarken:

– Neler söylüyorsun öyle? Aklını mı attın?..

Sakinleşti, annesinin kollarını elleriyle çekip yavaşca aldı omuzlarından, etkili baktı gözlerinin derinliklerine:

– Endişelenme anne. Aklımı filan atmadım, bunalımım falan da yok, anlıyor musunuz beni?

Yalnız siz, maziye küskün ve ondan kaçarak yaşadınız hep. Yeter artık, iyice açın kulaklarınızı ve bir defacık olsun dikkatle dinleyin beni. Soruyorum şimdi size. Korkmadan, kendi öz bedeninizdeki derinliklere, bakabilir misiniz? Herkesten sakladığınız, ama hiç kimsenin bilmesini istemediğiniz, sırların önünde, yalpalamadan, onlara değişik kılıflar giyindirmeden, ezilmeden ve hiç rahatsız olmadan, müsterih bir vicdanla eğilmeden, dimdik, durabilir misiniz?

Sorgulayabilir misiniz kendinizi?.. Ama vicdan terazisini yanıltmadan, dürüstçe.

Bunları yapamıyorsak eğer, bari açığa çıkan suçlarımızı, arkamızda bıraktığımız günahlarımızı başkalarının sırtına sarmayacak kadar dürüst olmaya çalışalım.

Şimdiye kadar hep faziletten, asaletten bahsederken, mazide bir sürü harabe ve içinde kaç tane mağduru unuttuğunuzun farkında olmadan yaşadınız.

Soruyorum şimdi size. Benim bir dedem, bir amcam ve onun çocukları yok muydu ha?

Gözleri nemlendi ve bentler yıkıldı az sonra:

– Anne, beni kurşunlayan insan öz amcamın çocuğu. Sefalete ittiğiniz, bütün servetlerini ellerinden birkaç çek karşılığı alıp iflas ettirdiğiniz, adamın çocuğu o.

Dayanamadığı acıları dindirmek, kim bilir belki de azaltabilmek, güç kazanmak için dişlerini dudaklarına insafsızca çöktü. Utanıyordu ağlamaktan, fakat başaramadı.

Ankara'ya ziyaret için gittiği ev düştü nemli gözlerinin önüne. İşte o hazin tabloyu yeniden yaşıyordu şu an.

ANKARA

Ankara'da uğradığı perişan manzaralı, o gecekondu gelmişti gözlerinin önüne.

Saçı ak, sakalı ak, muzdarip, zayıf vücutlu bir ihtiyar oturuyordu kapının önünde. Ağaçların etrafina yuva kuran sinekler vızıldıyor tepesinde ve rahatsız ediyordu ihtiyarı. Durup adresi okumuştu. Numara, sokak, tutuyordu. Bekleyip derin bir seyirle inceledi ihtiyarı. İçi ezilmişti. Daha fazla dayanamayıp yanına yaklaşmıştı. Yürürken önündeki kerpiç binaya, bir de bitişiğinde yamalık gibi duran bakkala bakıyordu. Evet, abartılmamıştı anlatılırken. Duyduklarının aynısıydı manzara, hatta noksanları bile vardı.

– İşte bu ihtiyar olmalı demişti Dedem.

Ortalıkta ne müşteri, ne de görünürlerde kimseler vardı. Yalnız sinekler cirit atıyordu etrafında.

Kapının önünde iri bir taşın üzerine oturmuştu yaşlı adam. Bakışları keder dolu. Belli ki, onu eskiten yıllar çok şeyini çalmıştı. Utangaç bir ses, sıkılgın bir eda içinde durmuştu Faruk karşısında:

– Adın Hasan mı?

Anlamlı bakıyor ihtiyar karşısındaki delikanlıya ve muzdarip bir sesle mırıldanıyordu sadece:

– Evet.

– Bitişikteki bakkal sizin mi?

– Bizim.

– Buğra diye bir torunun var mı?

Biraz daha merakla bakıyor ihtiyar yabancının gözlerine:

– Var.

Cebinden bir nüfus cüzdanı çıkartıp uzatıyor önüne:

– Bu nüfus cüzdanı onun. İstanbul'a geldiğinde bırakmıştı da.

Kimliği alıyor titreyen eli. Bakışlarını netleştirmek için çırpınıyor, biraz daha, biraz daha dikkatli, daha da artırıyor ilgisini ihtiyar. Dudakları seğiriyor, hüzün rüzgârları esiyor yüzünde beklenmedik anda ve ılık, dokunaklı bir ses, kesik kesikti dudaklarında:

– Yoksa sen? Yoksa sen, diye, mırıldanıyor.

Konuşamıyor başka, kederinden. Zor duyuyor cevabı:

– Evet, ben de torununum dede. Adım Faruk. Babam Melih. Öyle yazmakta nüfus kâğıdında.

Koyu bulutlar iniyor ihtiyarın puslu gören gözlerinin önüne. Biraz daha kesiyor netleşmeyi buharlaşmaları, hatta, silüet hâlinde, bir gölge gibi, dumandan bir heykel gibi görüyor torununu.

Eline uzanıyor Faruk öpmek için. Güçlükle kalkıyor yerinden, bir içli ses ki, hıçkırıkların arasından ve yürekten:

– Yavruum!.. Vefasız yavrumun yavrusu, hoş geldin.

Dudaklarına koyduğu ele, damlalar düşüyor, hicab kadar duyarlı ve sıcak. Titrek dudaklarını yanaklarına koyuyor ihtiyar ve Faruk'un yanaklarında birleşiyor sağanaklar. Dış dünyalarında sessiz, iç âlemlerinde kasırgalar koparan bir sağanak.

Kollarını doluyor boynuna, bir feryat yükseliyor fersiz dudaklarında:

– Saliiiih!..

Bakkaldan, bu acı feryadın etkisiyle çıkıyor baba oğlu. Salih, aptalsı Buğra, gördüğü manzara karşısında tedirgin ve perişan.

İhtiyar, biraz aralanıp oğluna sesleniyor karşısında fehmedince:

– Salih, bak yeğenin oğlum, Faruk bu Faruk.

Yerinde donup kalmış gibi duran şişman, orta yaşlı adamın bir duygu sağıanağıdır yayılıyor vücuduna. Aptalsı ve hareketsiz hâlâ. Faruk, dedesinden ayrılıp amcasının yanına yaklaşıyor, onun da eline uzanıyor öpmek için. O, kanı damarlarında donan adama yine, kan emrediyor sarılması için.

Kuvvetli, kollarının arasında eritmek istiyor hasretini. Faruk sıkılıyor ıstırap çekiyor. Hayretle bakıyor amca, Faruk'un gözlerine. Mana dolu:

– Bir şey mi oldu?

Buram buram terler sökülüyor alnının derisinden. Derin bir nefes alıyor acısını dindirmek için:

– Yo, şey. Yaram var amca.

Okşuyor yüzünü yüzüne sürüp kokluyor hatta. Alınıyor bu cevaba. Ağlamaklı bir sesle ulaşıyor gözlerine baka baka:

–Bir amca yeğenini vurdurur mu?

Hisler dorukta bir manzara oluyor hepsi de. Açık kapının arkasından bakanlardan habersiz herkes.

– Hatırlatmak istemedim amca. İyileşmedi de daha. Hem, unutalım bunları olmaz mı?

Konuşamıyor amca gözlerini siliyor sade. Kafasını sallıyor cevap için.

Buğra, ruhsuz, heykeller gibi duruyor çakılıp kaldığı yerde. Ve bir kız bakıyor gecekondunun açık duran kapısından dikkatle.

Buruk bir tebessüm, duyguların en demli noktasında yakalayor onu gözlerinden.

İrkilerek çekiyor bakışlarını genç kızın üzerinden. O, vücudunda yara izi bırakan delikanlıya yöneliyor ılık bir ses:

– Buğra.

Hareket edemiyor bir türlü, dolukuyor, hislerin yüzüne dayanamayan gözleri. Boynunu bir pişmanlık edasıyla büküyor sadece. Faruk, eritiyor buzları Buğra'ya sarılıp. Bir ses ki canın ta derinliklerinden yükselip, hatır soruyor ondan:

– İyisin ya?

– Merak etme, oldukça.

Gözlerinde yaşlar var Buğra'nın. Çırpınan yüreği tehdit ediyor bedenini. Kendisini sıkıyor pişmanlığını yansıtmak için:

– Keşke ellerim kırılsaydı.

– Unut şimdi. Hem iyi şeylere vesile oldu bak. Aslında çok merak etmiştim bu manzarayı.

Derin, kesik kesik nefesler alıyor Buğra. O, içli sesi, hayatlarından kesitler veriyor haklılık payı için:

– Çok sefalet çektik. Kız kardeşim, gözlerimizin önünde, yoksulluğun ellerimizi bağladığı için can verdi. Bir hastahaneye bile götürememiştik.

Onu teselli için gözlerinin içine baktı. Bir tesettürlü kız açık duran kapının boşluğundan ayrılıp yanlarına kadar gelmişti. Hayran bir seyirle tütsü tütsü hasret kokan bakışları vardı onun da. Sabırsız bir gönülle sırasının geleceği anı bekliyordu anlaşılan.

– Acılar müşterek. Lakin, dünya sebepler dünyası. Kadere kumanda etmek kimsenin elinde olmadığına göre, gelecekte neler olacak, neleri nasıl göğüsleyecek ya da elimizde olmadan, nelerle karşılaşacağız bilinmez. İdare ediliyoruz ve dümen başka elde. O hâlde sadece eksik olan tedbirin alınamamasıydı. Aslında ecelin vakti değişmezdir.

Genç kız bir şeyler hissetti konuşmalarından. Anlamıştı ama yine de sordu:

– Sen kimsin?

– Faruk.

– Ya babanın adı?

– Melih.

Hassas bir kızdı gözleri buğulandı bakarken konuşamadı aldığı cevaptan sonra. Derin bir "ah" çekti önce içli baktı gözlerinin içine. Duygulu bir sesi vardı genç kızın.

– Sarılabilir miyim sana?

Kararsız bekledi yüzüne bakıp:

– Bilmem. Sen kimsin?

Kollarını açtı, konuşmadı önce.Kirpiklerini yumdu, ıstırabı yanaklarına sıvılaşarak boşanırken, fısıltılı bir sesle ulaşmaya çalıştı:

– Kabul edersen, ablanım!

Hayreti arttı, depreme yakalanmış ağaç gibi sallandı. Daha nelerle karşılaşacaktı?..

Sarıldı, yanaklarını öptü genç kız. Kokladı, hasret giderdi ayak üstü. Aralanıp:

– İçeriye girelim dedi, böyle ayak üstü olmaz.

Sefil, mütevazı bir odaya çekilmişlerdi. Aile fertleriyle tanıştı bir bir. Yengesi, amcasının kızı Çağla.

Yaşlı adam konuştu hep, dinledi herkes:

– Bütün suç bende oğul. Her felaketin başı benim. Zengindik. Amcan ve ben tırnaklarımızla hayatı kaza kaza belli bir noktaya gelmişik.

Babanı, birlikte okutmuştuk. Daha askerden döner dönmez istediği bir kızla evlendirdik. O günün parasıyla iyi harcadık doğrusu. Ev düzdük... Senesine varmadan bir kızı oldu? Adını "Dilek" koyduk.

Amcan iyi bir ticaret adamıydı. Çekirdekten yetişme. Gel gör ki baban tahsilliydi. Üstelik işletme tahsili yapmıştı. Amcanın direnmesine rağmen bütün yetkinin babana verilmesini sağlamıştım.

O günün değerine göre, otuz kilo altın alıyordu kaybettiğimiz servet. Baban sekreterimle arayı pişirip, yani "annenle" bizi yere vurdu. Bir daha da arayıp sormadılar. Sadece boşanmak için avukat tutmuştu. Biz İzmir'de biliyorduk. Yıllarca sonra senin gazetede ismin, röportajın çıkmış. Buğra okumuş. Babanın adı da varmış, yazıda. İşte, bu son istenmeyen talihsiz hadise de bizden habersizce böyle vuku buldu.

Baban, ne kızını ne terk ettiği karısını, ne de bizleri aramadı. Dilek, annesinin yeniden evlenmesiyle ortada kaldı. Elbette bize düşüyordu bu görev. Bizlerle birlikte o da, aynı sefaleti ve çileleri paylaştı.

Şimdi her şeyi öğrendin.

Faruk, konuşmaları güçlükle duyuyordu, sıkıntısından. İç âleminden korkunç bir ürpertiyle uyandı. Babasına baktı, gözlerini iyice açıp. Baba, şaşkın bir bekleyiş içindeydi, oğlunun karşısında. Derin bozulmaz bir sükûtun, hayret komasında bekledi herkes.

Neden sonra, utancını örtmek için çırpındı. Kaypak bir soruyla yüklenip kapamak istedi duyduklarının üzerini. Biraz alaylı ve kinayî konuştu:

– Ya bu kız, o neden benim günahım ha, söyler misin bana?

– Taşıdığın iskeletin içinde duyarlı bir vicdan olsaydı, sesini duyardın onun. Zevk, ihtiras, onun kim olduğunu da unutturmuş sana. Ne yazık ki, haraket ettiğin, evden götürmemi istediğin o kız benim ablam. Ve senin öz kızın.

İnanılmaz bir serkeşlik vardı haykırışında:

– Faruuuk!.. İşte buna inandıramazsın beni!..

O heykelleşen, eriyen, bedenine bir dirilik, canlılık gelmeşti genç kızın. Kıpırdandı, silkindi, titrek parmaklarıyla omzunda kayışı asılı duran çantasını aradı böğründe. El yordamıyla bulup açtı ve bir şeyler aradı içinden. Nüfus cüzdanıydı bu. Titrek parmaklarının arasında tutmaya çalışıp güçlükle uzattı Melih Bey'in önüne:

– Bakar mısınız?

Sanki, yeryüzünde bütün güzellikler erimişti utancından gözlerinin içine bakarken hazin bir sesi vardı genç kızın, aslında haykırmak istediği hâlde başaramayan, inadına kısık içli ve duygu dolu:

– Gelmezdim aslında. Fakat çocukluğumdan beri hep merak etmiştim; bizi terk eden ve bir daha hatırlamayan yüzü gördüm ve tanıdım. Artık, isteseniz bile kalacak değilim.

Önüne uzatılan nüfus cüzdanını alırken cesareti tükendi. İncelerken eskisi kadar öfke yoktu gözlerinde.

İtina ile araştırdı. Baba adı. Anne adı. Doğum yeri. Doğum yılı.

Yüzünün şekli değişti gözleri bulutlandı, acısının en ağdalısını yaşıdı. Az önceki tavrı duyguları öfke her şey iklim değiştirdi.

Daha şefkatli ve müşfik, daha duyarlı baktı genç kızın gözlerine. Ayakta duramayacağını da hatırlamış olmalıydı ki:

– Neden salona geçip konuşmuyoruz bunları? diye mırıldandı.

Faruk, ablasının kolundan tuttu. Bakışları beraberinde gelmesini istiyordu. Abla, itiraz etmedi birlikte yürüdüler Faruk'la.

Hacer Hanım, ne konuşabildi ne de bir fikir yürütmek geliyordu aklına. Salona doğru yürüyen iki kardeşin arkasından muzdarip bir gönülle baktı sade ve Melih Bey'in peşinden görünmeyen bir el onu çekti, sonra, gitmemek için direndi. Yaslı bir yüzle yönünü yatak odalarından yana çevirip bir gölge gibi uzaklaştı.

İhişamlı salonun göz kamaştıran eşyaları bile ilgilendirmiyordu Dilek'i.

Kristal avizelerin aydınlattığı salonda bir koltuk seçip yan yana oturmuşlardı kardeşiyle. Baba, karşılarına düşen koltuğu seçmişti oturmak için. Hâlsiz, yorgun ve ıstırablı yüreğinin kaldıramayacağını hissettiği kadar dehşetle doluydu. Derin, efkâr yüklü bir nefes çekti ciğerlerine. Geçmişini parantez içine almıştı. İçli bir ses:

– İyi kötü bir birine karıştı, diye mırıldandı.. Hafizam sık sık oyun etmeye başladı bana. Aslında, görür görmez tanımalıydım seni. Çünkü kanımdan ve ruhumdan bir parçaydın. Çok üzgün duruyorsun gülümse biraz. Hadi. Artık her şey bitti. Gülümse.

Dünyayı kuşatan "ah"ı vardı dudaklarında. Sesindeki ıstırap binbir bülbülün feryadını gölgede bırakacak kadar etkileyici:

– Yanlış anlaşılmak istemem. Ben karşılanışımdaki soğuk sahnelerden müteessir değilim. Onların hepsi de geçici şeylerdi.

Sadece, şunu bilmenizi istiyorum. İnananların saadetini gölgeleyen tek olgu, inanmayanlara duyulan üzüntüden ibarettir.

Kâbusa dönüşen bu keder, bir babanın kızını terk edip yıllardır hatırlamayışı bile değil. Yüzünü merak ettiğim için geldiğim şu evde. Üzüntüm inançlarıma ve iffetime edilen hakaretlerden ibaret. Bu hak edilmemiş hakaretlerin, bu kabalıkların, akrep kıskacına benzeyen ürpertisini yıllarca yaşadım ben.

Gerici, yobaz. Fakat, iffetim için kimseden duymadıklarımı işittim sizden. Dedem ve amcam beni onurlu ve inançlı olarak yetiştirdiler. Bütün ithamlarınızı reddediyorum. Erkek arkadaş nedir bilmem. Kardeşimle geldim buraya.

Yarası derinleşti Melih Bey'in. Biraz daha hassaslaştı:

– Özür dilesem.

– Bütün inananlarla tek tek. İşte bu imkânsız.

– O kadar katı davranmamalısın, ne de olsa babanım. Hayatımda bir sürü yanlışı peşpeşe yaşadığım bir gerçek. İhmalim, duyarsız yaşayışım ne isim verirsen.

Maziyi tahrif eden hafizama küskünüm. Geçmişimde, kalan hatıralarımın sindiği bütün yapraklar takvimden birer birer acımasız biçimde düşmüş ve kopan kasırgaların önünde sürüklenip gitmiş. Şu an maziyi yeni baştan seyretmek istiyorum, kaset kopuk.

Ne söylersen haklısın. Gel, bir fedakârlık daha yap ve ayrı geçmiş yılların hasretini çıkartırcasına sarıl babana.

İnan, buna şu an ne kadar ihtiyacım var.

Faruk, derin bir seyirdeydi sadece, karışmadı ve dinledi onları. Babasının nasıl hırpalandığını, ezildiğini izliyordu.

Dilek, kardeşi kadar duyarlı değildi bu konuda. Etkilemedi onu duydukları. Babasının arzusuna ışık yakan hiçbir temayül yoktu hareketlerinde. Gamlı bir konuşmaydı sürdürdüğü:

– Çıkışlarda basamak olarak kullandığı malzemelerin, inişler için de kullanacağını bilmeli insanlar. Şimdi yıllarca çektiğim acılar, ıstırabı ve çileyi bir an için unutup size sarılmış olsam; boşandığı için başka koca arayan anneme, dedeme ve amcama, onun çocuklarına hatta eşine, yapılmış bir haksızlık, hatta ihanet olmaz mı bu?..

Buraya gelişim sadece bir meraktan ibaretti. Gördüm ve müsadeniz olursa iki gün kardeşimin yanında kalıp yeniden geldiğim o insanların arasına dönmek istiyorum.

Gözleri buharlandı, konuşurken zorladı kendisini. Baba, yardım istedi oğlundan:

– Faruk, sen de ablan gibi mi düşünüyorsun? Hiçbir fikrin yok mu bu konuda konuşsana biraz.

– O bir kişilik sahibi baba. Neyi, nasıl değerlendirmesi gerektiğine, yine kendisi karar verir ve ben de saygı duyarım ancak.

– Ya!.. Demek sen de, öyle mi?

– Bu beni aşar, dedim ya.

Kardeşinin zor durumda olduğunu hissetmişti. Dayanamadı. Bir yumuşama getirdi hadiseye, umut kapısını açık bıraktı gelecek için:

– Bir gün, kalkıp dedemi ziyaret için gelseniz. Elini öpüp af dileseniz ondan. Amcamdan, yengemden ve çocuklarından da tabi.

Dedem dayanamaz, yufkalaşmış bir yüreği var onun. Kim bilir, işte o vakit ben de unutmaya çalışır, öpebilirim ellerinizden.

– Né de olsa babamsınız.

Gecenin sabahı bir başka oldu evde. Dilek, ezanla birlikte kalkmıştı, bir daha yatmadı. Faruk ablasının huşu içinde namaz kılışını seyretti. Uyku tutmayan baba, kapılarını çaldı ışığı görünce. Faruk, ablasına yardımcı oldu, kahvaltının hazırlanmasında.

Üçü, erkenden yaptılar kahvaltılarını. Konuştular, derinleşti mevzular. Dilek, erkenden müsade istedi. Kardeşine bakıp:

– Beni garajlardan bindirsen?

Hayretle baktı ablasına, fikrini değiştirmişti:

– Neden, iki gün kalırım dememiş miydin?

– Yapamayacağım kardeşim. Belki, ilerideki günlerde.

Baba ne kadar ısraretse de olmadı:

– Uçakla dedi sonunda. Amcana telefon et, beklesinler meydanda.

Zor bir kabuldü ama Faruk:

– Tamam, diye mırıldandı.

Evin kadını ve Sırma, yatağından kalkmadan Faruk, ablasını alıp evden ayrılmışlardı bile.

Geceler işkence, geceler azap,
Döküyor geceler ruhuma kezzap.
Çöldeki vahaya benzeyen ışık,
Çek beni katranın zifrinden artık.

Sırma'nın gidişatını hiç beğenmiyordu. Küslük zırhına bürünüşü işine yaramıştı. Anne ve babasının ona tanıdığı sınırsız hürriyet ona, daha sorumsuz bir yaşayışın kapılarını aralamıştı..

Son günlerde eve geç saatlerde dönüyordu. Bir delikanlı dadanmıştı Hayal Sokağa açılan kapılarına, her gün onun çıkmasını bekliyor ve yine gecenin ilerlemiş saatlerinde birlikte dönüyorlar, Sırma'yı bırakıp gidiyordu.

Evdeki tepki âdeta elini kolunu bağlamış, onu kız kardeşine karşı etkisiz hâle getirmişti.

Vakit yine oldukça ilerlemişti ve Sırma hâlâ ortalarda yoktu. Saatine baktı, sıfır kırkbeşi gösteriyordu.

Kapının açılış sesini duyar duymaz, sessizce odasından çıkıp antrede bekledi.

İçler acısı bir manzara belirmişti gözlerinin önünde. Işığı yakta merdiven başında. Sırma sarhoştu. Göz göze geldiler önce. İçinin bütün nefretiyle baktı Faruk'a.

Küçük düşüren, aşağılayan, kinini hançerleştirererk, öfkesini kabartan bir bakış.. Sonra yalpaladı, hıçkırdı ve tiksintili bir dudak büküşün arkasından gözlerini çekti üzerinden. Umursamaz bir hareketle yönünü odasından yana çevirip vücudunu zor dengeleyen adımlarla yürümeye çalıştı.

Faruk, bu sefil manzaranın arkasında ıstırabını yudumlamaya çalışırken kahrolmuşluğun modelini sergiliyordu. Uyuşukluğunu bozup iradesini felç eden manzaranın ardından derin bir asap bozukluğu içinde yürüdü.

Açılan kapının hışımla kapanmasına, ayağını koyarak mani oldu. Odasının ışığını el yordamıyla bulmuştu. Yalpalayarak arkasına baktığında, kapının kapanmadığını hayal meyal fehmetmişti.

Elinin tersiyle iteklemek için gayret ettiğinde, başka bir cisime dokunduğunu hissedip gözlerini dikkatle açtı. Faruk, tıpkı bir hayalet gibi bekliyordu kapının boşluğunda.

Bakışlarındaki mana değişti, öfkesi kabardı anında. Bir şeyler söylemek ister gibi dudaklarını toplamaya çalıştı, hıçkırık sözünü söyletmedi ona, bakışlarıyla tersledi önce. Sırtını kapının kasasına dayadı düşmemek için ve nihayet, asabî bir sesle ulaştı:

– Çık odamdan.

Keder delikanlının gözlerinde bulut buluttu. Hüzünlü bir yüzle bekledi gözlerinin derinliklerine bakarken.

Yatağına doğru yürüdü sendeleyerek ve güçlükle oturdu karyolasının üzerine. Takmıştı kafasına, yeniden tehditli bir sesle mırıldandı, hıçkırıklara karıştı bu boğuk uyarı:

– Sana, çık dedim odamdan.

Kekeleyerek, güçlükle ifade ediyordu sözcükleri.

Faruk o derin sükûtu bozdu:

– Neredeydin bu vakte kadar.

Öfkeyi kudurtan, ukala bir tavır takındı Sırma. Omzunu kaldırdı dudaklarını büzüştürdü, mimikleriyle besledi nefretini:

– Sana ne?..

Beklediği yerden ayrılıp yanına kadar sokuldu. Serteldi dayanamıyordu artık.

– Sana nerdeydin dedim?..

Acı acı yutkundu. Korku vardı gözlerinde. Gecenin sessizliğini parça parça eden bu hiddet, ürpetmişti onu. Acınacak bir tavrı vardı şu an.

– Babaaa!.... Anneee!..... Kurtarın beniii!....

Kararsız beklenmedik ve zamansız bir çığlıktı bu. Ev halkını huzursuz bir çırpınışla kaldırdı yataklarından.

Sırma'nın odasından yükselen başka bir ses, sinyalleri verdi:

– Bırak şu sorumsuzluk duygusunu. Bir genç kız gibi yaşamayı öğren artık.

Hırçın ve kaba bir cevaptı karşılığı:

– Sen karışma, dedim.

Hınçla kaldırdı elini ve aynı şiddetle indirdi suratına. Tokat, sarhoşluğunu bile açtı. Gözleri parladı, çıldıracakmış gibi baktı Faruk'a:

– Köpeeek!..

Bir tokat daha indi diğer yanağına. Feleğini şaşırdı Sırma. Hiç beklemediği şeydi bu davranış. Duvarlara şamar şamar indi çığlığı:

– İmdaaaat!.... İmdaaaat!.... Kurtarın beniii!....

Kapandı yatağının üzerine, gözyaşları bir sel gibi kükredi. Güce gitmişliğin çırpınışlarını verdi yatağını döverken.

Sesi düştü Faruk'un. Bir yakarış, bir ricaya dönüştü âdeta:

– Ah, yaşadığın şu hayatla, neleri kaybettiğini bir bilsen. Anlatamıyorum bunları sana. Düşüncelerimle, kendi kardeşime ulaşamamanın bir tepkisi bu tokatlar.

Hıçkırıkları kesilmiş, bu sesi dinliyordu Sırma. Babası, annesi üzerlerine bir şeyler takmanın telaşesi içinde şaşırmışlardı odalarında. Faruk, aynı şekilde kaldığı yerden devam etti konuşmasına:

– O esrarengiz renkleriyle açmış, bir nefeslik rayihası cihanı değen gül bahçelerinden kaçıp, hayvan pisliklerini karıştırmayı tercih eden, mayıs böcekleri hâline gelişini, idrak edebilsen. İşte, o vakit sana tokatla değil lisanımdaki inceliklerle ulaşmayı başaracaktım. Ne yazık ki yapamadım bir türlü.

Babası ve annesi, soluk soluğa belirdiler kapının boşluğunda. Yorgun bir ceylan gibi başını hafifçe kaldırmıştı uzandığı yerden ve ıslak, perişan bir yüzle seyrediyordu dışarıyı.

Değişti, cesaret aldı ve daha şiddetli bir çığlık attı:

– Çık odamdan, karışma bana, cani suratlı adaaam!....

Esef dolu bir sesti arkasından gelen:

– Faruk, sana kendinle ilgilen, ona karışma demedim mi ha?

Babasının sesiydi bu. Bozuk bir asapla geriye dönüp babasına baktı. Sonra annesinin gözlerinde bekledi:

– Her sabah, çıkış kapımızdan bir serseri alıyor onu ve işte bu vakitlerde, bu vaziyette getiriyor eve. Ve siz kalkıp karışma diyebiliyorsunuz hâlâ. Siz, onunla ilgilendiniz de bana mı bırakın dedim?

Dudakları kırıştı, ağlamaklı oldu Sırma. İçinin bulantısını bastırmak için yutkundu:

– Hiç de bile diye haykırdı. O bir serseri değil. Biz anlaştık, yakında evleniyoruz, anlıyor musun evleniyoruz onunla.

Bu sözler destek için, babanın duygularını beslemişti. Bozuk bir moralle baktı Faruk'a.

– Sırma artık kendi sorumluluğunu idrak edebilecek yaşta.

Alaylı, seyretti babasını:

– Belli işte bak, örneği karşınızda.

– Bırak da hayatını yaşasın.

Hayretini gözleyemedi delikanlı:

– Siz nasıl söyleyebiliyorsunuz bu sözleri. İnanamıyorum doğrusu.

– Hangi asırda yaşıyoruz, sanıyorum bilmiyorsun hâlâ?

Biraz daha şaşırdı. Annesinin sözleriyde kulaklarına gelen.

İçli, anlamlı bir ziyarette bulundu gözleri.

– Gençliğinde sen de böyle mi yaşadın?

Baba kızdı, mazinin küllerini deşelemeye yelteniyordu oğlu:

– Faruk, çekilir misin odana?

– Baba bak, dövdü beni nasıl da tokatladı.

Annenin cevabı yetişti kulaklarına:

– Küstah!..

Esefle seyretti:

– Hangisinin cevabı bu, karıştırdım doğrusu. Sırma'ya attığım tokatların mı yoksa?..

– Çekil git odana, önce kendini düzeltmeye bak sen. Karışma el âlemin hayatına.

– Sizce hayatı yaşamakla, harcamak aynı anlamda. Sonunda bu sıkıntıları yine birlikte yaşayacağız. Dilerim işte o veakitte aynı rahatlıkta olursunuz.

Cevap bile beklemeden, yönünü kapıya çevirip hızlı adımlarla uzaklaştı.

Sırma destek bulmuştu bir kere. Aynı hayatı yine günlerce yaşadı. Artık karışamıyordu ve sarhoş yıkıldığı yere kadar gidecekti.

Bugün evden ayrılışı anında koyu bir ıstırap vardı gözlerinde. Ruhunun sıkıntısı dış dünyasına yansımıştı.

Evet, yine aynı delikanlıydı dışarıda bekleyen. Buruk bir selamla seslendi ona.

– Hoş geldin.

Delikanlının ağzında, tiryakisi olduğu sakız vardı yine. Ağzını yaymaştırarak çiğniyordu onu.

– Hoş bulduk güzelim.

Dikkatli baktı Sırma'nın gözlerine:

– Ne o, üzgünsün sen?

Kısa bir cevaptı kırşılığı. Biraz da aldırışsız:

– Hı hı.

– Meraklandım anlatsana biraz.

– İstersen bir çay bahçesine gidip orada konuşalım.

– Dayanamam oraya kadar.

– Ağabeyim. Onunla takıştık. Müsade etmiyor çıkmamıza.

– Eee?..

– Babam ve annem benimle.

– Anladım.

Faruk son günlerde iyice sıkılmıştı. Muzdarip bir gönlü vardı. Arada bir dertleştiği Hilâl de gelmiyordu artık. Kelimenin tam anlamıyla etrafından tecrit edilmiş, yalnızlığına bırakılmış bir insandı.

Hadiseler zincirinin halkaları peş peşe kopmuş, yorgun düşürmüştü onu.

İlyas Baba'yı ziyaret ettiğinde oldukça huzursuzdu. Ona, her şeyi anlattı:

– Biraz uzaklaş buralardan.

– Öyle arzuladığım bir adres yok.

– Ben sana hoşlanacağın bir adres veririm.

– Hoca Efendi'nin yanında, demiştin bir zamanlar.

– Evet, hep kendi başına aradın. Sanırım o bağdan üzüm yemenin vakti geldi.

Arayışlarının her birisi yakalamak, istediğin hayatın birer malzemeleriydi belki, fakat kendisi değildi. Sen, gölgelerin peşine düştün, öze hiç yaklaşamadın. Bunlar sadece birer belge oldu, arayışına. İşte onun için bekledim hep.

Eğisli baktı Kurt İlyas'ın gözlerine. Hislerinin peşine düşerek seslendi:

– Bugüne kadar bir duygu, adını koyamadığım, açıklamasını yapamadığım bir içgüdü, peşinden koşturdu beni hep. Düşüncelerimde kımıldadı, soru işaretleri koydurttu geçtiğim yerlere. Bir şekle, bir biçime bürünmedi. Mücerret olarak kaldı düşüncelerimde. Yakalayıp tanışamadım, biçim veremedim sezişlerime.

O hissin emrinde sürüklendim, bir gün ona yetişebilmek umuduyla. Bir öncü bir yol gösteren olmadı hayatımda. Her gün, kendi kendimi kendim yaptım, yolumu kendim aydınlattım bildiğimce.

Tecrübesizliğim yüzünden karanlıkların kelepçesi vuruldu bileklerime. Hırçın rüzgârlar, kasırgalarını oluşturdu etrafımda; o karınlık gecelerin teşfikçisi rüzgârlar, kandilimi üflediler hep söndürmek için. Aydınlanmamı istemediler.

Israrlı, deneyimsiz, arayışlarda şaştı yolum ve rehbersiz yürünemeyeceğini anladım sonunda.

– İşte şimdi doğru yoldasın. Hep gerçeği bulmaktan korktuğun için, yanlış adreslere doğru çekti iraden seni. Tıpkı gözesini yitirmiş kuru bir çeşme gibisin. Unutma, kaynağını bulduğun an akacaksın.

Hayretle baktı gözlerine. Saygıyı gerektiren bir tavrı vardı yüzünü seyrederken:

– Her zaman şaşırtıyorsunuz beni. İnanamıyorum. Sen nasıl bir mafyasın. Onlur vurur kırar, haksız kaynaklarla beslenir.

Ya sen, İlyas Amca. Sen çok farklı bir yapıya sahipsin. İnsanı şaşırtacak kadar.

– Bunu bir defa daha hatırlattım sana. Toplumlarda kötü insanlar kadar iyiler de örgütlenip haklarını korumazlarsa, kötüler hayat hakkı tanımaz iyilere. Ahlâk sütunları birer birer çöker. Toplumun içinde kanlı terör rüzgârları eser ve kimse durduramaz onları.

Senin teleffuz ettiğin sadece bir isim. Ben mafya filan değilim. O sadece gençlik yıllarımın sorumluluk duygularını henüz idrak etmemiş çağlarının, kötü bir mirası. Sular duruldu evlat.

– Fakat yaşadığımız ülke, derin bir sessizliğin ülkesi hâlâ. Feryadını duyuramayanların çoğunlukta olduğu bir toplum.

– Anlıyorum. Bak, biz bu sessizliği aştık. Cesaret, sadece vurup kırmak değil. Bu yanlış anlayışın tam zıttı. Hakkı korumak, bizim cesaretimiz ve sesimiz.

– Fakat, yine de tonajı düşük ve çileli bir ses bu.

– Bir şeyi çok istiyorsan bedelini de ödeyeceksin.

– Anladım.

– Gidiyor musun şimdi?

– Dedim ya bütün arayışlarım netice vermedi. Hâlâ bir kimlik arayışı içinde çırpınmaktayım.

– Şahsiyet bunalımı da geliyor mu aklına?

– Her şey, beni hırpalayan, kendisini gösterip çekilen o boşluğun emrinde.Evet o da var.

– Bak delikanlı. Yeryüzünde bütün vasıflar silinse, müslüman oluşumuz kalsa bizimle, kimlik için o yeterde artar bizim için. Unutma, yegâne kimlik ve şahsiyet edinmenin adıdır o.

Akşamın uçuk mahmurluğu vardı gökyüzünde. Faruk, sessiz bir hazırlık içindeydi odasında. Annesi odasına girdiğinde, valizini hazırladığını görüp şaşırmıştı:

– Hayrola, yolculuk mu var?

Durgun, neşesiz, düşünceli bir hâli vardı. Doğrulup gözlerine baktı annesinin:

– Evet, yolculuk.

Şaşırmıştı.

– Böyle selamsız sabahsız nereye, öğrenebilir miyim?

Açıklamakta güçlük çekti. Gecikince, anne yorumlar yaptı:

– Leylâ'ya mı?

Hafifçe eğdi başını. Kısık bir sesle fısıldadı sadece:

– Evet anne, Leylâ'ya.

Bu havadis anneyi hiç memnun etmemişe benziyordu. Huzuru bozuldu:

– Oğlum, söyler misin bana, ne var bu Leylâda?

– Her şey, anne.

– Karşılık bulamazsan, daha üzücü sonuçlar alabilirsin. Bilmiyorum, mektup nasıl bir muhteva taşıyordu ama, kulağıma gelen sesler seni reddettiği doğrultusunda.

– Korkma anne, benim tanıdığım Leylâ kapısından geriye çevirmez gideni.

– Daha fena ya. Kardeşine kızıyorsun, maymun iştahlı diye, Leylâ kapısından kimseyi çevirmeyişini bir erdemlilik gibi anlatıyorsun.

– Leylâ başka.

– Ta Amerika'ya. Hem de seni reddeden bir kız için?

– Sevda bu anne. Ferman dinlemez. Sen hiç, yorulasıya, hayatında bir defa olsun gönlünün sahibini aradın mı? Yaklaştım dedikçe kaçışının, yürekte bıraktığı hasret.

– Hay Allah, iyice kaptırmışsın sen. Ya adres?

– Anne insan Leylâ'sına gidiyorum derse, ardes sorulur mu ondan Leylâ adressiz olur mu hiç?..

– Babanın işten dönüşünü bekleyecek misin?

– Bak, daha mükemmel bir insan olmak için çıkıyorum bu yolculuğa. Babam Sırma yüzünden kırgın bana. Selam söylersin ha?

Ağlamaklı oldu:

– Deli çocuk, paran var mı bari?

– Üzülme sen, her şeyim tamam. Yalnız Sırma'yı ihmal etmeyin. Bunu özellikle istiyorum sizden.

–Hı hı. Ara bizi, olmaz mı?

– Ararım.

Sıkıntılar evde bir gönül erozyonu ortaya çıkarmıştı ve buzlar bir türlü erimek bilmiyordu.

Evden ayrılalı üç ay gibi uzun bir zaman olmasına rağmen, Sırma Faruk'la hâlâ konuşmuyor ve onun bulunduğu odaya, hatta sofraya gelmiyordu.

Sevgiler ermişti bir kere. Baba açığa vuramadağı şaşkınlıklarını yaşıyor, sık sık hayat imbiğinden süzmeye çalıştığı tecrübeleriyle, oğlunu beslemeye çalışıyor, dürüstlük dersleri veriyordu ona.

Seyahat dönüşü evde her şey biraz daha değişmişti.

Ana:

– Uzun gittin dedi. Demek ki buldun Leylâ'yı?

İsteksiz ve neşesizdi cevaplar:

– Evet anne, buldum.

– O halde neşeli dönmeliydin. Yani!.. Yoksa, bu kadar ısrarına karşılık yakınlık göstermedi mi Leylâ?

Dalgınlığını bozmadı sadece dinliyormuş gibi görünerek mırıldandı, ayrı bir dünyada yaşıyordu aslında anneyi cevaplarken:

– Ha, yakındı?

– Şaşılacak şey oğlum. O vakit neşen nerede, hani o eski hayat dolu gülücüklerin? Bu keder, bu yeis dolu yüz neyin sonucu?

– Ayrılığın.

– Birlikte kalaydın. Sen de orada yapsaydın masterını.

Bön, ısrarlı ve esrar doluydu annesini incelerken. Başka şeyler düşünüyordu. Saçlarına baktı. Kuaförün en zarif el hünerlerini sergeliyerek taradığı saçlarına.

Annesinin son söylediği sözleri algılayamamış kaçırmıştı.. Hissiz duvarlar kadar, duyarsızdı bakışları.

– Gidip bitirelim şu işi.

Gözlerini ahenkle taranan saçların modelinden alıp, kısa etekli dizlerinin üzerinde bekleyen kremli ellerin, narin parmakları üzerine doğru çekti.

Açık, yavruağzı renkteki ojelerle süslenmiş, inadına uzatılan tırnaklarda bekletti bakışlarını.

Ilık bakışların yüzü, hicranlıydı. Kısık sesin, makamlaştırdığı arzularında, değişik iklimlerden bir isteği vardı:

– Anne.

– Efendim.

– Senden bazı isteklerim vardı, söylesem yapar mıydın onları.

– Bir anne evladının arzularını yerine getirmek için vardır oğlum. Yeter ki sen mutlu ol.

– Bu maddi bir arzu değil.

– Olsun, söz.

– Çok istiyorum bunu.

– İstediğin şey sıkıntılarını giderecekse, seve seve hazırım yapmaya.

– Diyorum ki artık, başını kapatsan ve o tırnaklarını uzatmaktan, ojelemekten vazgeçsen.

Anne eşdişelendi. Nihayetsiz bir huzursuzluk rüzgârı esti gözlerinde. Hareketleri, duyguları panik yaşadı, şaşırdı. Hiç beklemediği arzulanmadık şeylerdi duydukları.

Faruk'un gözlerini inceledi o telaşla. Mahcubiyetini hüznünü. Bu istekler annenin düşünce ırmağını bulandırmıştı. Eriyen, yıpranan duyguların erozyonuna uğramış bedenin külleri tozuyordu bakışlarından.

İçli, acılı bir sesi vardı:

– Başka, daha başka yapmam gereken şeyler de var mı sence?

Bunları söylerken gözlerinin derinliklerinde bir şeyleri, kurcalıyor, âdeta oralarda bir yitik arıyordu.

– Kapalı giyin ve günahlardan kaçmaya bak.

Gözleri ıslandı ve koyu bulutlar toplandı kirpiklerinin uçlarında:

– Faruk, sen rahatsız olmalısın. Seni bir doktora götürmeliyim.

Sakin, duyarlı ve hassas bir çehresi vardı:

– Hayır anne, ben hasta falan değilim. Senin kurtuluşun için söylüyorum bunları. Hem, yalnız değilsin, mahallede o şekilde yaşayan bir aile de var.

– Kimmiş onlar?

– Kurt İlyas'ın eşi ve kızı.

Üstelemedi başka. Dudağını gevdi sıkıntısından. Faruk, hastaydı ve onun mutlaka acil bir tedaviye ihtiyacı vardı.

Öyle düşünüyordu, acıyarak bakarken çehresine. Hırçınlaşmasını iç dünyasında kopan fırtınaları, dış dünyasına yansıtmamasını istiyordu. Müşfik, hassas bir sesi vardı konuşurken:

– Bak oğlum biz çağdaş, uygarlığı ve çağdaş düşünceyi yakalamış bir aileyiz. Geriye dönmek, beklenilemez bizler için. Sırma'ya karşı davranışların da yanlıştı. Normal davranışlar değil arzuladıkların. Doktor Semih Bey'le oturup bir konuşsak bunları, o, bu konuda mesleğinde uzman bir profesör.

Esefle süzdü annesini onun ne demek istediğini anlıyordu:

– Anne!..

– Kızma hemen. Biz senin, eski hayat dolu günlerine kavuşabilmen için çırpınmaktayız hep. Bak, seyahat de hiç yaramamış sana. O Leylâ, seni perişan etti.

Sıkılmıştı. Dayanamadı daha fazla. İzahı anlaşılan çok zordu böyle hadiselerin.

– Neyse anne, istersen başka bir zamana bırakalım devamını.

Arkasına bile bakmadan, salondan merdivenlere doğru yürüdü ve günlerdir, şiirler yazdığı, okuyup incelemeler yaptığı odasına geçti. Sinirleri inadına gergindi.

Masasının başına geçtiğinde derin derdin nefes aldı. Öfledi püfledi, düşünce derinliğini elde etmek için dirseklerini masanın üzerine koyup başını avuçlarının arasına gömdü, gözlerini kapayıp tefekkürü yoğunlaştırmak için çırpındı. Olmuyordu ne yapsa.

Ellerini gözlerinin üzerinden çektiğinde, odasında bulunan ve çok sevdiği iki aksesuarın üzerinde bekletti keskin bakışlarını.

Akvaryum ve muhabbet kuşlarının bulunduğu kafes. Bir şeylerlerin koptuğunu hissetti yüreğinden. Dayanılmaz ölçüdeki acıların ve sessiz çığlıkların merkezi oldu birden. Ayrı, apayrı duyguların iklimini yaşıyordu şu an. Gözleri sadece bakıyordu ama görmüyordu.

İç dünyasının derinliklerinde kısa bir seyahat için çekmişti onları. Değişik bir âlemde sermestti.

Kırlarda hür çığlıklar atıyor, koşuşuyor, denizde, arzulu kulaçlar atıyor, dalgalara gömülüp çıkıyor, çılgın bir gönülle cilveleşiyor sularla. Bindiği atın yelelerini tarıyor rüzgârlar, şen kahkahalar atıyor hürriyetin inanılmaz, sınırsız dokunulmazlığını yaşıyor gülücükleri.

Gözlerini açtığında, ürpertili bakıyor, biraz önceki manzaralara. Yüzündeki rahatlık dudaklarındaki gülücükler soluyor can veriyor birden.

Gözlerini kapatıyor, inanılmaz bir ürpertiyi yaşıyor, akrebin kıskacında kıvranan gönlü.

Etrafı çevriliyor beklenmedik anda, vahşi çetelerin arasına düşüyor, acımasız, sadist ruhlu insanların. Ayak bileklerine demirden prangalar, kollarına kelepçeler vuruluyor. Küçük, penceresiz rutubet kokulu bir hücrede tutsaklığın, güç yetmezliğin acılarını yaşıyor, gözleri kapalı.

Çırpınışlar içinde açıyor gözlerini. Önünde akvaryum. Balıklar o birkaç bardak suyun içinde denizlerin, ırmakların, nehirlerin hülyalarını yaşıyor, güdük mesafeye sığdırmak zorunda olduğu öfkeli yeisli voltalar.

Kafesinde içli besteler yapan, muhabbet kuşlarına dikiyor gözlerini. Kim bilir, bize hoş gelen şakıyışlarda nasıl ürpertili ağıtlar var?

Zevk almıyor bestelerinden artık, kimilerinin çilesinin, kimilerine eğlence zevk olduğu bir yanlış dünya.

Semaların uçsuz bucaksız enginliklerindeki uçuş, kendi yaptıkları yuvalardaki tabiî hürriyetin bestesi değil. Denizlerdeki, ırmaklardaki hatta cılız derelerin göletleştirdikleri sular, yosunlu kaya diplerindeki hürriyet değil bu. Ellerinden sadist bir duygunun yorumlanmamış, düşüncesine kapılarak verilmiş kararların, talihsiz sonuçlarından ibaret sadece. Evet, onların çilesinden zevk alıyordu insanlar. Hatta, saksılarda bir avuç toprağın içine sıkıştırılmış çiçekler bile hür değil.

Hışımla fırladı yerinden, akvaryumu fişinden çıkartıp, salona indirdi ve orada bir fişe takıp müsait bir yere koydu. Kafesi, yanına indirdi biraz sonra.

Anne şaşkın, hayretli bir yüzle seyrediyordu onu. Suskun ve ağlamaklı bir seyir. Esefli, ızdırabın kaynaştığı yüzde acılar cirit atıyordu. Suskunluğu ıstıraplı bir sesle bozdu:

– Faruk, ne yapıyorsun öyle?

Öfkeli bir hâli vardı:

– Artık odamda bunları istemiyorum anne. Kim, başkalarının çilesinden zevk alırsa, ona verirsiniz bunları.

Tesbitinde yanılmamış oluşunun birer belgeleriydi bunlar:

– Oğlum, onlar senin hayatta en çok sevdiğin değerlerdi.

– Şimdi değil anne. Artık zevklerin de anlamı değişti gönlümde.

Sustu konuşmamayı tercih etti, kocasının akşam işten dönüşünü bekledi. Faruk konuşmasını noktaladı annesinin telaşesini sezip:

– Çiçeği dalında kuşu yuvasında ve hür uçusunda, balıkları mekan edindikleri zengin sularda sevmeli insan.

Faruk odasındaydı ve hiçbir yere çıkmadı. Hacer Hanım akşam elemli bir yüzle karşıladı kocasını.

Melih Bey, bu acılı yüzü dikkatle inceledi:

– Hayırdır, iyi görmedim seni?

– Faruk, diye mırıldandı.

– Ne olmuş Faruk'a?

– Hasta o!..

– Doktora götürelim.

– Faruk, bir akıl hastası.

Öfke vardı sesinin tonunda:

– Hacer neler söylediğinin farkında mısın sen?

– Evet Melih. Önce başımı kapamamı, tırnaklarımı kesmemi istedi benden. Sonra, muhabbet kuşlarının kafesini ve akvaryumu attı odasından. "Bunları başkalarının ıstırabından zevk alanlara verirsiniz" dedi.

– Semih Bey'i arasaydın.

– Kabul etmedi. Bence, ürkütmeden yapmalı bunu. Başka bir vesile ile yani.

– Eve çağıralım.

– Yo, yo bu haftaki parti Hîlaller'de. Bilâl, zorla da olsa götürebilir evlerine ve orada Semih Bey'le konuşturma fırsatını yakalamış oluruz.

– İyi ya.

Gün karardı. Ana amansız endişelerin rüzgârlarına takılmıştı. Odasına geçip Semih Bey'i aradı telefona eşi çıkmıştı. O da doktordu. Konuştular, hâl hatır sordular karşılıklı. Özür dileyerek kocasını istedi.

– Doktorcuğum, bildiğin gibi değil. Başımı kapamamı, tırnaklarımı kesmemi istedi benden. Akvaryumu, muhabbet kuşlarının kafesini attı odasından. Eğlencelerden, insanlardan kaçmaya başladı son günlerde.

Kumardan, içkiden zevk almıyor, kız arkadaşlarını bile kırıp küstürüyor. Az konuşan, gülmeyen, azap çeken bir yüzü var. Ne olur Doktorcuğum yarın akşam Canan Hanım'ı da alıp İrfan Bey-ler'deki partiye gel. Başka türlü inceleyemezsin.

– Tamam tamam, merak etme sen. Geliyoruz.

Bu gece müthiş bir eğlence vardı Hayal Sokak'ta. Bugün, geçmişteki toplantılardan daha farklı, daha zengindi programlar.

Faruk'un güçlükle ikna edildiği toplantıda, kimler yoktu ki? Hilâl piyanoda coşturmuştu herkesi ve salonun ortasındaki pist tıklım tıklım doluydu.

Babası, Şen dul adı takılan Nalan Hanım'la dans ediyor. Prof Dr Semih Bey, eşiyle coşmuş. Sırma bazen Efruz'la bazen misafirlik için gelmiş iki delikanlının kollarında çılgınlaşıyor, kendisinden geçmişcesine dans ediyordu. Bilâl, genç güzel eşiyle günün tadını çıkarmak için çalışıyordu.

Faruk, Salonun en ücra köşesine çekilmişti. Anne uzaktan hep onu gözlerinin hapsinde tutmaya çalışıyordu.

Faruk'un gözleri kaçamak bakışlarla takılıyor Sırma'nın üzerine kahrolmuşluğun, çaresizliğini yaşıyordu çekildiği köşesinde.

Annesinin yanına sokulup, sert ikazda bulunmasına rağmen, Sırma ağabeyisinden intikam almanın zevkini çıkartıyordu, sorumsuz davranışlarıyla.

Şu anda yabancı bir delikanlanın kollarında ve şımarıyor Faruk'un gözlerine kaçamak bakıyor çıldırtmaya çalışıyordu.

Prof. Semih Bey'in ayakları dansta, gözleri sık sık Faruk'un üzerinde bekliyordu. İp uçları almak istiyordu uzaktan.

Hilâl uzun zamandır Faruk'la küstü. Aylardır hiç, bir araya gelmemişlerdi. Ona "Hoşgeldin" bile dememişti bugün. Onu, en iyi tanıyon, hatta ezberleyen bir kızdı. Dans bitti. Piyanoyu arkadaşı Yasemin'e verip sessizce Sırma'ya yaklaştı.

Programda bir şarkı vardı şimdi ve genç bir kız, oldukça güzel yorumluyordu.

Sırma, iki delikanlıyla salonun açık duran penceresinin dibine çekilmiş, efkâr efkâr sigara tüttürüyor ve şımarık hareketler yaparak konuşuyorlardı. Kolundan usulca tutup, kenara doğru çekti.

Önce gelmemek için direnmişti. Hilâl:

– Önemli diye mırıldandı.

– Burada söyle.

– Mahrem, dedim.

Biraz sinirliydi, gözlerine bakarken. Sigarasını öfkeli dumanladı:

– Ne var?

Gençlere arkasını döndü, anlaşılmasını istemiyordu. Morali oldukça bozuktu, mırıldanırken:

– Bak, hiçbir anlamı yok şu an yaptıklarının. Onu kızdırmakla, ne geçecek eline?

Bozuldu:

– Eeee!..

Hilâl, bırakmadığı koldan, sıkı sıkı yapıştı:

– Dur biraz. Bak, dinle beni. Çok kolay bir kızsın, anlıyor musun beni? Yazık edeceksin kendine.

Herkesin kendinden hoşlanmasını sağlamak için çırpınışın, çok basit bir görüntü vermekte etrafına ve sen bunun farkına varamamaktasın. Anlaşılan, kendini sevmeye hiç zaman ayırmamış, kendini hep ihmal etmişsin bu yüzden.

Sana birilerinin dostça bunları fısıldaması gerekiyordu ve ben bu görevi üstlendim.

Arkadaş edinmek, değişik ağızlardan, parlak sözler duymak bulutların üzerine çıkarmış seni ve sırf bu yüzden ayakların yere değmemekte hiç.

İçinden geçen her duyguyu sorgulamadan yaşayışın, hiç doğru değil.

Bıkkın dinledi. Gözlerine nefretle baktı Hilâl'in ve kısık bir sesle zehrini kustu:

– Sen önce kendine baksan daha iyi olmaz mı?..

Üzüldü etrafına renk vermemek için bekledi. Ardından duygulu, hatta ağlamaklı baktı.. Sonunda ta dip köşede oturan Faruk'a küskün kaçamak bir bakış uzattı. Bir mesaj yüklemişti o hüzünlü bakışların kanatlarına.

Sırma, yeniden dönmüştü kendisini bekleyen delikanlıların arasına. Şarkı bitti, oynak bir havayla yine pistte buluştu herkes.

Sırma, yine yabancı delikanlılarla çılgınlaştı ve Faruk babasının gözlerini aradı, sonra annesinin. Çok derin ve anlamlı baktı onlara.Tam yerinden kalkmak için hazırlanıyordu ki Profesör farkedip yavaşça kolundan tuttu.

Bütün gözlerin üzerine çevrildiğini fark etti Faruk.

– Merhaba delikanlı. Hiç selam sabah yok, bakıyorum.

Durgun ve sıkılmıştı:

– Merhaba Efendim.

– Neden ayrı oturuyorsun böyle?

– Bilmem, canım istemiyor eğlenmeyi.

– Bak, güzel kızlar var, piyano, dans, eğlence.

– Arzular iklimler gibidir doktor.

– Doğru ya, unuttum bunu işte.

Hacer Hanım ilgiyi başka istikametlere çekmek için çırpındı. Doktor, ufuklarında sağanak hâlinde buluşan bakışları fark edip, Faruk'a mırıldandı:

– Senimle sakin bir yere çekilip, biraz dertleşsek?

– Neden olmasın?

Doktor, Faruk'un kolundan tuttu, birlikte balkona doğru yürüdüler.

– Gürültüden uzaklaşmak için yapıyorum bunu.

– Ha, evet!..

Hoş olmayan parazitler geliyordu kulaklarına. Fısıltılar iyice bozmuştu moralini. Hakkında konuşuyorlardı ve bu birebir beraberliklerin sırrını, gözlerin esrarlı pırıltılarından alıyordu.

Sabrının aşındığını anlamıştı. Zor durumda kalmıştı, içinde bulunduğu kalabalığın arasında.

İstenilmeyen, yalan yanlış yorumlarla küçük düşürülendi biraz evvel. Acı acı yutkunmuştu. Her ziyaret eden gözün, derinleklirende boğulmamak için çırpınışlar vermişti.

Balkon serindi. Efil efil bir rüzgâr, yüzünü okşadıkça, sıkıntılarını hafifletiyor, derin bir nefesle hissettiriyordu bunu.

Doktorla başbaşa kalmışlardı balkonda:

– Üzgün buldum seni.

Usançlı bir hâli vardı:

– Doktor annemi vehimden kurtaracak muayeneye başlamalısın.

Şaşırdı:

– Hayrola?

Acı acı gülümsedi:

– Saygım sonsuzdur size. İyi bir insansınız. Mesleğiniz kadar edindiğiniz şahsiyet de zirvede.

Bilmece çözmeyi bırakalım. Annem benden gizli bir şeyler çevirmekte. Hasta bilmekte beni. Gizleme benden, açıkca sorularını sor, muayene et. Bu kalabalığın arasında onur kırıcı bir manzara olarak beklemeye bir son verelim istersen.

Üzeri toz tabakasıyla örtülmüş ampülün, ışıklarını yeterince yansıtamamanın hüznü vardı doktorun gözlerinde.

– Hay Allah, neyse. Bunlar hiç olmamış gibi davran ve iki arkadaş gibi sohbet edelim seninle.

– Nasıl isterseniz.

– Aradaki perdeleri kaldırdık o hâlde.

– Evet doktor.

– Annenin şikâyetleri var. Başını kapamasını, tırnaklarını kesmesini oje, ruj kullanmamasını istemişsin ondan. Akvaryumu, kuşları ve kafesini atmışsın odandan. Bunlar aramızda kalsın, annene yansıtma yeniden.

– Deneme ve yanılma metoduna hiç lüzum yok doktor. Ben müslümanım. Arayışlarımın izine düştüm ve gerçek hayatı buldum. İşte onun için istedim annemden bunları. Fakat granitleşmiş, ruhsuz bir heykeldi annem karşımda.

Belki zamansız yaptım bunları. Acemice, fakat alacağım tepkinin bu kadar insafsızca olabileceğini kestirememiştim doğrusu.

Profesör hayretle inceledi Faruk'u:

– Anlıyamıyorum doğrusu. Elinde bu kadar imkân varken!....

Kız, kadın, para, içki kumar ve eğlence. Neden böyle yersiz bir duyguya kapılıp hayatını cezalandırmak istiyorsun? İşte bunu hâlâ çözebilmiş değilim.

Çağdaş bir zihniyetin ürünüsün sen. Aydın bir ailen var. çağdaş bir zihniyeti, gerici akımların emrine vermek anlaşılır gibi değil.

Heyecanlarını, yeteneklerini ve zevlerini öldürmüşsün. Üstünde süs gibi duran hayat anlayışını görmezlikten gelip yalancı şafakları, özlersen, huzuru bulamazsın. Hayatını kendi ellerinle zindana çevirirsin. Genç, zeki ve yakışıklısın üstelik. Hayattan çok alacaklısın, onun tadını çıkar, her şeyi unutup.

Alıngan, fakat munis bir yüzü vardı doktoru seyrederken. Acı insanın ruhunu inceltiyor, hassasiyetini belirginleştirip, hemen ön plâna çıkartıyor nedense.

İçli, fisunkâr bir dost sesiyle mırıldandı doktora:

– Düşüncenin kaypak zirvesindeki kavgalar, elit, aydın zümresini oluşturdu. Oysa, henüz kendi vücudunu tanımayan, dikbaşlı, inatçı insanların düşünce dünyasında fetihten ve zirveden söz etmeleri ne kadar gülünç.

"Elit" "Leb" demeden leblebiyi anlayan, teferruata ihtiyaç duymaksızın kavramların derinliklerine inebilen, yeterli kültür birikimine sahip olan insan! "Nuh Tufanı" deyince onun izahına lüzum duymayan insan. Avam, öyle değil işte. İzaha ihtiyaçları var onların.

Şimdi soruyorum doktor. Siz bir profesörsünüz ve mesleğinizin zirvesinde bir insansınız. Yani elit, çağdaş ve aydınsınız.

Genellikle bütün toplumlarda derinliği olmayan, yüzeysel bilgilerle donatılmış dışı göz kamaştıran dekorlarla süslü, içi boş bir kuleden ibaret bu kavramlar. Beni lütfen bağışlayın ne olur, belki siz değilsiniz bu sorunun muhatabı, fakat belirtmek durumundayım şu an.

Vakit bulup sık sık iç dünyanıza yolculuklar yaptığınız olmuştur elbet. "Bakmak, görmek değildir" cümlesinin özünde bir şeyler vehmettiğiniz oldu mu hiç? Yoksa, siz de sadece insan vücuduna ruhsuz bir fotağraf makinası, yahut, bütün dış hareketleri takip eden kamera gibi mi baktınız?

Müşahedeniz altandıyam şu an. Bana hasta diyebilmek için kendinizi tanıdığınızı isbat edebiliyor musunuz? Yoksa, siz de aydın pozunda gezen kendisini mesleğinin zirvesinde hisseden insanlar gibi taşıdığınız değerlere yabancı mısınız hâlâ?

İnsanın yapısını oluşturan, et, kemik, kan, sinir, su ve sair. organların ve maddelerin dış görünüşü tanımak bence meselelerin hâlli için yeterli değiller.

Kalbin çalışması, beynin bütün girdaplarıyla vazife başında oluşu, ciğerler, böbrek, kaslar ve bütünü oluşturan sistemlerin yüzeysel tanımından söz etmiyorum ben. O ihtişamla donatılmış vücut binası kapsamına giren binlerce fabrikanın kendi iradenden izin alarak değil bağlı olduğu merkezi bir kuvvetten aldığı emirlerle çalıştığını hissettiğiniz oldu mu hiç.

Gözlerimizi kapayıp açmak, oturmak, kalkmak çalışabilmek gibi hareketler beynin vereceği emre bırakılmış sadece. Hayatın devamı için. Kalbin çalışması ciğerlerin görevini yapması gözün görme işlevini yerine getirmesi, bunun gibi binlerce hadisenin bizim haberimiz olmadan gerçekleşişi. Bunların ameliyatları bile mümkün.

Ya ruh?.. Ameliyatı mümkün mü onun, ya ilaçla tedavisi. Vücudun nedesinde? Hiç amileyat ettiğiniz oldu mu onu? Dokunabildiniz mi hiç?..

Ruh ve sinir hastalıkları profesörüsünüz. Evet sinirler rahatsızlanır. Beyin de öyle. Bunlar ameliyata ve ilaca cevap verebilen hastalıklar, fakat ruh öyle mi hiç?

Ruh ki vücudu terk edince hayatı noktalayan enerji. Bir akım bir şua. Gurur, kibir, hisler ve duygular acıyı ve sevinci bünyesinde taşıyan bir sır, bir dokunulmaz, görülmez akım o.

Bunların sahibini, O, Ezelî Sanatkârı hiç düşünme firsatın oldu mu doktor?

Bu akıllara durgunluk veren etkinliklerin, Yaratıcı'sını tesadüflerin eline bırakamayacağımız bu görülmezleri ve onların bedenimizi, çepeçevre kuşatışını düşündün mü hiç?.. İşte ben o Eşsiz Kuvvet'in sahibine âşığım ve aşkım beni O'na itaate zorluyor.

Onun koyduğu kurallara uyarak yaşamak istiyorsam, hasta mıyım ben? . İnanmayanlar kada cesur değilim sadece. Aramızdaki fark işte bu. Varlığı hiçbir varlığa muhtaç olmayan o, ezeli kuvvete isyandan korkarak yaşamak. İdare ediliyoruz ve dümen onun elinde diyebilmek. Ben buyum işte. Fark ettim.

Doktor Faruk'u dinlerken sık sık ne olduğu meçhul duyguların derinliklerine iniyor, oralardan bir şeyler arıyordu.

Efsane, sebeplerin, olağanüstü hâllerin, kederlenmenin,sevincin sırrını çözecekti sanki.

İnsan zekâsının ebedî surette kapalı kalacağı gaipleri deşelercesine ısrarlı ve manalı baktı Faruk'un gözlerine.

Ruhunun sezişlerinden yararlanıp tahminler yürütüyordu teşhisi için. Keder, ıstırap ve acıların kaynaştığı çukurların, daha derinlerine inemedi. Sırrını deşeledikçe boğulur gibi oluyordu.

Doğrusu, bu kadar çetin bir müşahede beklemiyordu ondan. Daha önceden hazırladığı soruları bile sormak firsatını elde edememenin sıkıntısıyla kıpırdandı. Bu bulgular karşısında, nasıl bir yöntem uyguluması gerektiğini düşünüyordu.

– Şey tabiî ki Allah var. Buna tabiat demek sanki neyi değiştirir sence?

– Tabiat da Kâinat'ı Yaratan'ın bir eseri. Yaratılan, emir altında olan üstlendiği görevlerini yerine getirendir. Yaratılmışlar, yaratamazlar. Onların bu vasfı yok. Konuşabilmemiz için, önce bir noktada birleşmemiz lazım.

Darda kalmıştı doktor. Sınırsız sancılar içindeydi. Balçığı en hararetli fırınlarda pişirip granitleştiren bir gönlü vardı.

Hastasını müşahade altında tutmaya çalışırken, kendisini bir anda hastasının müşahedesi altında hissedişi duygularını hırpaladı. O tezgâhta hiç bezi olmamıştı anlaşılan, belirgin bir şekilde zorlandı. Sadece:

– Bilmem, diye mırıldandı.

Esefli ve etkin bir çift göz vardı üzerinde ve onu kıskıvrak sarmıştı:

– Fazla vaktinizi almayacağım doktor. Herhangi bir makinayı tesadüflerin yapıp elimize verdiğine şahit oldunuz mu hiç?

– Yo, olmaz öyle bir şey.

– Ya insan? O ruhsuz makinalardan daha mı basit bir yapıya sahip?

– Değil elbette.

– Doktor, tesadüfler insan yapabilirler mi?

– Yapamaz.

– Tesadüfler. Kiraz, kayısı, şeftali ve aklına gelen bütün sebze ve meyveleri bütün ihtişamı ve dokularıyla yapıp bize verebilirler mi?

– Hayır.

– Çünkü her meyvenin ağacı çekirdeğinin içinde saklıdır. Bütün bitkiler meyveler ve canlılar emsalsiz projelerden ibaret ve aldıkları İlahî emirlerle ürerler. Onların çoğalmasını isteyen kuvvet şartlarını da yaratmıştır. İnsan ve bütün canlı mahlukat çekirdeğindeki projenin ya da tohumun şartları uygun bulduğu an, hayat soluması sağlanmış.. Bunları şuursuz şartların ve kendisi yaratılmış tabiatın eline bırakabilir misin?

Sıkıntılı beyninde açılan cılız ufukların, güçlükle sızdırmaya çalıştığı zayıf ışıklar belirdi doktorun beyninde:

– Dedim ya, elbette bir Yaratıcı var.

Derin bir nefes aldı delikanlı. Fırsat vermiyordu doktora.

– Bunun muhtevasına girmeyelim dilerseniz ve size bir sorum daha var.

– Dinliyorum.

– Bildiğim kadarıyla sizin bir büronuz var ve yanınızda çalışan bir hanım sekreteriniz var.

– Evet.

– Ona yanınızda çalışıp size hizmet ettiğinden dolayı bir ücret ödemektesiniz.

– Doğru.

– Sekreteriniz müşterilerinizden gelen telefonlarınıza lakayt davransa. Açıp, hakaret edip yüzlerine kapasa, randevuları karıştırsa, büroya gelen hastalarınızla ilgilenmese, ne bileyim ondan yapmasını istediklerinizin tam zıddını yapsa, tutar mısınız onu yanınızda?

– Hayır. Hemen uzaklaştırırım, ilişkisini kesip.

– İşte Yaratan'la Yaratılanın arasındaki korkunç fark. O, kulunu hemen atmıyor. Bütün isyan ve günahlarına rağmen onun rızkını verip kendisine dönüşünü bekliyor.

Bir mucit, yaptığı uçağı gemiyi taşıtları yahut o dünyayı endişeye veren silahları ne için yapar sizce?

– Kendisine hizmet etmesi, emrinde kullanması için.

– Ya bizleri Yaratan? Kullarını kendisine itaat etmesini, koyduğu kurallara uymasını istemez mi?

Darda kalan bir gönlü vardı doktorun. Güçlükle soluklandı. Bir derin sükût vardı dudaklarında çözülmeyen, usançlı baktı bir an ve mırıldanmayı başardı:

– Sonra müsait bir zamanda konuşalım bunları. Hem, şu dar ve uygun olmayan zeminde.

–Kısa cevaplardı almak istediğim.

– Dedim ya, başka bir zaman.

– Sükût sadece bir kaçış, kendisini gizlemesi için insanların giyindiği, sevimsiz bir zırh. Sükût sadece düşüncenin posası.

Doktor incindi:

– Bak delikanlı, sonra konuşuruz dedimse bu bir sükût değil, verilmiş bir söz. Annen bana sadece bir aşk hikâyesinin bunalımı diye anlatmıştı. Şu kadarını söyleyim istersen. "İlimsiz maneviyat topal, maneviyatsız ilimse kördür" Seni rahatlatmak için bu itiraf sanırım yeterli olsa gerek. Şu konuşma bende de bazı ufuklar açtı. Bunları geniş bir vakitte oturup, enine boyuna tartışırız. Ancak benim de sana bir sorum var şimdi.

Neden bunları oturup annen ve babanla tartışmadın da bana kadar getirdin, söyler misin?

– Gördüğünüz gibi, onlar bu gibi konuları rahatlıkla konuşacak olgunluklarda değiller. Bir tırnak ve baş örtüsü teklifim beni hasta kabullenmeleri için yetti. Siz de onlara açıklamalarınızı hiç de bu yönde yapmayın bence. Onlara hasta olmadığımı söylemeniz yeterli. Tabiî başka bir müşahedeniz yoksa demek istemiştim.

Acı acı gülümsedi doktor.

Faruk bu ara balkondan bahçeye kaçamak bir bakış düşürmüştü. Çam ağaçlarının altını, loş bir ışıkla aydınlatan eflatun renkteki lamba, beynindeki sigortaların atmasına sebep olmuştu. Beklenmedik anda Faruk'un içine düştüğü panik, doktoru bile şaşırmıştı.

Rengi uçuktu ve duyguları bir anda değişti. Muvazenesi, dengelemeye çalıştığı hareketleri kadar bozuktu.

Çam ağaçlarının altına, iki gölgenin savuştuğunu yakalamıştı gözleri. Bir delikanlı ve bir kızın, uzaktan verdiği silik görüntünün peşine takılmıştı düşünceleri. Kanaatine göre kendisinden intikam almak için çırpınan, Sırma'nın sorumsuzluğundan başkası olamazdı bu.

Doktora:

– Müsadenizle diyebildi. Dilerseniz dönüşte yine görüşürüz.

Hışımla çıktı balkondan ve salonun çıkış kapısına doğru şaşırtıcı adımlarla koştu.

Vehme kapılan gözlerin görüntüsünden kaçmamıştı bu koşu. Anne yakalayanlardan ilkiydi. Yerinden huzursuz hareketlerle kalkıp Faruk'un hemen peşinden salona çıkan doktora doğru yürüdü.

Heyecan doruktaydı annede. İçli bir fısıltı sorulaştı dudaklarında:

– Ne oldu doktor?

Düşünceli, fakat sakindi. Dudaklarına daha önceden koyduğu sigarasına çakmağını çaktı. derin bir nefesin ardından, cevapladı anneyi:

– Bence önemli bir rahatsızlığı yok.

Melih Bey sokuldu yanlarına:

– Yani akli dengesi yerinde mi?

Bulut bulut bir nefes bıraktı yeniden:

– Zekâsının dizginleri sımsıkı ellerinde, istediği, evet istediği kıvraklıkta kullanıyor onu.

İkisi de sevindi. Annenin gözleri parladı konuşurken:

–Bir kıza tutulmuştu, ondan uzaklaşışından sonra başladı her şey.

– Evet, bir aşka uyanışın dış dünyasına yansıttığı şikâyetlerden ibaret bence de.

– Yani doktor, o yerine getirilmeyen arzusu, Leylâ olabilir mi sizce?

Durakladı, derin düşündü önce ve anlamlı bir bekleyişin ardından mırıldandı:

– Evet, evet teşhis doğru. Oğlunuzdaki Leylâ'ya teslimiyetin, başka gönüllerce tescil edilmeyişi ve aynı değerler hâlinde paylaşılamayışın huzursuzlukları bunlar.

– Sağol doktor, rahatlattın bizi.

Prof salonun penceresinden yana yürüdü ayrı şeylerdi konuştukları doktor derinleştirmekten kaçındı. Eşiyle ilgilendi Hacer

Hanım:

– Canan Hanım, sen de benim gibi anladın değil mi?

– Yanılmıyorsam evet. Leylâ dedi.

– Leylâ Amerika'da ve araları iyi değil.

– O zaman düşüncesini başka bir kıza başka bir aşka doğru çekerek unutmalı onu.

Profesör salonun açık duran penceresinden bahçeyi gözetliyordu. Derin düşüncelerin yoğunluğu ağrıtmıştı kafasını.

Faruk, neden dışarıya atmıştı kendisini?.. Şehrin ufuklarından serin bir rüzgâr doluyordu içeriye. Yüzü nemliydi ve tıpkı gönül iklimleri gibiydi şu an yeryüzü.

Rüzgâr, bazen şiddetli ıslıklarla hırçınlaşıyor, suratına denizin dalgalarından üfürttüğü nemleri yapıştırıyordu.

Faruk aynı hızla inmişti bahçeye. Çamların altına bakarken, yüreğinin atışları ürperti veriyordu ve bakışları tedirgin ve inadına oynaktı.

Biraz daha yaklaştı manzaraya. Derin, alevli bir rüzgâr yaladı bedenini. En çok sevdiği, kendisine "ağabey" dediği adamın karısıydı görüntüdeki.

Önce bir kararsızlık geçirdi düşüncesi, soluk soluğa durdu uzaklarında. Onlar her şeyden habersiz arzularının kanatlarına takmışlardı iradeyi.

Betül ve hiç tanımadığı bir delikanlıydı.

Uygunsuz bir manzara vardı şimdi, puslu gören gözlerinin hedefinde. Öpüşüyorlardı. Etraflarına aldırış bile etmeden.

Acıyı, nefreti duymak, yaşamak. Onu her nefesinde hissetmek ve ona doymak. Şu an işte onu yaşıyordu Faruk.

Öfke kendisinden geçirmişti onu. Sorumsuzca, hışımla sokuldu yabancı delikanlının arkasından. Parmaklarını tıpkı kartal pençesi gibi attı yakasından ve şuursuzca çekti kendisine.

Akıl almaz bir şaşkınlığı yaşıyorlardı muhatapları.. Betül, delikanlının kollarından ayrılırken sendeledi, dengesini iyice yitirdi ve çimlerin üzerine savrulup uzandı. Savruluşun hışmıyla yerde debelendi, kıvrandı ve korkuyla seyretti az ilerilerde olan hadiseyi.

Yabancı genç, korkunun öldürücü kollarının arasında perişandı. Çam ağaçlarının altı, biraz evelki kadar romantik değillerdi.Arzuların ulaşıldığı yer olmaktan çoktan çıkmışlardı onlar.

Yediği şiddetli kafa, yumruk darbeleriyle, ağzı yüzü kan revan içindeydi gencin. O da yerde ve çimenlerin üzerinde kıvranıyordu.

Betül, öfke ve şaşkınlığın kaynaştığı seyrini bitirip güçlükle kalktı düştüğü yerden. Faruk'u tanıdı, hırçınlaştı karşısında durup:

– Ne oluyor sana ha? Kim verdi sana bu yetkiyi?

Dişlerini sıktı hırsından. Güçlükle nefes alıp veriyordu. Biraz da yorulmuştu anlaşılan. Hiç düşünmeden ve konuşmadan veriyordu cevabını. Savurduğu dehşetli bir tokatla.

– Git, cesaretin varsa kocana anlat bunları.

Acı bir çığlık attı genç kadın, hırçınlaştı:

– Ne tuhaflık var yaptıklarımda?

Korktu Faruk'un bakışlarından ve derinleşen hıçkırıklarla villanın giriş kapısına doğru koştu.

Salonun içi derin bir sükûta büründü. Esrarlı bakışlar, yine bir seyri yakalamıştı kendisine.

İçeride kükreyen bir çığlıkla değişti manzara. Her insan ruhsuz birer heykeli andırıyordu çakılıp kaldıkları zeminin üzerinde.

Genç kadını takipteydi keskin bakışlar. Betül görememişti ama, kuvvetli çığlık onu mutlaka yakalayıp getirecekti yanına:

– Bilaaaal!..

Bilal, hayretle ürpertiyi, aynı anda yaşıyordu. Caz durdu, dans etmekte olduğu kadını bırakıp karısına doğru koştu. Onun yanına sokulup kollarının arasında rahatlatmaya çalıştı önce, sonra hafifçe aralanıp gözlerindeki dehşet pırıltılarına baktı?

– Betül söylesene ne bu hâlin?

Hıçkırıklarını yutkunarak aşmaya çalışan kadın, dolukarak mırıldandı:

– Kocacığım, dövdü beni. Ne hakkı vardı buna?

Şaşırdı, heyecanı şuurunu etkiledi:

– Kim?

– Faruk, Faruk dövdü beni.

Salon duyduğu sözlerle çalkalandı. Az önce sevinen annenin mimikleri ıstırap doluydu. Baba, huzursuz. Profesör inanamadı duyduklarına. Hilâl, hayretin komasında bekledi. Kayın valide Kayın peder endişeli anlar yaşadı.

Derin bir ihtilacın muhasarası altında bir yüzü vardı Bilâl'ın öfkeyi kudurtan bir soruyla sarstı kollarının arasındaki kadını:

– Ama neden?

Korkusu, tedirgin hâli, vücudunun titreyişi, genç kadını çok hâlsiz bırakmıştı.

Islak ama ürkek, hicabla bakan gözleri kirpiklerin örtüsü altına sığınıyor sık sık, kıyışık bakmayı tercih ediyor cevaplarken. Hıçkırıklarını boğazından hâlâ silememişti ve sesi dolukmaktaydı:

– Biz çağdaş insanlarız değil mi kocacığım?

Aklını attığını sanarak müşfik davranıyor Bilâl:

– Evet!..

Etrafları bir anda sarılmıştı. Annesi belirdi yanlarında ve babası? Dinlemeden değişik yorumlar geliştirmeye başladı düşünceler.

Betül ısrarlı ve şefkata muhtaç çocuk gibi baktı erkeğinin gözlerine:

– O zaman gidip sen de onu dövmelisin.

– Ama neden?

– Dövdü beni, Hakan'ıda!....

Hakan dediği Bilâl'in çok yakın arkadaşıydı. Merakı daha da geçilmez oldu. Yeniden sarstı Betül'ü:

– Söylesene neden?

İnsicamsız bir düşünce yapısına sahipti kadın ve bu hâli hemen dikkatları üzerine çekiyordu onun:

– Biz aydın insanlarız değil mi kocacığım.

– Evet dedim, geveleme şunu. Neden dövdü seni Faruk?

Hayretler doruk noktasındaydı şu an. İçeride "Çıt" bile yoktu ve herkes Betül'ün dudaklarının arasından çıkan haber için heyecanlanmış nefeslerini tutmuştu.

Bir ses yükseldi içeride. Hiç beklenmedik cüretle yayıldı salonun atmosferine:

– Yabandan bir erkekle, çamların altında dudak dudağa öpüşürlerken, uygunsuz olarak yakaladım onları!..

Sesinin tonu düştü utancından:

– Kusura bakma Bilâl abi. Senin namusun benim namusundur diye yaptım bunu. Şayet, sen de benim gibi düşünüyorsan, yol ver gitsin bu namusuna ihanet eden kadına. Yok, çağdaşlık aydın insan olmak safsatasının şemsiyesinin altına sığıyorsa bu garipikler, ben hatalıyım demektir size göre.

Betül'ün vücudunda onu ayakta tutup korumak için saran kollar gevşedi ve önce pelteleşti vücudu. Bedenini alevden bir el yoklayıp geçti. Geriye açıldı tiksinir gibi bakıp, Betül, kocası aralandıkça sırnaşık bir eda ile sokuldu ona sarılmak için çırpındı.

– Kocacığım söylesene ona, biz çağdaş insanlarız. Hoşuma gitti öpüştük. Bunda kötü olan ne var ha?

Nefes alamadı, tüyleri dikenleşip battı vücuduna. Üzerinde buluşan anlamlı bakışların ağırlığını kalıracak durumda değildi omuzları bu yüzden ikisi de düşüktü.

Salondakilerin yüzlerinde heyecan vardı fakat, âdeta bir tiksinti rüzgârı da esmişti çehrelerde. Çağdaşlar, evet bütün çağdaş insanlar hakaret kabulleniyorlardı bu kabulü.

Nihayet Bilâl, meraklara cevabının belirtilerini cılız bir hareketle sergiledi. Kendisine sarılmak isteyen karısının kollarından tutup yanlarına indirdi ve eliyle itikleyerek usatlaştırdı kendisinden:

– Def olup git buradan! Sen artık tokat atmaya bile değmezsin.

Salonun duvarlarını örsle döven bir sesti çığlığı:

– Bilaaal!..

Lanetli bir bakış bıraktı gözlerinde:

– Aydın olmak, ahlâksız olmak mıdır sence?

Yarınlar karanlıktı artık. Hayat, hep hülyalardaki gibi rahat değildi. Onu hep kendisine doğru çeken, daha yeni yeni karanlık yüzünü göstermeye başlayan hayat, sevimsiz v emücadelesi oldukça zor günlerin dizilerini getirmekteydi önüne.

Buruk bir acı, ruhunda gittikçe derinleşmekte, onun dağınık bir iplik yumağı gibi olan duygularını çözmeden korkunç düğümleriyle dönmekte olan masurasına kaptırmış, hırçın, amansız süratlerde çevrilen dişlilerin arasında, masurasına doluyor, her geçen gün biraz daha zor koşullarda karşısına çıkıyor ve direncini sınıyordu.

Tek kalmıştı. Bütün dostları kafasında yeni yeni kurmaya çalıştığı dünyasına şiddetli reddiyeler sunarak, acımasız münakaşalara girişiyorlar, bu da yetmiyormuş gibi, kınıyor küçük düşürme edasına kapılıyorlardı.

O bir mücadelenin içinde hissediyordu kendisini. Bir açıklama yöntemi vardı elbet bu duyguların. Arıyor, bıkıp usanmadan araştırıyor, kimseye gücenmemeye çalışıyordu. O, yine biliyordu ki, Hiçbir insan kötü değildi. Onu içinde yaşadığı cemiyetin kuvvetli olan gelenekleri ve fikri teslim alıp, kendi gidişatına göre hamur edip, yine kendi ahlak anlayışına göre şekillendirmeye çalışıyordu.

O bitip tükenmek bilmeyen gecenin zift gibi kuşatan örtüsü sarmıştı ruhunu. Istırabın kör kuyusuna yuvarlanmıştı umutlarıyla ve kurtuluş için çırpınmaktaydı.

Lanetlenmiş bir insan gibi, aralarından dışlanışın yaralı duyguların yaşıyordu hâlâ.

Sarsaklık, yüreğinden bedenine yayılmıştı, o talihsiz salonda. Betül'ün haykırışları hâlâ kulaklarında aynı canlılığıyla çınlıyordu:

– Bilâl, o çağdışı düşünceli çocuğun sözlerine mi kandın yoksa?

– Defol!.. Kadın her önüne gelenin tadına bakması için kurulan bir sofra değiil!....

Kazanmıştı. Fakat ya Betül'ün annesinin gözlerinin içine bakışı:

– Beğendin mi yaptığını şimdi. Bir yuva yıkılmakta sayende.

– Her arzunun bir bedeli vardır hanımefendi. diye mırıldanabilmişti sadece.

Teessürlü bakışların sağanağı altından, tıpkı bir gölge gibi süzülüp çıkmıştı kapıdan.

Ancak, oradan ayrılmakla nefes alabileceğini düşünmüştü.

Bilâl'in yuvası bozulmuştu. Betül direnmedi. Ortalarda görünmedi bir müddet. Faruk karşılaşmamak için kaçtı ondan âdeta.

Sonunda karşılaşmışlardı. Birden, gözlerinin önünde belirince önce şaşırdı. Yüzü kızardı, sıkıntı terleri döktü Faruk.

Gazeteci farkındaydı bunun:

– Neden kaçıyorsun benden?

– Yo, kaçmadım.

– Olanlarda senin hiçbir kabahatin yok ki. Dostluğun kanıtlarıydı bence bunlar. Unutma, namus kavramını biliyorum. Asıl utanması gereken benim. O zemini, bizim anlayışımız hazırladı ona. İşte bu yüzden de suçluluk duygusu var yüreğimde. Neyse, adama sormuşlar.

"Tecrübe nedir" diye "Hayatta yediğim kazıkların toplamı" demiş fakat, çok utanç vericiydi bu.

Gülümsedi, zorla bile olsa öyle yaptı belki. Sonra, bir latife yaptı Faruk'un gönlünü almak için:

– Nasıl, bari namus kavramını bizim hassasiyetimize göre yaşayan birini düşündün mü benim için?

Buruk güldü o da:

– Evet, ama biraz beklemelisin bence.

– İyi. Demek ki var.

– Beğenirsen.

– Meraklandırdın doğrusu.

– Vakti gelince söylerim.

– Tamam.

Emirgan kıyılarında deniz mavi bir çarşaf gibiydi. Martı kuşları çığlık çığlığa uçuşuyor üzerinde. Sık sık hırçın inişlerinde tırnaklarını takıp, gagalarıyla kanatlarıyla örseleyip bozuyor karıştırıp yırtıyorlardı suyun düzgün serdiği çarşafını.

Kendi kendine yamanıyor, sakin sular az sonra bir tekne ya da bir yolcu vapuru öfkeli köpüklerle dalgalandırıyor, yara açıyorlardı boğazın sularında.

Sırma, oturduğu sandalyanın üzerinden içli bir bakış tutturmuştu manzaraya.

Suat, Sırma'daki bu durgunluğu tıpkı Boğaz'ın sakin sularında dalgalar oluşturan hırçın inişler, teknelerin, yolcu vapurlarının huysuz davranışlarının oluşurduğu dalgaların, geniş daireleri gibi deşelemek, onun da duygularında daireler oluşturabilmek için soruyordu:

– Bir derdin var senin?

Gözlerini denizden çekip Suat'ın ufkunda tuttu. Neşesi sönük morali bozuktu. Kâbuslu bakışları erdi ilk haberi ve kısık bir sesle araladı perdeleri:

– Dün doktora gittim.

– Eeee!..

– Hamilesin dedi.

Keyfi kaçtı, delikanlının. Oturamadı yerinde. Hışımla ayağa kalkıp endişeli el kol hareketleri yaptı. Bunlar şuurun bunaldığı hâllerde ortaya çıkardı. Bozuk bir asapla baktı yüzüne inanılmaz biçimde hırçınlaştı. Ve beklenmedik anda patladı:

– Yani, beni bunun için mi getirdin buraya kadar?

– Evet.

Sırma, hareketsiz masanın üzerine bakıyor ilgilenmiyordu şu an başka şeyle. Sadece onu dinliyordu dikkat kesilmiş:

– Bana ne bundan?

Hayrete düşürdü bu cevap onu. Kafasını yavaşca doğrultup gözlerine baktı. Sitem dolu kahırlıydı bakışları:

– Suat, nasıl bir cevaptı bu? Hani, evlenecektik ve gerdek şart değildi bu gibi şeyler için?

Sakız çiğneyişinin insana gıcık verişini, daha ilk kez fark ediyordu. Ağzını yaya yaya cevaplıyordu Sırma'yı?

– Eee, git işine be. Peydahladığın çocuğun babasını arıyorsan başka kapıları çal bence. Evlilik işi, bana göre değil.

Kahrolmuşluğu, en bariz pozlarla ortaya çıkartan bir çehresi vardı şu an. Sesini kısarak konuşmaya tercih etmişti:

– Suaaaat!..

Eğildi, masaya sertçe indirdi yumruğunu:

– Buraya kadar anlıyor musun? Hiç bende enayi görüşünü var mı ha? Bula bula koskoca şehirde beni mi buldu yani? Sen git, piçinin babasını daha başka ardeslerde ara kızım.

Susturmak istiyordu onu:

– Suaaat!..

Fısıltı hâlinde ve kahrolmuş bir yüzle. Ancak bu kadar çıkıyordu sesi.

Endişeli bir kaçış hazırlıklarının ip uçların veriyordu delikanlının hareketleri. En müşkül durumunda, yalnız kalışın acılarını yaşıyordu Sırma ve hiç duymak istemediği sert, hırçın ve kaba olduğu kadar da küstah bir ses aşıyordu kulak duvarlarını.

Eğilip kulağına fısıldıyordu alay edercesine:

– Sakın, bir daha arama beni orospu!..

Suat ardına bile bakmadan uzaklaştı. Kanı damarlarında akışını durdurmuş, şiddetli bir hararetin dozuna dayanamayıp kurumuştu damarlarında.

Gidenin ardından bakarken, ağabeyisinin sözleri dalgalandı kulaklarında ve göz pınarlarından sessiz bir sel boşlandı bendlerini yıkıp.

– Aldatılmışlıklar ve ihanetler de hayatın parçalarındandır, fakat tatları çok acı olur.

Maddi imkanlar her arzunun sıkıntısız ve emek vermeden kavuşuşu onu kaprisli gururlu, biraz da, ukala bir hâle getirmişti. Eşyaya, tabiata ve insanlara bulutların üzerinden bakan, altun bir heykel mağrurluğu katmıştı mayasına. Daha doğrusu o koruyucu zırhlarıyla doğmuştu dünyaya. Dokunulmazlığı vardı duygularının bile.

Şu an, acımasız, sert kayalar geçti arzuların üzerinden. Çay paralarını ödemek için güçlükle açtı çantasının fermuarını.

Yerinden kalktığında fersiz bacaklarının üzerinde zor durduğunu hatırlamıştı. Her hâliyle bir ıstırap abidesini andırıyordu.

Gözyaşlarının selinde boğulmamak için, elinin tersiyle sildi yaşları ve adımlarını sürüklercesine gelmeyi başardığı yolun, kenarında durup, yorgun bir el hareketi ile işaret verdi önünden geçen taksiye.

Kapıyı güçlükle açıp arka kanepeye çekti kendisini. "Bebek" diye mırıldandı şoföre. Ve yeniden ıstırabın komasına girdi. Hıçkırmak, dipsiz mesafelere ulaştırmak istiyordu çığlıklarını.

Evde sadece annesi vardı geldiğinde. Aldırış etmeden merdivenleri tırmandı..Anne, anlamlı baktı arkasından. Bu vakitlerde pek gelmezdi Sırma, şaşırmıştı. Önce, umursamaz bir eda içinde oyalandı. Biraz zaman eskitince, duramadı. Böylesine sessiz sedasız.

Anne de merdivenleri çıkıp, kızının odasına doğru yürüdü. Kapısı kapalıydı ve içeriden boğuk, hıçkırık sesleri geliyordu.

Kapının koluna çöküp sert bir el darbesiyle geriye dayadı, dehşet pırıltılarıyla baktı karyolanın üzerine.

– Sırma, ne oldu sana?

Ölçüsüz bir panik içindeydi hareketleri. Çaresiz insanların, içler acısı manzarası vardı karşısında. Gözlerinin içine bakarken ürperdi. Sel gibi akan yaşlar ve endişe denizi oluşturan bulutlu bakışları, hoplattı yüreğini. Sırma, çırpınışlar içindeydi:

– Anne, ben şişedeki ilaçların hepsini de içtim!..

Dehşet verici bir ölüm korkusunun kaosu vardı odanın içinde:

– Sırmaaa!..

Odanın duvarları sarsılmıştı bu sesin şiddetinden.

– Neden yaptın bunuu?

Şefkat bekliyordu ondan. Yalvarmaklı, acındırıcıydı hareketleri:

– Anne, Suat beni kovdu. Orospu dedi bana, duyuyor musun? Orospu.

Hâlsizleşti, gözleri derin bir uykunun mahmurluğuna büründü.

Anne koşarak balkona çıktı ve villaları velveleye veren dehşet dolu bir çığlık attı:

– İmdaaaaat!.. Koşuuun!....

Duyan herkes, panik içinde koşmuştu. Bahçıvan ve Kurt İlyas'ın korumalarından bir tanesi komşulardan iki kadınla, özel bir hastahaneye yetiştirdiler Sırma'yı.

Melih Bey ve komşuları, yine herkes hastahanede buluşmuşlardı. Sırma kurtarıldı ve müdahâle eden doktor, herkesin yanında konuştu:

– Gözünüz aydın, hayatî tehlike atlatıldı. Karnındaki bebek de kurtuldu.

Babanın başı döndü, gözleri karelendi. Güçlükle duruyordu ayakta. Utançlı, mahcup bir çehresi vardı. Sıcak bir ter söktü alnının derisi.

Bir baba evlat sevgisine dönüşmüştü muhabbetleri. Keskin bir viraj almıştı hayat yolunda ve dönüşün uzandığı yollar sarp ve yalnızlıklarla doluydu. Kurt İlyas, bu dönüşlerin etrafta nasıl aksi seda yaptığını görmüş yaşamış bir insandı.. Bilâl'lerin villada olup bitenleri en ufak teferruatına kadar duymuştu.

Akşam, evlerinden arayıp "görüşelim" demişti. Faruk, sabah oldukça erken kalkıp işlerini tamamladıktan sonra evden çıkmıştı. Kurt İlyas'ın odasında tatlı bir sohbete dalmışlardı.

Oldukça rahatlamıştı. Artık, kalkmasının gerektiğini saatine bakışından anlıyordu İlyas Bey. Telefonu çaldı, konuşma uzayınca erteledi Faruk. Yüz hatlarındaki rahatlık silinmiş, onun yerine derin bir keder kablamıştı. Faruk, baba için kaygılandı. Üzücü bir haberin ayrıntılarını dinliyordu. Telefonu kapatırken morali bozuktu. Faruk, çekinerek sordu:

– Affedersin İlyas amca üzücü bir havedis mi?

Sigarasını yaktı, derin bir duman bıraktı dudaklarından. Olgun bir davranışla baktı gözlerine Faruk'un:

– Üzücü!..

– Yapabileceğim bir şey var mı?

Durakladı:

– Tabii ya var.

Heyecanlandı:

– Sizi dinliyorum, dedi hemen.

Soğukkanlı bir çehresi vardı babanın:

– O hâlde iyi dinle. Derler ya iyi olacak hastanın, doktor ayağına gelirmiş. Bu iş de o türden işte.

– Meraklandım İlyas amca.

– Seninle ilgili bir havadis bu.

Rahatı biraz daha kaçtı, soluğu derinleşti:

– Evde kötü bir şey mi olmuş?

– Yo, yo heyecanlanma hemen. Gelirken annene yanımda olduğunu söylemişsin.

– Evet, söyledim.

– Sırma ile ilgili.. İlaç içmiş, bizim koruma, bahçıvan, annen ve komşulardan kadınlar götürmüş hastahaneye. Şimdi, durumu gayet iyiymiş. Midesini yıkamışlar ve odasına almışlar.

İrade dışı bir sesle haykırdı:

– Nedeeen?

Ayağa fırlamıştı farkında olmadan. Bağırdığını sesini yükselttiğini hissetti, hareketlerini kontrol için çırpındı sonra:

– Affedersin İlyas amca.

– Acele etme otur ve beni dinle.

– Tamam!..

Oturdu, mahcup bir çehreyle ıstırabın karmaşasını yaşadı..

– Her gün çıktığı bir genç varmış. Hamilelik durumu da söz konusu. Kabullenmemiş delikanlı. Sırma da hakaretleri sindiremeyip eve dönmüş ve olanlar olmuş.

Dişlerini sıktı. Hınçlı bir fısıltı yayıldı dudaklarından:

– Tanıyorum o zübbeyi.

– O hâlde tamam. Kendi araban burada kalsın. İki adam al yanına, önce hastahaneye ve zaman geçirmeden delikanlıya. Sıcağı sıcağına konuş. Güzellikle tabiî.

– İlyas amca, ben bu işi tek başıma hâllederim.

Baba kızdı:

– Biz dostuz. İsyan yok, itaat var.

– Tamam.

Baba odasından çıkıp iki adam çağırdı yanına. Onlarla özel görüştükten sonra odasına girip müsade verdi:

– Gidebilirsin. Ancak, akıllıca, öfkene mağlup olmadan.

– Hı hı.

Şoför adres aldığı hastahanenin önünde durdu. Faruk adamlara dönüp:

– Birkaç dakika diye mırıldandı. Hemen dönerim.

İçlerinden bir tanesi cevapladı:

– Bekliyoruz.

Basamakları ikişer ikişer tırmanıyordu. Katı çıkar çıkmaz, koridora döndü ve kapıların üzerindeki numaralara keskin pırıltılarla baktı. Aradığı numarayı bulmuştu. Nefes nefese durdu, elini kapının koluna koyup usulca araladı.

Karşısına düşen yatakta bir çift gözün, havası değişti. Huysuz, keskin ışıklar yansıdı önce. Aniden hırçın, ruha ürperti veren bir çığlık doldurdu odanın içini:

– Gelmeee!..

Babası ve annesi vardı yanında. Vehimle baktılar kapının boşluğuna. Faruk'tu, adımını içeriye atan. Aldırış etmeden açtığı kapıyı kapatıp yürüdü.

Gözlerinde kâbusun kayalaşmış bulutları vardı.

– Düşman mıyız ha?

Sırma, hıçkırıklarını geliştirdi ve ellerini kapadı suratına. Hâlâ aynı kelimeyi tekrarlıyordu:

– Gelme, gelme, gelmeee!....

Anne huysuzlandı, baba önüne gerildi. Hacer Hanım verdi ilk notayı:

– Faruk, bu nasıl ziyaret böyle?

Kinayî konuştu, annesine:

– Başka nasıl bir geliş bekliyordunuz ki?

Baba sert bir lisanla azarladı oğlunu:

– Sen karışma bu işe.

Önüne gerilen eli yakalayıp, usulca indirdi. Sert bir mesajı vardı gözlerinde:

– Baba, bırakın artık şu gamsız yaşayışı. Bu benim kardeşim. Siz karışma deseniz bile kardeşim bu benim. Faruk'un kız kardeşi namussuzmuş diyecekler. Sana ne demiyecek kimse, anlıyor musun? Melih Beyin, Hacer Hanımın kızı diyecekler. Herkesin sadece kendisi için yaşadığı bir dünya yok önümüzde.

Şerefler, gururlar ve sevinçler yapılaşılır. Acılar da. İffet kutsal bir hazinedir ailede baba. Neden bunları öğretmeden, isyanı ve arzularının selinde boğulmayı öğrettiniz ona?..

Baba kurtuluşu yine Faruk'u başından savuşturmada arıyordu:

– Faruk git şimdi. Zaten morali bozuk.

Destek buldu yine babasından ve bağırdı:

– Gitsin, diyorum baba, gitsiiin!..

Esefli bir yüzü vardı babasına bakarken. Sonra, aynı şekilde annesinin gözlerini ziyaret etti ve acı acı yutkundu kardeşine bakarken. Hiç konuşmadı başka az önce girdiği kapıyı, yine usulca açıp tıpkı bir gölge gibi dışarıya savuştu.

İlyas Baba'nın adamı vardı direksiyonda. Ön koltukta sert mimikli, yapılı asık suratlı bir adam.

Daha önce çok şey öğrenmişti Faruk. Nerelere takılacağını biliyordu Suat'ın. Saatine baktı.

–....... Bilardo salonuna diye mırıldandı.

Yol boyu, üçü de hiç konuşmadılar. Arabayı kullanan adam, tarif edilen adrese gelip durdu.

Eşkalini tarif etti, isim verdi:

– Suat diye biri.

Faruk, arabadan inmemişti, İki adam kasılarak girdiler salona. İçeride durup keskin bakışlarla taradılar etrafı. Bakışları, heybetleri, caydırıcı ve kuşku vericiydi. Kaçamak, vehimli gözler buluştu ufuklarında. Tarif edilen eşkali bulmuşlardı anlaşılan.

Sakız çiğniyordu. Elindeki ıstakanın ucunu tebeşirledi, sonra elinde düzeltip vuruş için hazırladı. Keskin baktı ve ustaca bir vuruş yaptı. Gözleri buluşan topların seyrindeydi hâlâ.

Bir el kondu omzuna ve orada bekledi.Huylandı, gözlerini çekip kımıldamadan huzursuz bir gönülle baktı.Tanımadığı, heybetli bir adam gözlerinin içine tehditli bakmaktaydı.

Hırçın bir eda içinde belini doğrulttu. Adam, kısık bir sesle ulaştı delikanlıya:

– Adın Suat mı?

Hareketleri değişti, rengi kül gibi uçuktu. Evhamlı bir seyirle kaçamak baktı adama:

– Evet, ne olacak?

Adam, aynı soğukkanlılıkla ve usulca fısıldadı:

– Seninle dışarıda biraz görüşmemiz lazım.

Karşısında onu hep kortrolünde tutan heybetli adamın gözleri azarlar gibi bekledi üzerinde. Çaresiz bakındı etrafına, elindeki sopayı bilardo masasının kenarına dayamaya çalışırken, parmakları titriyordu.

Yanındaki arkadaşlarına yardım için baktı. Hiç bir hareket yoktu onlarda, çırpınışlarını bir soruyla sürdürdü:

– İyi de, siz kimsiniz?

Karşısında bekleyen heybetli adam mırıldandı:

– Uzun etme, dışarıda öğrenirsin.

Kolundan hafifçe tuttu bir tanesi. Giderken, oyun arkadaşlarına tıpkı kurbanlık koç gibi baktı. Aslında onlarda şaşırmışlardı. Sadece bir birlerine huzursuz bakıştılar, ve "gık" bile çıkmadı kimseden.

Salondan çıkar çıkmaz, sağda park ettikleri arabaya doğru çevirdiler yönünü. Biraz ileride durdular ve iri yapılı adam arabanın arka kapısını açarken:

– Faruk Bey görüşecek, diye mırıldandı ve ekledi. Merakta kalma diye söylüyorum. Kurt İlyas'ın adamlarıyız.

Bacakları titredi delikanlının, derin bir nefes çekti ciğerlerine rengi duvarlaştı.

Arka koltuğa, Faruk'un yanına güçlükle oturabilmişti. Öfkeliydi, elinde olmadan biraz sert baktı Faruk.

– Bu şartlar altında tanışalım istemezdim aslında.

Terler, boncuk boncuk sökülüp tepeleşti suratında. Korkulu ve tedirgindi:

– Hiçbir şey anlamadım doğrusu.

– Kısa konuşacağım. Ben Sırma'nın ağabeyisiyim, Faruk.

Nefesi biraz daha derinleşti gözbebekleri deli deli döndü yuvalarının içinde:

– Adını duymuştum.

Onlar arabanın içinde konuşurlarken. Bilardo salonundaki arkadaşları belirdi binanın önünde. Üç genç adamın gözleri sağı solu aradı ve bulunca, durakladılar, umursamaz bir tavır takındılar dikkatleri üzerlerine çektiklerini anlayıp, içeriye savuştular beklemeden.

Faruk, çok şey anlattı önce. Dalikanlı zor durumda kalmaştı. Ecel çırpınışları veren bakışlarını, gözlerinde tutamıyor, hep ayaklarını, uçlarında bekletiyordu.

Artık, son nasihatlarıydı huzursuz dudakların:

– Herkesin karısı, kızı ya da kardeşi, senin gibi düşünen insanların şehvet malzemeleri mi?

Senin annen kardeşin de başkalarının zevkini köreltince tiksinerek atacakları birer paçavradan mı ibaret? Böyle mi düşünmektesin?

Yutkundu. Zehir içiyormuş gibi ekşidi suratı. O, terlerin söküldüğü deri, al al beneklerle doldu çaresizlikten. Sancılı bir kıvranış başladı vücudunda:

– Ne istiyorsun benden? Çok ağır konuştun.

– Namus ödenmeyecek bir değerdir bizim kitabımızda. O kir kabul etmez. Şayet sürdüğün lekeyi temizlemeyi başarırsan belki, buruk bir barışla şu anda parlayan alevlerin üzerine kül dökülmüş olabilir.

– Yoksa?

– Namus borcu bu. Dedim ya kutsal değer lekeliyi kabul etmez.

– Aslında seviyorum ben Sırma'yı.

– Eee!..

Sesi kısıldı, zor konuştu utancından:

– Zengin dediler. Altından kalkamazsın dediler. Caydırdılar, duygularımı. Hem istesen bile, kovarlar, onlarla emsal olamazsın, vazgeç dediler. Orta geçimde bir aileyiz. Anlarsın ya!..

– Bak zorla sevgi olmaz. Sonu kötü bitecek bir kurtuluşu seçmekse niyetin, elimden kurtuluşun kolay olmaz.

– Yemin ederim.

– O vakit benimle geliyorsun. Güzel bir çiçek yaptırıp ziyaretine git, şu an ihtiyacı var buna.

Mahcuptu, kafasını eğdi:

– Çiçek için param yok.

– Hâllediriz. Hemen nikah ve peşinden düğün.

– Nasıl? Ya para!..

– Aramızda kalsın.

Bir garip eziklik duygusuyla büktü boynunu.

HASTAHANE

Rengarenk çiçeklerin cümbüşünden, itina ile süslenmiş bir buket vardı elinde. Hareketleri biraz tedirgin, gözleri biraz vehimli pırıltıların istilasına uğramıştı. Koridorda, çekingen adımlarla yürüyüşü dikkat çekiciydi. Kapı numaralarını okuyordu yürümeye çalışırken. Numarayı bulup önünde beklediği kapıda cesaretini yokladı önce. Toparlanıp yavaşça çaldı kapıyı ve cevap beklemeden kola çöküp, tedirgin bir gönülle araladı. İnce ince terler vardı yüzündeki deride. Daha, kapının aralığından ürkek pırıltılarla içeriyi kolaçan ederken, ateşten bir el dolaştı bedeninde. Ölçüsüz bir ihtilaçın fersizliği vardı üzerinde.

Melih Bey ve Hacer Hanım'ı hayrete düşürmüştü bu sahne.

İtinalı ellerin, sanat abidesi hâline getirdiği çiçek demetine, sonra delikanlıya baktı ikisi de.

Sırma, taştan bir heykel gibi, nefessiz bekledi oturduğu yatağın üzerinde.

Yosun yeşili gözlerinde elem, dehşetli fırtınalardan sonra sakinleşen denizin, yorgunluğunu yansıtıyordu. Tıpkı taştan heykel gibiydi hâlâ ve bozmadı pozunu. Bakışları sığ ve bön.

Yatağının baş ucuna kadar sokulan delikanlıyı, yeşil bebekler takip etti. Delikanlı elindeki zarif buketi komidinin üzerine bırakıp pişman bir yüzle inceledi Sırma'yı. Kısık, muzdarip bir sesi vardı:

– Senden özür diliyorum Sırma. Beni affet. Daha yanından ayrılır ayrılmaz hatamı anladım, ancak düzeltmek için yetişemedim. Önce, ciddi misin, yoksa bir blöf mü söylediklerin diye denemek istemiştim duygularını. Gördüm ki...

Onun da kalp atışları değişti. Heykelleşen vücutta hareket etme şansı sağladı duydukları, hissiyatını, kederini buğulanan gözlerinin pınarlarından boşaltmaya çalıştı.

Hudutsuzluk kazanan duygular, içine düştüğü ağın korkunç derinliklerinden sıyrılıp, dış dünyasına onların intişarını sağlamak için çırpınıyordu.

– Suaaat!.. Demek bunların hepsi bir sınamaktan ibaretti ha?

– Hepsi!.. Sen benim dünyamda hâlâ bir gözyaşı kadar içli ve temizsin. Sevgimin ısbatı olarak, nüfüs cüzdanını istiyorum hemen. Nikah işlerinin acilen başlaması için gerekli o.

Kaçamak baktı hayrete düşen, suskun insanlara ve onlara da mesajını verdi:

– Tabiî ki annen ve baban müsade ederlerse.

Hayat dokusunda kayalaşan kederlerin işlediği, bütün yeisleri unutturan, bütün bozgunları muştuya çeviren bir sevinç çığlığı vardı Sırma'nın dudaklarında:

– Suaaaaat!....

Tarifsiz bir sevinç yaşandı hastahanenin özel odasında.

Hayal Sokaktaki evde bir şenlik vardı bu akşam. Sonunda "Geçmiş olsun" için gelenler de çekilip gitti. Sevincinin coşkusu vardı yüreklerde.

Önce, baba girdi Faruk'un odasına. Böbürlendi, kinayi baktı gözlerine ve âdeta inanılmaz bir zaferin başarısını kutluyor dududaklarını terkeden sözlerle:

– Git kardeşinden özür dile. Suat, sadece onu sınamak için yapmış o kabalığı.

Gamlı baktı babasının gözlerine. Buruk bir tebessüm belirdi sadece dudaklarında. Soğukkanlı bir edası vardı onu cevaplarken:

– İyi ya, sevin de kimseye söyleme bari.

Annesi girdi, eşinin peşinden, aynı tavırları sergiledi o da:

– Sebepsiz yere, bir hayli hakaret ettin kardeşine. Bak, mahcub oldun, evleniyorlar. Yanına gidip özür dilemelisin ondan.

Yerinden kalktığında, efkâr doluydu:

– Bir türlü anlayamıyorum sizi. İnsana en şiddetli acı çektiren tek şey, gerçeklerin cezalandırılmasıdır. Bunu unutmamanız kaydıyla, Sırma'nın hatasını ödüllendirmesi için, ondan özür dileyeceğim.

Sıkıntılı yürüdü antrede. Baba ve anne, gölgesi gibi takip ettiler Faruk'u.

Kapıyı çalıp usulca araladı. Kardeşinin gözlerine bakarken, moralsiz bir çehresi vardı. Önce, şuurun lambaları söndü Sırma'nın o karanlık bakışlarında. Kibrin, bütün tonlarıyla makam tutturdu sesindeki üslûp:

– Çık odamdaaan1

Bunları haykırırken parmağıyla kapıyı gösteriyordu ona. Sert, otoriter bir ses ve azarcı bir bakış vardı gözlerinde:

– Unutma ki, ağabeyinim. Sadece geçmiş olsun demek için buradayım.

Nefret bulutları kablamıştı çehresini. Lanetleyici ezgileri yorumluyordu bakışları:

– Ne yazık ki, sevinemedin. Evleniyorum o çocukla. Yakında düğünümüz var. Ve sen hiçbir zaman oraya gelemeyeceksin, anlıyor musun?

Bunalımlı insan, çık benim odamdan.

Esef dolu bir bakışın peşinden, iç dünyasını ateşe veren bir nefes aldı:

– Sırma bak şunu hiçbir zaman unutma sakın. Biz kardeşiz ve acıların beni üzer, saadetinse, sevindirir.

– Yüzümde izleri kalan o tokatların, hastahanedeki hakaretlerin acısını hiç ama hiç unutmayacağım.

Ağlamaklı baktı Faruk'un gözlerine. Doluktu, kesik kesik konuştu:

– Bak, senin başaramadığını başardım sonunda ve sen hâlâ sevgine karşılık vermeyen bir Leylâ'nın peşinde ve hastasın.

Bense, yeni ve mutlu bir hayat kurmaktayım. Sen o yakışmayan hakaretleri bana sarfetsen bile.

– Sevindim. Fakat, hangi temeller üzerine? Bunu düşünmek için zaman ayırdın mı kendine?

Cevapsız kaldı sorusu. Yüzünün üzerine uzanıp umursamadı onu.

Anne ve baba, yine kahırlı baktılar Faruk'un arkasından ve sitem vardı yansıyan parıltılarda.

DÜĞÜN

Faruk, o israfın doruk noktasındaki salonda yoktu. Çiçeklerden renk cümbüşleri oluşturan çelenklerin arasında, ismine de raslayamamıştı. Caz, dans, meşrubat ve pastaların uçuştuğu salonun her köşesinde, bir yitik aradı damat. Aklı, kırık plâk gibi aynı şeye takılmıştı. Fakat, sormadı kimseye.

Dillere destan bir düğün de, böylelikle tarih oldu. Aradan günler geçmesine rağmen Suat, Faruk'la karşılaşmadı. Melih Bey'in fabrikasında görev aldı ve sorumluluk üstlendi.

Sırma, kocasının yürüttüğü bölümde, onun yardımcısı oldu. Kurdukları yuvada mesutlardı. Mutlulukları, gözlerinden okunuyordu ikisinin de.

İşten, yine birlikte çıkmışlardı. Fabrikanın bahçesinde duran özel arabalarının kapısını açtı Suat. Sırma'yı bindirip, kapısını kapadıktan sonra direksiyona geçti.

Sırma o müşfik davranışın, mest ettiği bir gönülle oturmuştu ön koltuğa. Suat hareket etmezden önce, muhabbeti yansıtan bir bakış bıraktı eşinin gözlerinde:

– Biliyor musun, şimdi en sevdiğim bir yere gidiyoruz seninle.

– Merak ettim doğrusu.

– Emirgan'a. Hani, orada mütevazı romantik bir çay bahçesi vardı. Kenarında ekmek arası balık kızartırlardı teknelerde.

Canım çekti düşünürken. Her zaman uğrayamazdım oraya. Param olmazdı. Şöyle bir seyreder geçerdim, aklım balıkçı teknesinde buram buram kokan balıklarda kalırdı. Şimdi cebimde param var ve dünyalar güzeli bir eşim. İşte seninle paylaşmak istedim bu hasreti.

Duygulandı, buğulu baktı Suat'ın gözlerine:

– Bir nostalji desene.

– Evet.

Yol boyunca konuştular. Gün döndü, güneş batı yakasına doğru enfes bir çekiliş sitilindeydi şu an. Akşamları bir başka güzellikte olurdu bu bahçe.

Boğaz'ın suları hırçın dalgalarla sallanıyor, martı kuşlarının alışılmış çığlıkları, yolcu vapurlarının dalgaların üzerindeki sokranışı, manzaranın fon musikisi gibi geliyordu kulaklara.

Suat, ekmek arası balık yaptırdı, semaver kaynattırdı masada. Çayını yudumlarken duygulanmıştı. Ruhunu sımsıkı kuşatan bu ılık iklimin vecdiyle, hayranlık pırıltılarını beklettiği ufkunda ona mesajlar veriyordu gönlünün derinliklerinden:

– Sana bir şey sormak istiyorum Sırma. Bende, günlerdir aşamadığım bir merak hâlinde bu soru.

–Bir sıkıntın mı var?

– Bildiğin gibi değil.

– Çok ahenkli ve huzurlu bir yuvamız var. Sıhhatle gelişen bir çocuk bekliyoruz, huzurluyuz yuvamızda. Öyle değil mi?

– Bunların hepsi de doğru, mesuduz. Benim merakım şu. Bu muhteşem yuvanın mimarı olan kişi hâlâ ortalarda hiç ama hiç gözükmedi.

Yıldızlı, ay ışıklı gökyüzünün mahmurluğu vardı üzerinde.

Dünyayı kendisine doğru çekip alan, bir mıknatıs belirmişti gözlerinde:

– Kimden bahsediyorsun sen?

– Ağabeyinden.

Yüzündeki rahatlık bozuldu birden ve huzuru kaçtı.

– Lütfen Suat. Şu, en mutlu anımızda nereden düştü aklına?

– Düğüne gelmedi, sonra evimize de uğramadı. Merak etim.

– Nereden tanıyorsun onu?

– Yörede, ismini bilmeyen yok gibidir onun.

Bozuk bir morali vardı. Sesine yansımıştı huzursuzluğu:

– Neyse, kapatalım şimdi bu meseleyi.

– Affedersin Sırma, aranızda bir sorun olmamalı bildiğim kadarıyla.

– Aksine hayatım. Düğünümüze gelmemesini özellikle ben istedim ondan. Hatta evimize de.

Şaşırdı, şoka girmişti, Suat'ın düşüncesi.

– Öğrenemeyeceğim kadar mahrem mi?

Umursamadı, hafife aldığını yansıtmak için mırıldandı:

– Yo, kaba, bencil, ukala, hoyrat bir adamdır o. Duygu ve insanlıktan yoksun, sadece yumruğu ve gücü olan birisi.

– Çok değişik tarif ettin. Ben onu anlattıklarının tam zıddıyla tanıdım. O evliliğimizin mimarı olan bir insan.

Rengi soldu neşesini biraz daha kaçırdı duydukları:

– Anlamadım?

– Hayretine hiçbir anlam veredim doğrusu. O hâlde, kısaca anlatayım istersen.

– Evet!..

– Seninle münakaşa ettiğimiz gündü. Bilardo salonuna gelmiştim. Beklenmedik bir anda iki adam ablukaya almışlardı beni. Silahını, hafifçe böğrüme dürttü birisi. "Dışarıya" dedi. Arkadaşlarım, hareketsiz beklediler, aralarında yürüyüp götürürlerken. Dışarıda bekleyen lüks bir arabanın arka kapısı açıldı. Kulağıma fısıldadılar:

"İlyas Baba'nın adamlarıyız". Arabaya bindiğimde ağabeyin vardı içeride. Vakarlı bir yüzü vardı. Namus kavramından bahsetti önce, sonra kesin bir kararlılıkla verdi mesajını. "Kardeşim ve onun namusu, canımdan daha ön plândadır" dedi. Uzun konuştu. Mantıklı bizim bilmediğimiz gerçeklerdi bunlar. Sonunda, kesin ifade etti fikirlerini. "İki tercihin var" dedi, "İlki namusumuza sürülen leke. Bunu güzellikle hâlledersen, ikincisi buruk bir kabulle ortadan kalkar"

– Ya ikincisi? diye sordum.

Tabancasının kabzasına yapıştı eli. "Namus başka hiçbir değer karşılığında ödenmez, fakat ne yazık ki başka da çarem yok" diye mırıldandı. Ve, ekledi. "Senin annene ya da kardeşine yapılsa aynı hareket."

– Anlamıştım, tüylerim dikenleşip battı vücuduma. Düşündüm ve hâlimi anlattım ona. Yani, sana sezdiremediklerimden bahsettim ona. "Maddî durum" dedim.

– Mühim değil demişti.

Evlilik ihtiyaçlarım için ve düğün masrafları için çek imzalayıp verdi. Birlikte kiraladık evi ve eşyayı yine onunla aldık. Hatta, hastahaneye getirdiğim çiçeği o yaptırmıştı.

Şok olmuştu Sırma. Hırçın, kâbuslu bir yüzü vardı. Elindeki ekmeği masanın üzerine bıraktı:

– Koyu sisler arasında kalan maziyi, artık hatırlamak bile istemiyorum.

– Fakat onlar bizlerden birer parça. Hep kaçsak bile, onlar yakalayacaklar bizi.

Alaylı ve ıstıraplı gözlerle süzdü Suat'ı:

– Çocuk mu kandırıyorsun sen? Birkaç cilalı söz etti sana ve sen de hayatındaki yanlışları bir nefeste düzelttin öyle mi? Birkaç sözle bir çırpıda olacak işler mi bunlar?

– Deyip geçme öyle, bir söz, hayatın şeklini değiştirecek kadar etkileyici olur bazen. Ve işte, o anda "dank" der kafa.

Kendisine bir menfez arayan, şuur altı çığlığının azameti, iç dünyasını korkunç bir şekilde, kasırgalara kaptırışı, vücudunu amansız titreyişlere bırakmıştı. Zamansız bir bitkinlik, küçük düşüren, onu can evinden vuran, bir sarsaklık pelteleştirdi vücudunu. Elinde olmadan, sıktı kendisini, dudaklarını kanatıncaya kadar gevdi. His dünyasının, amansız bulutları yağmurlaştı gözlerinde ve sessiz bir sağanak indi yanaklarına.

Suat endişeli takip etti eşini ve korkuyla ulaştı ona:

– Sırma?

Güçlükle toparlandı, oturduğu sandalyeden kalkıp hassas, içli, dolukan bir eda içinde yalvarmaklı konuştu:

– Beni, babamlara kadar götürebilir misin?

Şaşırdı destek olma gayretinde çırpınırken:

– Yoksa?

– Yo hayır, yanlış anlama sakın. Gücenmiş değilim anlattıkların için. Sadece babamlara kadar.

– Çok duygulandın da?

– Sorma şimdi, acele et biraz.

– Şaşırtıyorsun beni.

– Özür dilerim Suat, şu anda hislerim müsade etmemekte konuşabilmem için.

Ağladı. Suat, kenara park ettiği arabaya götürdü, kolundan tutup. Onu bindirdikten sonra acele acele geriye dönüp, parasını ödedi garsonun.

Arzuları bir harabe bırakmıştı masanın üzerinde. İçemedikleri çaylar, bardaklarda yarım ve arası açılan ekmekler, balıkları daha romantik bir hâle sokmuştu. Dönüp acı acı yutkundu, arzular boğazında.

EV

Kapıyı anne açtı. Kızının yüzündeki ifadeler şaşırttı onu. Melih Bey, belirdi hemen karşılarında. Anne, hayretini açığa vurdu hemen:

Sırma, bu ne hâl?

Suat'a baktı ardından. Onda fazla bir değişiklik yoktu. Baba fark etti gözlerdeki yoğun buharlaşmayı. Tarifsiz bir duygu iklimindeydi onlar. O da üsteledi kızına dikkatle bakıp:

– Sırma kızım, üzgünsün sen?

Aldırış etmedi fazla. Umursamadı ikisini de, sızılı bir sesle:

– Yok bir şeyim diyebildi.

Boğazında biriken hıçkırıkları boşaltmamak için zor tuttu kendisini. Suat, el işaretiyle mesaj verdi onlara "Rahat bırakın biraz" demekti bu.

Daha evde olup olmadığını bile sormadan, merdivenleri tırmandı ve ağabeyinin, odasına doğru yöneldi.

Bu hareketler ev halkını şaşırtmıştı. Titrek parmağı ile vurdu kapıya ve biraz bekledikten sonra, usulca araladı.

O, havalı kız erimişti. Bulutların üzerinden inip yere basan ayakları şaşkın, elbisesinin içinde büzüşüp kaybolmuştu sanki.

Hassas dudaklar, içli bir sesle ulaştı,derin bir sükûtla ufkunda şaşkın bekleyen gözlerin sahibine.

– Girebilir miyim?

Hüznün istila ettiği çehresi, münis ve şefkatle doluydu. Fakat, biraz buruktu işte:

– Tabiî!..

Titrek bir sesi vardı, hıçkırmamak için çabaladı. Ağabeyisinin oturduğu masanın kenarına iyice sokuldu.

– Korkak ve ürpertili duygular içindeyim sana gelirken.

– Anlamsız birer vehimlerden ibaret onlar. Biz kardeşiz her şeyden önce.

Kendisini ne kadar sıksa, gözyaşlarının akmasına mani olamamıştı. Hıçkırmamak için sık sık yutkunuyordu:

– Biliyorum yüzüm yok, kusurluyum. Bütün bunlara rağmen, hakkım olmasa bile, birşey istesem senden? Affedebilir misin beni?

O da duygulanmıştı. Acı acı gülümsedi önce:

– Kusuru tanımak o kadar zor ki. İnsan hep kendi koyduğu kurallar içinde aramalı onu.

İçinde yetiştiğimiz toplumun, üslûp farklılıklarından kaynaklanmakta bunlar.

– Git, huzuru karaladığın uçlarda ara dedi gönlüm ve ben affına sığınıp sana geldim. Gönül bahçemden, titreyen ellerimle, korkulu, ürkek duygularımla topladığım egzotik çiçekleri, o canhıraş renkleriyle, büyülü rayihâlârıyla buket yapıp sana getirdim işte. Onları, geçmişi hiç sormadan, özür dileklerimle birlikte kabul eder misin ağabey?

Acının en demli yerinde yakalamıştı gözlerini. O, kaba, sert ve hırçın olarak tanıdığı ağabeyisinin gözlerinde yaşlar vardı:

– Ben sana hiç ama hiç kırılmadım ki.

Sırma hıçkırıklarına yol vermişti artık. O yüzden güçlükle ifade ediyordu duygularını. Biraz daha sokuldu yanına. Titrek elini sol yanağının üzerinde dolaştırdı:

– Bak abi, vurduğun o yerlerde güller açtı şimdi. Onların huzur veren, sihirli kokularını teneffüs ederek yaşıyorum hep.

Hafif bir kavis verdi beline ve elini saygılı bir sunuşla yaklaştırdı ona:

– Uzat, o tokat attığın ellerini öpmek istiyorum. Hayatta en büyük arzum sadece bu, şu anda.

Lügat, bütün kelimelerinin varlığıyla kifayetsizliğin nirengi noktasında, şaşkın bekliyordu artık.

Faruk, yerinden kalkmayı başarmıştı. Kollarını kanat kanat açtı, aynı hareketi tekrarladı Sırma. Kapının araladığı boşlukta, sessiz bir bekleyiş ve sevincin gözyaşları vardı.

İki kardeş hasretle sarılmışlardı. Sırma, toparlandı, hafifçe araladı yüzünü ve gözlerinin derinliklerinde bekledi:

– Affettin mi? Duymak istiyorum bu sesi.

Aralandı omuzlarından tuttu. Kinler, hırçınlıklar, bütün olumsuzluklar eridi buharlı gözlerin nihayetsiz mesafelerinde ve Faruk, Sırma'nın beklediği cevabı mırıldandı:

– Bundan sonra, etrafında öyle bir intiba bırak ki. Seni yad eden insanın yüz hatlarında rahatlık, tebessümünde hasretin derin ifadeleri bulunsun. Senin "Mutluyum" diyeceğin günü nasıl bir sabırsızlıkla bekledim bilsen.

– Mutluyuz abi.

Şüpheler, ümitler ve tereddütler. Takvimden düşen yapraklarla müzminleşen çile yumağı gibi ıstıraplı bir yıl.

Artık, düşünceleri yeni açıldığı dünyanın fırtınalı denizinde kulaç atıyordu. Gayesi, gidişatı, hatta tad alması bile değişmişti.

Geçmiş günlerini yadırgıyor, matemli düşüncelerle anıyordu. Bunu, sarih duygularla seziyor ve idrak ediyordu.

Ruhunu, zaman zaman paniğe düşüren, iç âleminde nihayetsiz helezonlar çizerek derinleşen âleme, gönlü, düşüncesi raptedilmişcesine, yeni dünyasına sadakat doluydu.

Duyguları inanılmaz derinlikler kazarmıştı. Nihayetsiz ufuklar açmıştı düşüncesine. Müşahhastan mücerrete doğru insan ruhunu yükselten, onu fıtratındaki ulviliklerle tanıştırıp kucaklaştıran, düşüncesini bir biçim, olumlu bir şekle bürüyen hissiyatın sahibiydi.

Hayallerle hakikati, sahtelerle gerçeği, ayırabiliyordu artık. Arayışı ona, kavrayış özelliği kazandırmıştı.

Maneviyatın, dirhem dirhem gönüller sardığı, içten gelen uzlaştırıcı, ferah bir havanın, ruhunu çepeçevre sardığını hissetmekteydi artık.

Faruk, son günlerde kapısını kilitleyip uzun zaman çıkmadığı odasında, annesine göre efsane bir hayat yaşamaktaydı..

Doktor, ilgisinin başka ufuklara çekilmesini istemişti, fakat başaramamışlardı bunu.

Mevsim artık bahardı. Kış, bir rüzgâr gibi gelip geçti İstanbul'un üzerinden.

Artık, üç kişilerdi koca villanın içinde. Sırma, pek sık gelmiyordu. Bir erkek çocuğu olmuştu ve evlerinde onunla ilgileniyordu.

Yalnızlıktan canı sıkılmıştı Hacer Hanım'ın. Ne vakit kapısını çalıp, yanına girse, uzun konuşamıyorlardı Faruk'la. Ya okuyor ya da yazıyordu. Sakin, içine kapalı bir hâli vardı son günlerde. Sorduğu vakit "Tezin son günleri artık" diyor, kapatıyordu.

Evin iniltili yalnızlığı, yine bunaltmıştı Anneyi. Faruk'un bulunduğu odanın kapısına baktı, sonra vazgeçti. Balkona geçti. Doğuya karşı dönmüştü yönünü. Sağ tarağına düşen villanın bahçesinde bekledi bakışları. Sigarasını dumanladı, efkârlı bulutlar ağdı, lekesiz mevkilere.

Bilâl, çardakta harıl harıl gazeteye yazı hazırlıyor, Hilâl behçelerinden bıkmış içeriye geçiyordu. Günlerdir düşüncesini işgal eden, belki de en ilginç kurtuluş ilacıydı Hilâl.

Sigarasını söndürüp bahçeye indi. Sakin adımlarla komşu bahçeye girdi.

Nigar Hanım fehmetmişti komşusunun gelişini. Anne ve kız, birlikte karşıladılar kapıda.

Balkona çıkmışlardı birlikte. Hilâl, kahve yaptı sigaraları birlikte dumanladılar, Nigar Hanım'la.

Arzuladığı bir soru düştü ortaya:

– Sahi Faruk ne âlemde?

Umutsuz, muzdarip bir gönlü vardı annenin. İşte bu yüzden derin bir "ah'ı vardı dudaklarında, daha içli çekti sigarasının dumanlarını.

Hilâl, ilgilenmiyormuş gibi başka istikametlere çekti gözlerini, uzakları, çok uzakları seyretti, kulakları seste:

– Odasına kapalı bir hayat işte. Tez, diyor, yazmak, diyor, mazeret çok.

– Doktor ne demişti?

– Çözemedi. Bir şeyi yok dedi, kapadı.

– Başka şey söylemedi demek.

– Söyledi söylemesine. Leylâ dedik. Anlattık uzun, uzadı. Başka bir kız dedi. İlgilerini başka istikametlere taşıyacak bir kız arkadaştan söz etti aslında. Sırma'nın düğünü girdi araya, doğrusu ilgilenemedik fazla. Bence tek yöntem kaldı deneyebilecek.

– Nedir o?

– Hilâl.

Yüzündeki ifadeler değişti birden:

– Anlamadım?

Uysal, müşfik ve ılık bir ses tonuydu seçeneği:

– Onu sever. Barışsalar eskisi gibi, dolu dolu bir hayat yaşasalar atlatırdı belki.

Hem Hilâl zeki ve ikna kabiliyeti olan bir kız. Onu yeniden hayata bağlayabilirdi.

Hilâl hırçınlaştı:

– Yo, hayır hayır. Sakın istemeyin benden bunu. Önceden çok kırdı beni. Leylâ'nın karşısında, neyse beni karıştırmayın bu işe.

Annenin itirazı vardı:

– O nasıl söz kızım? Hep seninle dolaşırdı. Başka hislerle yaklaşsan, kendini hissettirsen ona, Leylâ senin gölgen olamaz.

Barışmalısın onunla, dansa, caza, diskoteklere çek onu. Sev onu.

Aptallaştı, biraz da morali bozuldu:

– İyi de, sevgi bir idare işi değil ki, hani, kendini biraz zorlayınca olacak cinsten? Bu bir duygu, bir hâl işidir.

Dudakları büzüştü, annenin:

– Biraz zorla işte kendini, eski günleri hatırla.

Sevimsiz geldi sözler, dudak büktü, zorsundu. Fakat, hiç farkında olmadan yüreğinde hiç sönmeyen ateşin üzerindeki küllerin açıldığını hissetti. Derin bir nefes aldı ve yutkundu, sustu.

Odanın buharlaşan penceresinden ufku, nemli gözlerle irdeleyen delikanlı yarım açılmış panjurun araladığı boşluktan, Boğaz'ın sularını seyretmekteydi. Düşüncesi, duyguları ve bütün varlığı ile dikkatini dalgaların üzerinde yoğunlaştırmıştı.

Odanın kapısı çalınmıştı. Hayal, meyal fark etti bunu.

İrkildi, toparlandı, nefesini tutarak bekledi. Yeniden çalındı kapı. Şiirler vardı masasının üzerinde ve bazı esintilerden notlar. İsteksiz bir cevap gönderdi dışarıya:

– Kim o?

Karşılık olarak gelen ses hayrete düşürdü onu.

– Benim, Hilâl.

Durakladı, kısa bir bekleyiş içinde düşündü ve kapıya yaklaşıp açtı. Derin, anlamlı ve oldukça ilginç bir inceleme süresi tanıdı bakışlar. Hilâl, elini uzattı, dostça bir seyirin ardından.

Ne var ki bu arzu, mukabele görmüyordu.

– Bunca dargınlığın arkasından, nereden esti bu ziyaret fikri söyler misin?

Eli havadaydı ve hâlâ derin bakıyordu gözlerine:

– Küslüğe bir anlam veremeyişimden olmalı.

– Buyur o hâlde.

Kendisi masasının başına geçip oturdu. Hilâl, kapıyı kapatmakla meşguldü hâlâ. Arkasından yetişen ses, onu durdurdu:

– Kapama açık kalsın.

Anlam veremedi Hilâl, vazgeçti kapıyı kapamaktan, hayretinin ifadesi olarak dudak büktü sadece:

– İyi ya, öyle olsun.

Masaya yaklaştı, yeniden uzattı elini Faruk'a. Israrlıydı.

Gözlerinin içine baka baka yaptı bu işi.

Faruk, derin bir nefes alarak baktı gözlerine, hiçbir hareket olmadı başka. Hilal bozuldu:

– Ne o, bir hoş geldin demek yok mu yani? Bak , elim hâlâ havada beklemekte.

Müteessirdi. İşkilli bir sesle mırıldandı.

– Leylâ, başka kızlarla tokalaşmamamı istemişti benden.

Haddinden fazla incinmişti. Ağlamaklı bir edaya büründü çehresi, güçlükle indirdi elini yanına. Kırık bir gururla, kinayi konuştu:

– Kapısı kapalı bir odada başka bir kızla kalmamanı da Leylâ mı istemişti senden?

– Ha, evet!..

– Ya! Benim bildiğim kadarıyla, Leylâ terk etti seni. Karşılık bile vermedi sevgine.

– İşte bu büyük bir yanlış. Benim tanıdığım Leylâ, bütün sevgilere karşı duyarlıdır.

Dişlerini sıktı. Daha fazla saklayamadı sırrını.

– Öyle ise şunu iyi bilmeni istiyorum. Ben, kendiliğimden kalkıp gelmedim buraya. Bunu bir ayrı duramayış olarak düşünmemen için söylüyorum. Sanırım sır saklarsın. Annene de, sakın beni niçin sana gönderdiğini sormamalısın. Böyle, bazı uğrayışlara, zoraki arkadaşlıklara katlanmalısın. Çünkü, söz verdim onlara, anlıyor musun?

– Alınma hemen, istediğin zaman gel. Yine münazaralara açığım.

Çalışma masasını kenarındaki koltuğa ilişti gözü.

– Oturubilir miyim?

– Elbette.

Otururken, masanın üzerindeki notlara ilişti gözü:

– Leylâ'ya, ikinci roman mı yoksa?

– Yo, hayır. Henüz öyle bir hazırlığım yok. Şiirler ve esintiler, bir de masterın son rötuşları.

– Demek mesterı bırakmadın?

– Hayır, tam aksine bitirmek üzereyim.

– Desene içindeki boşluğu doldurdun.

– Evet.

– Profesör olmak mı?

– Olabilir, fakat aradığım şey o değilmiş.

– O hâlde yazar olmak.

– O da var tabi.

– Ya da?

Sözünü kesti!..

– İnsan boş bir sayfa gibiymiş meğer. Yaşadığı hayatla dolduruyormuş onu.

– Başka bir açıklaması yok mu bunun?

– Henüz erken.

– Önceden bir şeye başlarken, tartışırdın onu.

– Alınma canım ona da sıra gelecek bir gün. Kim bilir? belki de ilk defa seninle başlarız tartışmasına. Belki de, yardım isterim senden.

– Tokalaşmak tenezzülünde bile bulunmadığın bir kızdan mı? Hem Leylâ ne der sana sonra?

– Leylâ'nın şartları var bunların hepsi de doğru. Gün olur istekleri su yüzüne çıkar. Bakarsın, belki de Leylâ tokalaşabileceğimizi, hatta, kapıyı kapatıp ayrı bir odada, başbaşa oturabilmemizin de mahsuru olmadığını söyleyebilir.

Kuşkulu baktı Hilâl, Faruk'un gözlerine:

– Çelişkili konuşmaların, beni bile endişeye düşürmekte. Nerde ise annen kuşkularında haklıymış diyesim geliyor.

Mantığın hırçın elleri sarılıyor boğazından, susturuyor konuşturmuyor onu. Bakışlarında yeis, duygularında burukluk nefesi yakacı.

– Bak Hilâl. Hayatta en sarsak, en bedbin fikir yapısı bile, etrafında kur yapan gerçeklerin farkında olur. Sen zeki bir kızsın. Herkesin ifade etme cüretinde bulunamadığı düşünceleri, sen yüzüme söyleyebiliyorsun. Adını "Bunalım" koydukları teşhis, benim arayışlarım ve yoğun bir çalışma sürecine girişimden başka hiçbir şey değil.

– Dolu dolu yaşıyordun hayatı. Yine silkin ve kendine dön.

– Döndüm. Hem de tam özüme.

Sevindi, gözlerinin içi güldü Hilâl'in:

– Hadi o zaman, davran. Diskoteğe gidiyoruz. Saz, caz, dans, ziyan edilmiş günlerin intikamını alırcasına.

– Yo, öyle demedim ki!..

Neşesi kaçtı yine, kırgın baktı gözlerine:

– İlk yardımı senden istiyeceğim demiştin. Yanılmıyorum doğru duydum.

Gözbebekleri, izah edilmez birer karanlık çukuru andırıyorlardı. Ürpertici günahların, dışarıya akseden birer lav kuyularından ibaretti onlar:

– Eğlence değil, bir lağım banyosu senin dediklerin. Kulakları tırmalayan sözde musiki adını alan çalgıların eşliğinde, iğrenç şehvet sarasının tutsağı olarak tepinen idealsiz, bahtsız insanların arasında yokum.

Şiddetli bir itiraz için hazırlandı:

– Faruk, cidden şaşırtıyorsun beni. Geçmişine bu kadar acımasızca hakaret edemezsin.

– Hakaret meyve olsa, hangi şartlar altında olursa olsun, onu kimse yiyemezdi. Hatayı idare etmek hakaret değil.

En parlak zevk gecelerinin şuhluğunu bile dima, birkaç dakika sonra unutmakta. Eğlencenin de bir ölçüsü olmalı. Tıpkı hayatın sırlardan sürprizlerden ibaret olduğu gibi. "İstikbale yürüyüş" İnsan kişiliğini, bir gayenin, kalıcı bir idealin üzerine bina etmeli. Haz almalı yaptıklarından insan damaklarında tadı kalmalı. Buruk, pişmanlık veren hayatın sonu belli.

Hilâl, bir gölge gibi hissiz ve matemliydi oturduğu koltuğun üzerinde. Yıldızları sönmüş gökyüzünü andırıyordu çehresi. Âdeta kaçıp kurtulmak istercesine kıvrandı.. Bir fısıltı hâlinde ulaştı sesi:

– Müsade istesem!..

– Sıkıldın mı konuşmalarımdan?

– Yine gelirim.

Son günlerde buzlar çözüldü. Hilal, artık yeni git–gellere başlamıştı. Faruk, masterını tamamladı bir umut ışığı yaktı bu havadis gönüllerde. Ondan, dışarıya açılmasını istiyordu anne.

– Bak, masterını da tamamladın. Bir baltaya sap olmalısın artık. Babanın yanında, yahut başka bir iş.

– Anne biraz daha müsade edin bana. Doktora hazırlıklarına başladım. Yüzüme hastaymış gibi bakmayın öyle, kızıyorum artık bu yersiz kuşkularınıza. Ben hiç rahatsız olmadım, bir ufuk aradım sürekli. Siz düşünen bir beyin görmediniz mi Allah aşkına?

– Tamam tamam, kızma hemen. Çok kapanıyorsun odana diye.

– Demek, bir sebebi var ki kapanıyorum.

– Sen bilirsin. Ben hayatı hep coşkulu yaşayışına alışmışım, hepsi o.

– Onlar bir kasırgaydı ve geçti.

– İyi de, bahçeye bari çık, için karardı odanın içinde. Hava enfes, çiçekler, kuş sesleri.

– Tamam bu fikrini beğendim, çardakta çalışayım. Bir de semaver ha, oldu mu şimdi?

– Tabiî, ya.

Annesini sevindirdi. Çardağa çıktı, semaveri soktu fişine. Hava nefisti bugün. Annesinin az önce konuştukları geldi aklına. Çiçekleri seyretti, yeşilin en canlı tonlarıyla höykürmüştü çimenler. Bahçıvan, titiz bir el hüneriyle onları suluyor, ağaçların bakımını yapıyordu. Etrafa öylesine dalmıştı ki, semaverin fokurdayışını, buharlarını atmaya başlayınca fark etmişti. Çayı demledi, tam kitabına sarıldı okumak için, kaldığı sayfayı açışıyla kapayışı bir oldu.

Hilâl vardı karşısında, nefes nefese kalmıştı koşmaktan. Kitabı bırakıp dikkatlice seyretti ve sordu:

– Bir gariplik var hâlinde bugün.

– Bilmem, heyecanlıyım biraz.

– Soğukkanlı bir kızsın, öyle her şeye kolay kolay heyecanlanmızsın sen.

– Bu başka.

Durakladı acı acı yutkundu önce, rengi değişti Faruk'un:

– Yoksa bir gönül hikâyesi mi?

– Ne o kıskandın mı yine?

– Şey, bilmem, tuhaf geldi biraz hareketlerin de.

– Daha dehşetli bir duygu ağının içindeyim.

– Oturmaz mısın?

– Neden olmasın?

Karşısına oturmuştu. Baharın tatlı bir esintisi yalıyordu yüzlerini.

– Meraklandım doğrusu, anlatsana neymiş o duygu ağı?

– Hayret, Leylâ'dan başka ilgi alanına giren merakların da vardı demek?

Alınganlık, sesinin tonuna bile yansımıştı. Uçuk benekler belirdi yanaklarında:

– Affedersin, mahremse kalsın.

– Yok canım, hemen başka adreslere postalama meseleyi. Sadece bir yarışmanın hazırlıklarından ibaretti her şey.

İlgi, daha yoğunlaşmıştı gözlerinde:

– Ne yarışması?

– Güzellik.

Gözleri his iklimlerinin ip uçlarını veriyordu. Önce sığ ve don... Bir duraklama anının peşinden bön ve boş... Daha sonra, dehşet verici bir ürpertini sağanağı başladı gizlerinde, derin, keskin ve azarlayıcı.

– Anlamadım?

Faruk'u hayrete düşüren, tavır takınışına sebep olan sözlerin, basit şeyler olduğun düşünüyor Hilâl, umursamaz ve biraz da kışkırtıcı.

– Bunda anlamayacak bir kapalılık yok ki. Ağabeyimin çalıştığı gazete güzellik müsabakası açtı ve ben resim çektirdim, form doldurdum, müracaat etmek üzereyim.

– Oraya kadarını sanırım anladım. Benim anlamadığım bir nokta var. Diyelim ki birinci seçildin, değişecek olan şey ne?

– Seçilirsem Dünya Güzellik yarışmasına katılacağım. İşte bu kadar basit.

– Sonra?

– Ordada da seçilirsem, Dünya Güzeli olacağım.

– Daha sonra?

Kızdı!..

– Sonrası var mı bunun. Zirveye tırmanacak şöhret olacağım.

– Sabredemedin ve kızdın. İşte bir araştırma ve onun sırrı. Sen Yüce Sanatkâr'ın eserisin. Yani, üzerinde taşıdığın sanatın sahibi değilsin. Evet, İlahi bir fırçadan çıkmış bir tablosun. Onun sanatındaki incelikleri taşıyorsun. Ortaya eseri koyanın sanatı bu, ve sen ömrünce sadece onu teşhir edersin.

Bu lutfu gezdirmek senin hakkın, ancak onu başkalarına karşı bir üstünlük, bir ayrıcalık kibrine kapılmaksa hakkın değil.

İnsan nasıl yaratılmışsa onu sergiler. Fiziki güzellikler insanın kendi mâharetinden kaynaklanan bir özellik değil ki.

Dünyaları bedenleriyle sınırlı olarak yaşayan insanlar, yaşadıkları hayatla, hiçbir iz bırakmadan, yine vücutlarıyla birlikte yok olup giderler.

Bir şeyin kıvancını üzerinde taşımak istiyorsan, kendi yeteneklerini kullanarak eserler bırakmalısın. O seni Yaratan Yüce Sanatkarın eseridir, yarışmaya sokmak istediğin. Üstelik yarışmada, karşı bir altarnatif yok. Eserler, aynı Sanatkârın.

Neşesi kaçtı, onun da tavrı değişti birden. Alaylı konuştu, önemsemeden gözlerine bakarken:

– Beyimiz de bir zamanlar artist olmak için müracaatta bulunmamışlar mıydı?

– Evet, bu doğru. Sonra araştırdım onu da. Bir oyuncu olmak?.. Başkalarının yazdıkları senaryoyu oynamak. Bir taklitçilik. Sunî roller üstlenmek. Ne yazık ki, araştırmalarımın neticesi menfi çıktı. Hayattaki acılar ve hazlar, oyuncuların taklidi ıstırablarına ve yapmacık sevinçlerine hiç benzememekteydi. İnsan rol yapmamalı gerçekleri yaşamalıydı bence.

Bu hayallerin peşine düşüp, edinebileceğin despot şahsiyet, gerçekte yine senden başka hayranı olmayan, hissiz bir kukladan ibaret olur. Çünkü, güzellikte geçicidir. Sonra, yanında bulamadığın anlarda, yılların senden çalıp götürdüğü o emanetlerin yitirildiğini, başkalarıda tıpkı senin gibi fark edecekler ve ne yazık ki anlayacaksın sen de şair gibi, taşın sert olduğunu.

Kanadı kırık, kanlı tecessüsler yansıyor genç kızın siyah bebeklerinden, kıvranıyor, dudaklarını geviyor, değişiklik isteyen hissiyatında bıkkınlık. Çehresi tıpkı duyguları gibi aynı hedefe saplanan oklar gibi, delik deşik. Acil, bilinmeyen seyyarelere uçmak isteyen bir gönlü var:

– Gerçekleri hep sen mi yakalarsın? Bildiğim kadarıyla sen, sevmeyi bile tanımış değilsin hâlâ.

– Aşkı tanırım. Çünkü ben de sevdim.

Hırçınlaştı, endişe doluydu duyguları:

– Hayır, sen sadece kendine kukla bir aşık arıyorsun. Hep ona yön verebilmek için uğraşıyorsun. Hayalinde şekillendirmeye kalktığın o gölge şahsiyeti, konuşturmaktan bile korkuyorsun. İpler hep elinde olmalı ve daha da korkunç olanı, beynin onu arzularına göre konuşturacak, davranışlarını bile kendine göre ayarlayacaksın.

Unutma, buna kendi ellerinle yaptığın kuklalar bile isyan eder.

Utanarak baktı gözlerine ve başını hafifçe önüne eğdi konuşurken:

– Hâlâ seviyor musun?

– Seni rahatlatacaksa, itiraf edeyim. Evet!.. O benim inandığım tek değerdi. Ondan da soğuttun beni. O günlerin hatırı olmasa uğrar mıydım yanına?

Sakinleşti sesi biraz daha ılıdı, gözlerinde buğular bulutlandı anlatırken:

– Bir başka günlerdi onlar. Ayrı bir dünyayı yaşıyordum sanki Partiler de kumar masalarında, o ihtişamlı kalabalıkların arasında tek işim vardı. Seni seyretmek. Sana yakın olmak.

Farkında bile olmadın bunların. Herkes içki içiyor, ben sana bakıyordum. Herkes kumar oynuyor, ben seni seyrediyordum. Herkes dans ediyor, ben seni bekliyordum. Haz alıyordum bunlardan.

O, sükût edip göz göze geldiğimiz anlar var ya? İşte, o anların karşılığını hiçbir şey veremedi bana. Aşka o günlerde inandım.

Aramızdaki on adımlık mesafe gurbet olmuştu bana. Hasreti o vakit tanıdım. Kolay bir kız değildim düşündüğün gibi.

Aslında duygularımı deşifre etmek için az uğraşmadın. Sonunda yalnız bıraktın onları.

– Doğru, belki o sihirli bakışlardan hissettim ben de aşkın varlığını. Belki, gönül kapımı açtığım ilk sendin. Bir gün, yanımızdaki villaya onlar taşındı.

Çardakta otururken gözlerime attı kancasını. Bir bilinmez, zaptedilmez duygu aldı beni benden ve peşi sıra sürüdü hep.

Esiri oldum farkına varmadan, şiirler yazdım gözleri için, roman yaptım duygularımı.

Neye uğradık bilemedim sonunda. Bir üçüncü şahıs girdi araya. "Yalancı" dedi bana. Yazdığım roman, ona okuduğum şiirler, bir başkasının kaleminden çıkmış. Başkasının eseri altına imza koymuşum, satın alıp. Duydum ki gelişindeki esrar gibi, yine çekilip gitmiş.

Alındı, toparlandı, haraketlerine çekidüzen vermek istedi. Nefesini tuttu biraz:

– Umarım benden şüphelenmedin. O bahsettiğin üçüncü şahıs,

ben değilim kesinlikle.

– Bilmiyorum. İftira en çok nefretimi çeken bir davaranış. Bulamadım, söylemedi o da. Bulunur elbet bir gün diye beklemekteyim hâlâ.

– Dedim ya, şüphelenmemelisin benden.

– Neden alındın?

– Yo, sadece bakışların.

– Neyse unut şimdi. Aşk dedin. İstersen derinleştireyim biraz.

– Hı hı.

Aşk aslında bir çile işi. Çok zor bir zirve o. Benim de bir itirafım var sana. Hep, seninle olmak arzusu, bir zamanlar bende de egemendi. Aşk, ulaştıkça fire veren bir duygu. Elinden tuttum, biraz kaybetti. Sonra, dans ettik biraz daha kaybettiğini hissettim.

Dokununca, sevgi o, kutsal aşk, bakışlardaki masumiyetini yitirdi. Anlatabiliyor muyum, aşk duygularda kaldıkça kutsallaşmakta. Mahremiyeti bozulunca duyguların insan çok şeyini kaybettiğini hisseder. Ulaşılmaz olan aşklar kutsal. Onun yoluna düştüğün an sezeceksin bunu.

Duygusallıkları evliliklerle karıştırmamak lazım. Onlar meyva bekleyen ağaçlar gibidirler.

Hüzünlendi, bakışı buharlandı yine. Sesi hassas ve ılıktı:

– Sadece bir nostalji, şu anki duygular. Bahane edip ilanı aşk için geldiğimi sanmamalısın. Toprağında yetişmiş bitki gibiydim. Kayanın üzerine tutunan bir yosun gibi. Senden ayrıldığım an, hayat bitecekmiş gibi gelirdi hep. Anlamadan, farkına hiç varmadan oldu bu.

Leylâ'yı kıskanıyorum işte bu yüzden. Ona karşı olan temayülün ona karşı olan tutkun, incitmişti beni.

Beni o, bahsettiğim kukla gibi yönetmene bile tepkim olmamıştı bu yüzden.

– Hilâl yanlış anlıyorsun hep. Ben bir kukla değil, şahsiyet edinmiş birisini aradım. Belki, rötuşlar için tavsiyelerimden ibaretti bazı şeyler. Yanlış bir yakalayış bence, onların hepsi de.

Ben kibrin kalesi olmayan, gururu gerçeklerden gocunmayan bir dost aradım sadece. İşte o dostun karakterindeki yapıyı, tıpkı bir heykeltraş gibi işlemek istedim. Gidişatını, beğenmediğim ahlâk yapısını ele alıp, şu despot, vurdumduymaz çağdaşlık zırhının altında, edep dışı yaşayan bazı insanlardan farklı olsun istedim. Onu mükemmel bir kalıp hâlinde döküp, gerçeklerden kaçan insanların farkında olmadığı mukaddesleri işleyecektim. Düşüncesine hislerin en durusunu, en berrak ve lekesizini, el değmedik güzelliklerin nakışlarını dökecektim ve işte insan diyecektim.

Bu bir kuklayı şekillendirmek ve yönetmek değil, sadece eğitmekti maksadım.

İlahi yapıyı basitleştirip fıtratlarının aksine yaşayanların önüne, Yaratılışın özelliklerini isergileyerek yaşayan, kul oluşun Amentü'sünü giyinen bir çift çıkacaktı ortaya. Ve işte Evlilik, işte örnek bir çift diyecektim, bize yanlışı öğreten insanlara.

Kavgasız, barışçı, sevecen ve gerçeklerden ürkmeyen bir model. Fakat, ruhsuz insan yaşayamazdı elbet. Benim seçtiğim insan, önce ruhunu bulmalıydı.

– Çok değişik şeyler konuşmaktasın bugün. Kafamı karıştırdın yine. Beynimdeki taşların yerleri değişti birden.

– Rahatsız olmadan hiçbir şeyi hâlledemezsin. Rahatsız olacaksın. Hiçbir şeyi araştırmaktan korkmayacaksın.

– Neyse başka bir zaman tartışırız bunları.

– Bir dakika. Vazgeçtiğini söylemedin müsabakadan.

Yerinden kalkıp, garip bir bakışla baktı yüzüne ve yönünü evlerine doğru çevirip, sessizce yürüyüp gitti.

Faruk, aptalsı, mefluç bir insan gibi garip bir görüntü verdi arkasından bakarken.

Çağa hançer vuran kor düşüncemi,
Deliller getir de, yor düşüncemi.
Karanlığı delen, ışık bendedir,
Yeter, insaf eyle sor düşüncemi.

İstanbul koyu bulut dağlarının altında eziliyordu. Hınçlı bir sağanak indi biraz önce, bulutlar öfkesini dağıttı.

Yerler ıslaktı, çimlerin üzerinde gözyaşları gibi duruyordu yağmur taneleri. Faruk, bugün erkenden çıkmıştı evden. Odasının anahtarını üzerinde unutmuştu dalıp. Anne, içeriye girip notlarını karıştırdı. Leylâ'lı şiirler, yazılar okudu, tuhaf notlardı hepsi de ona göre. Bahçeye baktı, ortalarda kimseler yoktu. Yağmur, herkesi içeriye çekmişti bugün. Balkondan etrafı derin bir sıkıntının hummalı acılarını çekerek seyderiyordu. Bilâl takıldı görüntüye.

Elinde yine bırakmadığı sigarası vardı. Vakit geçeirmeden inip yanına koştu. Ricacı bir üslûbu vardı kendisini hissettirmeye çalışırken:

– Bilâl Bey!..

Dalgındı, ayağına bir şeyler takıp bahçeye inmişti. Kim bilir, belki de kafasında gazeteye yetiştirmeye çalıştığı yazının taslağı vardı. Bu ses kurguyu bozdu.

Sesin sahibine döndü toparlanıp, tebessümle karşılık verdi:

– Buyur Hacer teyze?

– Senden bir istirhamım vardı.

– Estağfurullah.

– Faruk bir yerlere gitti sabahtan. Odasının anahtarını üzerinde unutmuş. Notlarını karıştırdım, bir şey anlayamadım doğrusu.

Belki yazılarından, ruh hâlini çözersin diye rahatsız etmiştim. Leylâ, Ahiret, öteler. Sanki bıktığı bir hayattan yılgınlığı, gibi geldi bana. Bir de sen bakar mısın onlara?

Durakladı, karar veremedi hemen. Çekimser, itirazcı bir hâli vardı tavrından:

– Bilmem, saygısızlık olmaz mı Faruk'a?

– İyiliği için ama.

Biraz isteksizdi adımları. Hata mı ediyordu?. Hep, bunu düşündü yürüdükçe.

Kendisine açılan kapıdan içeriye, âdeta bir hırsız edasıyla girdi.

Hacer Hanım balkonda, gözcü olarak bekliyordu. Bilâl, Faruk'un masasındaki notları karıştırırken.

Gözleri, gönül atışları kadar titrekti, yazıların üzerinde dolaşırken.

Yaşayışımdaki hata, içinde yetiştiğim toplumun üslûp farklılıklarından ibaretmiş meğer. Bunu, daha yeni yeni anlamaya çalışmaktayım. İçimdeki boşluk, etrafımdaki duvarları yıktı. Ve gerçeğe açıldı gönül pencerem. Fakat, eyvaah!.. Tepkiler, iftiralar hakkımda yalan yanlış yorumlar ve husumetler.

Bilmem hangi dikliğimdi insanları bana düşman eden? Yahut, kimin temiz dünyasını kirletişimin bedeli bu lanetli bakışlara hedef seçilişim?..

Etrafımdakilerle, aynı fikirleri paylaşmayışım, beni yadırgı, sevimsiz kılmakta. Oysa, bir ufuksuzluğun, hazımsızlığın, ta kendisiydi bu.

Düşünce, inanç ve sevgi. Kuşkularla, zıtlıklarla, tezatlarıyla ve gerçekleriyle bir bütün.

Toplumların en dehşetli hastalıkları, reçeteyi hiçe sayıp etrafımızdaki sahteliklerle kolayca uzlaşabilmekten ileri gelmekte.

Bu cemiyet şuurun boğazına sarılan ve onu konuşturmayan. Bilmediği, araştırmadığı kavramlara düşman kesilen. Gerçeklerden ürken, onlarla yüz yüze gelmekten korkan, gönlünün şuursuz arzularına tutsak bir toplum.

Sayfaları, âdeta titreşen parmaklarıyla aralıyor, bir çöl susuzluğu iştahıyla içiyordu satırları.

"Göklerde lambalarını hiç söndürmeyen, şedit bir yıldız parıltısıyla gözlerimden dünyama girip, duygularımı büyüleyen saki. Sen, altın kadehlerden hep hayasızlığı, isyanı içirdin bana.

Artık, o şuh libaslar içinde raks ederken, gönlümü esir alamayacaksın. Çünkü, benim Leylâm, seni lanetledi.

Ben neden varım? Hayatın anlamı ne? Her gün, binlerce cenaze uğurlayan dünya. Doğumla, binlerce "Merhaba hayat" diyen insan. Bir gün mutlaka vedalaşacağını bile bile cesur, bilinçsiz bir meydan okuyuşun var. Emelleriyle servetleriyle ve şehvetleriyle, iyi kötü niyetleriyle varlıklarını noktalayan, "Merkezi Kuvvet"e dönüşün, kurallarını okuyup yaşamadan, asi ve perişan bir gidişle yuvarlanacaksın Cehennem'e.

Ah, içimde kendisini her gün, biraz daha hisettiren boşluk. Sen nesin?.. Çılgınca yaşayan insanlara ne verdin? Istırab içinde kıvrananlardan neler çaldın?.. Safahat, debdebe ve sefalet arasındaki uçurumlara rağmen, soğanla ekmeğe huzur, Karun kadar zengin olanlara ıstırab varsa, nasıl anlaşılacaksın?.

Gönül zindanlarımın o aşılmaz sarp, karanlık duvarlarını yıkıp maneviyat ummanına açılmak istiyorum. İblisin o azgın dalgalarla pusulamı kırmak için fırtınalar kopartacağını bile bile geminin kaptan köşkündeyim. Vücut gemisinin tayfasını oluşturan bütün hücrelerine "Alabanda" diyorum. Bu benim için çok çetin bir meydan savaşı. Boğulmak, gemiyi sert bir kayaya çarparak parçalanmak, iri, azgın dalgaların arasında gömülmekte var. Çıktığım bu yolda, ufak tefek yaralar alarak Ahiret limanına ulaşmakta.

Yarabbi, çıktığım bu yolculukta vuslatımı hayırlı kıl. Amin.

AŞKA UYANMAK

İnsanlarda gördüğüm bütün aşklar ve sevgiler yalan. Yalan sevdalar adına yazılan şiirler. Bütün şarkılardaki duygular ruhsuzmuş meğer. Nice diller dökülerek yakılan türküler hissiz. Bütün merdivenlerin basamakları kırıkmış meğer, hep, aynı noktada kalmış feryadım. Mesafe ayrıntıları kaba, aşktaki mana, yürekte filizlenen sevgi, boyut tanımaz ötelerin perdesini araladığı an fark ediyor insan sahteyle gerçeği. Ben, şimdi aşığım Leylâ'ya hey!....

Gördüğü her güzel yüze nefsiyle bağlanan insan, yakınlık duygularını aşk zannediyor sadece. Yakalamak, onunla olmak, onda doyum noktasına ulaşmak arzusu bu.

Oysa, gerçek aşkta doyumsuzluk söz konusu. "Kavuştum" dedikçe aralanan mesafeler yüceltir sevdayı.. İçteki yangın büyür, nefis, gönül oyunları değil, eşyanın perde arkasını aralayan duygular hep Leylâ'sının ardından koşar, mesafeler aralandıkça sevda büyür aşılmaz olur. Ben âşığım.

Esrarlı gözlerin ufkumda tutma,
Gönlümde izleri kalıyor gibi.
Ben sevda tanımam Leylâ'dan başka,
Beni benden çekip alıyor gibi,
Esrarlı gözleri ufkumda tutma.

Istırap yumaklarını saran bir gönlü vardı şu an. Oturduğu masanın başından kalktı, usulca kapadı çıktığı odanın kapısını.

Hacer Hanım, heyecanlı bir gönülle karşıladı Bilâl'i. Gözlerinin derinliklerine baktı, havadisler bekliyordu ondan. Bakışları sığ, çehresi muzdarip ve uyku mahmurluğu vardı üzerinde.

– Okudun mu?

– Evet.

– Bunalımlı yazılardı değil mi?

– Bilmem, belki de onun dünyasına yabancı oluşumuzun bizde oluşturduğu sıkıntılardan ibaret vehimlerimiz.

– Daha açık konuş evladım. Sence de, bir aşkın sıkıntısı değil mi bunlar?

– Evet öyle. Çaplı bir aşkın serüvenleriydi onlar.

– Hep Leylâ'nın yüzünden.

Durgundu. Aşırı yorulmuş bir insanın hareketleri vardı üzerinde:

– Bence bu Leylâ dehşetli kuşatmış onu. Sezdiğim şu, Faruk'taki, sizin kuşkularınız gibi bir bunalım değil. Bu Leylâ belki de sizin tanıdığınız bir sima değil. Belki, hepimizin tanıdığı, fakat bir türlü yaklaşmaya cesaret edemediğimiz.

Yüzü korkulu bir hâl aldı Hacer Hanım'ın:

– Yoksa şu, Kurt İlyas denilen Mafya'nın kızı Leylâ mı?

Buruk, acı bir tebessüm belirdi gazetecinin çehresinde:

– Bilmem!..

– Bir de sen konuşsan diyorum Faruk'la. Hilâl de çözemedi.

– İyi ya konuşurum elbet.

Sırma'nın davetindeydi Faruk. Yeğenini sevdi, neşeli dakikalar geçirdiler. Yemek, çay, tam bir saadet anlarıydı yaşadıkları. Sırma bitmesini istemiyordu zamanın.

Melih Bey, oğlundan adres alıp, gizlice Ankara'ya uçtu. Dönünceye kadar Faruk ilgilenecekti işleriyle. Haraketli günler yaşadı aile.

Melih Bey, buruk döndü Ankara'dan. Dilek, kendisiyle gelmeyi istememişti.

Faruk, yine çalışmaları için çekilmişti odasına ve annesi "Telefon" diye seslendi. Hilâl'di telefondaki:

– Affedersin meşgul müydün?

– Çalışıyordum.

– Aramak geldi içimden de.

– İyi yaptın.

– Bir anlamsız sıkıntı var içimde, biraz dolaşsak diyordum.

– Nasıl bir dolaşmak, söyler misin?

– Korkma, romantik. Şöyle vapurla adalara doğru uzanmaya ne derdin?

– Kafandaki taşların oynamasından korkmuyorsan, mahsuru yok derim.

– Tamam, öyle olsun.

VAPUR

Marmara'nın suları bugün sakin. Vapur adalar istikametine çevirdi yönünü. Güverteye çıkmışlardı. Sakin bir köşe buldular kendilerine.

Kafasında bir soru işareti vardı Hilâl'in. Telefondan hemen sonra Bilâl çağırmıştı ve: "Konuşmalıyız" demişti ona. Hilâl beklemeyi göze alamamıştı:

– Akşam, yani dönüşten sonra konuşsak?

Zoraki bir "İyi ya" çıkmıştı ağabeyisinin ağzından. "Sen bilirsin" Yol boyu hep bu talebin, soru işaretlerini taşıdı kafasında. Unutmak için zorladı kendisini. Pek alışılmış bir istek değildi ağabeyisinin tavrından sezdikleri.

Faruk, bu dalgınlığın farkındaydı. Sulardan gözlerini çekip inceledi onu:

– Pek dalgınsın.

Toparlandı, gülümsemek için zorladı kendisini:

– Yo, öylesine işte.

– Sonradan pişman mı oldun? Demek geliyor içimden.

– Hayır isteyerek. Yalnız tam çıkarken Ağabeyim durdurdu ve "Konuşmamız lazım" dedi. Akşam olmaz mı? diye savuşturdum onu. Şimdi, merak etmekteyim. Acaba ne konuşacaktı diye.

– Kim bilir, belki de!..

Sözünü tamamlamasına müsade etmedi Hilâl:

– Yo, yanlış anlama hemen ağabeyim, aydın bir insan.

– Fakat, onun da inandığı yaşanmasını istediği bazı kurallar var. Mesela, birlikte çıkmamızın mahsurlu olduğunu düşünebilir.

– Sanmam. Ya sence, sence bu gibi çıkışlar mahsurlu mu?

– Evet. Mahsurlu.

– O hâlde neden kabullendin?

– Sabret, anlatayım. Biz çok aşina insanlar olduk birbirimize. Ateş ve barut olduğumuzu unutuk hep. Yanlış yaşadık, savunmak istemem hatalarımı. Sık sık kendime sorduğum olur. "Hangi değerleri kendimize kural bilerek yaşamaktayız?" Evet, kuralları olmalı hayatın.

Hilâl hemen itirazını yapıştırdı:

– Ben kurallara inanmam. Birtakım kemikleşmiş safsatalardır kurallar. İnsan hayatının önüne sebepsiz bırakılan engellerden ibaret onlar.

– Yanlış düşünmektesin. Ben kurallar derken, örften gelen anlamsız, içi boş birtakım safsataları kastetmedim. Hiç sevmediğim fiilleri yaparken, içinden yükselen sessiz bir çığlığın azametiyle sarsılmadın mı sen? Öfkene uyup, haksızlığına inanmadığın, başka birisini rencide eden ya da üzen bir fiili işlerken. Burukluk olmadı mı duygularında?

– Olmuştur. Bir ses bana "durup dinlemeliydin onu" diye haykırdı az önceye kadar.

– O sese, sık sık kulak vermelisin bence. Yanlışı, doğruyu mutlaka söyler. Fakat, biz yine bildiğimizi yaparız sonunda.

Çok hassas bir terazi yerleştirmiş İlahi kuvvet insanın kalbine.

Ona sorup hareket edenler, oraya kulak verenler müsterih bir vicdanla yaşarlar hep.

Sık sık, kendini sorgulamalısın. Sistemsiz, başı boş bir hayat tarzı, sahibine sıkıntıdır. Seninle uğraşmak lazım aslında, yalnız önce bir sır vermem gerekiyor. Anneme ya da babama bahsetmeyeceğin hakkında bana söz vermelisin. Çünkü, annem henüz hazır değil bunun için.

– Yemin ederim.

– Bir ateisttin yemini ne üzerinedir söyler misin?

Kızdı.

– Arkadaşız. Seni sevdiğim, el değmemiş duyguların adına yemin ederim.

Rengi uçtu morali bozuldu:

– Hilâl, şaşırtıyorsun beni sık sık.

– Neyse, unut duyduklarını ve sırrını aç.

– Ben aradığım o kimliği buldum.

– Meraklandım.

– Macerada, şöhret olmakta, zenginlikte, makamda aradığım sırrı buldum nihayet. Tırmanmak istediğim zirve, onların hiçbirisinde de değilmiş meğer. Hiç ilgi alanımda olmayan bir kavramla ulaştım ona.

– Sabrım tükendi, uzatmadan.

– Din. İnanç ve onun kurallarını rehber edinerek yaşamakmış. Manevi bir açlıkmış içimde dolmak bilmeyen o boşluk.

Sesi düştü, gözlerindeki ışıklar fersizleşti. Yüz hatlarında oluşan mimikler, umut yapraklarını döktü, hassas, hazin bir sesle tessürünü sunuyordu Faruk'a:

– Faruk, sen neler söylüyorsun öyle? Bizler aydın insanlarız.

– Evet, kural tanımayan, şekillenmemiş, kaosun karanlık girdaplarında çırpınan aydınlar. Kaderin ince çizgilerinin insan hayatın kuşattığının farkında olmadan yaşayan aydınlardan söz ediyorsun sanırım.

Affedersin, hayvanlar bile Allah'ın verdiği beynin hücrelerini yeterince kullanırlarken, entel şaşkınlar, içki kullanarak belleğini karıştırıp, onu düzensiz çalıştırmaya, uyuşturmaya yönelmekte.

Aramaktan korkan, itaatten kaçan isyancılar onlar. Şimdi sana sorsam "Kendini tanıyor musun". Henüz iskeletinle birlikte bir yük gibi taşıdığın vücudunu incelemek fırsatını verdin mi kendine hiç.

– İlk okuldan beri incelemekteyiz.

– Kendini tanıdın mı derken, yüzeysel bir tanımdan bahsetmiyorum. Vücuttaki o dehşet verici ihtişamı, akıllara durgunluk verecek sistemi, dimağın boyutlarının algılamak için yetersiz kaldığı cihazlarla donatılmış bedeni ve onun iç derinliklerini düşündün mü hiç? Binlerce cihazın sayısız organların görev yaptığı vücut fabrikasının plânını kim çizdi?..

Hissi, sevgiyi, duyguları, acıyı, sevinci, görmeyi, duymayı, konuşma yeteneğini kim verdi sana? Tesadüfler mi?

Ateisttim demekle bitiyor mu her şey?

– Üfff, inanmıyorum dedim işte. Rahatsız etmekte beni bu tür konuşmalar.

– Rahatsız olacaksın biraz ve kendini aşacaksın böylelikle.

Kanadı kırık tecessüsler yaşıyor, siyah bebeklerde tedirginlik, ürpertili pırıltılar yansıyor, sık sık, sözü başka ufuklara çekmek için çırpınsa da başaramıyor bunu.

Etkileyici bir bakış, benliğini kuşatan, onu, esiri eden sesler büyüleyerek tutuyor karşısında. Biraz daha duygusal ve romantik konuşuyor, gözlerinin derinliklerine bakıp:

– Ben susuzmuşum meğer beni yakan bir aşk için güzel kız. İşte, sırf bu yüzden dudaklarım çatlak çatlak. Yıllar var ki hep, o gizemli sırrın esrarını çözmek için peşinden koştum, o yüzden nefesim alev alev.

Yanlış adreslerde dolaştım bilmeden, işte o yüzden yorgun gibiyim. Hep horladılar beni, fikir bilmezler, duymazdan geldiler feryadlarımı, işte, bu yüzden sesim boğuk.

Ben susuzmuşum yıllardır sevgiye, bilgiye ve aşka. Gönlümde daha yeni yeni soluklanan goncalanan, dürüm dürüm secde çiçeklerine. Susuzum, kınama beni, deli dediler, gözlerimin içine manidar baktılar hep. Sinsi sinsi, doktorlar getirip, müşahede altında tuttular. Yüzüme "Delisin" demeseler bile, gizlice yaptılar bunu. Ve seni taktılar peşime girdiği bunalımdan çıksın diye. Düşüncelerimi başka iklimlere çekmeni istediler senden. İlaç diye sundular seni bana. "Ne yapsan mübahtır" dediler öğütlerken. Oysa, herkesin benim gibi delirmeye ihtiyacının olduğunu hiç ama hiç düşünmediler.

Namus, iffet, kavramlarını incelemediler sana görev verirlerken. Evcilik oynamamıza bile göz yumdular.

Kurtuluş istiyorsan, kafandaki duvarları ördüğün taşlar yerinden oynamaya başlamışsa, sorma fazlasını.. Adanmış bir can gibi takıl peşime. Bunun adına aşk de, kurtuluş de, istersen delilik de, ne fark eder?..

Yaşadığımızı zannederek eskittiğimiz senelerden intikam alalım seninle, var mısın?..

Gelir misin benimle ha?.

Aptalsı ve bön baktı gözlerine. Alınmış, incinmişti biraz:

– Demek beni bir piyon olarak gönderdiler sana, öyle mi?..

– Onların dünyasında bunun ne anlamı var? Sen de yeni fark etmiş gibi rahatsızlık duydun.

Mefluç bir gölge gibi hareketsizdi. Küskün bir hayranlık vardı önce gözlerinde. Ona belki de beklediği yollardan ulaşamamış olmanın, zafiyetiyle anlayamamıştı görevinin anlamını.

İncinmiş, horlanmış, yıpranmış bir yüreği vardı. Yufkalaşmış, incelmiş duygularla gözlerine bakarken, onu kucaklayan, değer veren hisleri, hayranlık duygularını süsleyip, buğulu pırıltıların kanatlarına yükleyerek yola çıkarmek üzereydi.

Kirpiklerinden yanaklarına sessizce yuvarlandı gözyaşları. Uyuşmuş, sadece toplamaya çalıştığı gücüyle, onu dinliyordu:

– Ruhundan maneviyata açabileceğin küçük bir pencere, damarlarında akan kanın, en karanlık en ücra mevkilerine keskin uçlu ışıklarla taşıyacak ve akışındaki ahenk bile değişecek.

Sertleşen, kanatlaşan kalbin potasında kan, damarlarında yeni bir biçime, bir şuura dönüşerek akacak. Hayatın manasını fısıldayacak sana. İşte o İlahi sezişler içinde benliğine kavuşacaksın, gel.

İdeal dipsiz çilelerin, hummalı dağların, esrarengiz girdaplarında saklı.. Hakikat diye seçtiğin yol, seni istikbale taşıdığını sandığın çılgınlıklar. Köksüz, dalsız budaksız ve seviyesizlikler zincirine takılmış bir muhâl olmaktan kendini kurtar ve gel.

Duygular, artık ayrı istasyonlarda bekliyordu. Lokomotifin güzergâhı aynı ve raylar aynı. Yolculuk, başlangıçtan sona, aynı demir çubukların üzerinden geçiyordu. Fakat, his iklimleri, manzara ve dekorlar artık çok farklı.. Zevk güdüsü, haz alma mıntıkasındaki seçiş ve kendisine doğru çekiş gücü, farklı şeyleri ayırıp benimsiyordu. Damak tadında, başka başka listeler sunmakta düşünceler.

Farkında olmadan hırçınlaştı. Sesi düşük bir tondaydı fakat, susturucu takarak boğmaya çalıştığı öfke, itirazının ayrıntılarını veriyordu:

– Başkalarının beklentilerine göre yaşamayı hiç düşünmedim. Bunu söylemiştim daha önce. Sen, hayranlık duyduğun hislerinle bütünleştiğin bir sevgili değil, onu arzularına göre hareket ettirebileceğin bir kukla aramaktasın hâlâ. Bu bir kişilik eksikliği olur. Onur kırıcı bir istek bu.

– O hâlde sen kendi seçeneklerine göre yaşayacaksın demektir.

– Bu benim en tabiî hakkım.

– Bu hakkı kullanmaya kalkan insan, ideal sahibi olmalı.

– Doğru.

– Ne gibi bir yol çizdin kendine, anlatsana, hangi ideale göre yaşayacaksın?

– Şey, henüz şekillenmemiş bir olgu bu.

– Beni sevdiğini söylemektesin sık sık.

– Evet, bu doğru, fakat hep sonu hüsranla, ıstırapla biten tek taraflı yaşama mücadelesi veren bir aşktı bu. Ne yazık ki şu açıklamanla yollarımız ayrılır.

– Dediğim gibi yaşasan? Kim bilir, duygularım mahremiyetini aşar, bir bütünü oluştururduk ikimiz.

İçli bir sesi vardı, yeis sinmişti bakışlarına:

– Mert, cesur, kavgacı menfaatlerden yararlanmak istemeyen karakterde bir insansın. Bunlar güzel vasıflar. Fakat, aşktan yana duyarsızsın. Aşk için başlangıç bile, şartlı sende.

Diskolarda ve danslarda duyguların imtihanını veremediler. Hislerimin beklentilerinden ürktün hep. Dokunamadın bile bana. Sevginin tezahürü dokunmaktır. Sen, Leylâ'ya aşıktın yalan mı? Ona da dokunamadın. Aslında duyguların körelmiş senin. Sevgin bir yalan bence.

Daha fazla konuşamadı ve ağladı. Faruk, müsterih bir gönülle dinlemişti Hilâl'i. Duyduklarına üzülmesine rağmen, âdeta bedbinliğini ondan gizleyebilmek için çırpınıyordu. Gözlerindeki anlamlı pırıltılar, yüreğindeki yaralı duygulardan ip uçları vermeye başlamıştı. Dudaklarında geliştirmeye çalıştığı yapmacık tebessüm bile buruktu. Az önce duyduğu sözler, gururuna saplanmış birer hançer niteliği taşıyordu:

Sevgim günahım değil ki. Onlar, başkasına zarar vermeyen hislerim ve temayüllerimden ibaretti. Hayaller mücerret oluşundan masumiyeti vardır, sınırını aşmadıkca. Ben, onu yaptım çizgiyi aşmamak. Müşahhaslaşan aşklara nefisler hakimdir. Açlığını giderince, aşk farkında olmadan belli ölçülerde fire verir ve erir. Bir şeyler kaybeder varlığından. Helâl çizgisine çekilmeyen aşklardan bahsetmektesin sen. Oysa ben daha az günaha yol açan plotonik aşklardan yanayım.

Işık hüzmelerinin camı delip geçtiği gibi. Zararsız, nifaksız ve fitnesiz, günaha varmadan.Sevgiyi, el değemedik duyguların mahremiyetinde yeşertmek.

Dokununca, çiçekler pörsür ve incinirler. El değmeden ve onları pörsütmeden, hayata küstürmeden seyretmek. Ara yerde duran yasak çizgisini yıkmadan.

Benim anladığım aşk, sizin tarif ettiğinizden farklı.. Dokunduğun vakit tılsımı bozulur aşkın. Çünkü, saf, temiz ve berrak, bulandırılmamış duyguların tezahüründen ibarettir aşk. Gözlerdeki sihrin nihai derinlik kazandığı anlarda, ayrı, apayrı bir lisanla konuşabilmektir aşk.

Sahip olduğun anlarda ürken, nefsinle, şehvet hisleriyle hakim olduğunda eriyen, küçülen, hatta lisanın ifadesi araya girdiği anlarda bile basitleşen, el değmedik duyguların, kendi lisanıyla gönüllere en işveli nakışlar dökerek ulvileşen, mücerret bir olgudan ibarettir aşk.

Efsunlu bakışlarıyla oyalıyordu Hilâl'i. Genç kız, sıkıntılı fakat efsanevi duyguların kuşatması altında bekliyordu.

Uyuşuk, uysal ve aptalsı. Aynı hassasiyetle sürdürdü konuşmasını. Etkilemek istiyordu onu:

– İslam'ın aşka açtığı pencere lekesiz ve berrak. Dikenlerin arasından güller toplayacaksın. Fakat, ellerin kanamayacak. Aşk kandan ürperir, kaçar. Kor dağlarını çıplak ayaklarınla aşacaksın, kutsi bir vuslat için, çile çekeceksin, duygularına gem vuracaksın, sakıncalı olduğu vakitlerde, dizginlere asılmak için. Aşk gocunmayacak. Ateşten kaçar gibi, haramlardan kaçacaksın.

Dudakları büzüştü birden hıçkırmamak için zor tuttu kendisini. Fazla sıkmıştı anlaşılan, sinirleri inadına gergindi bu yüzden. Hezeyan ileri noktalara vardığı anlarda, şuur etkilenir. İşte şu an, o durumdaydı Hilâl'in çırpınışları.

Konuşurken dudakları seğriyor kirpikleri boşalmasını istemediği sağanakların önlerini açıyordu yeniden.

– Söyler misin bana, yıllarca, gericiler, yobazlar, naralar attığımız, hakir görüp cehâletle, örümcek kafalılıkla suçladığımız insanların safina mı katmak istemektesin beni?..

O, kadına hak tanımayan zihniyetin, dünyasına davet etmektesin beni. İşte, şimdi ben de inandım ki sen bunalımdasın.

– Hayır, inananlara göre değil bu söz.

Biraz sert konuşmuştu, farkına varıp sesini oldukça düşürdü:

– Bu sadece ışığa bakamayanların, basit bir ifadesi. İffet, şeref ve onur gibi insanlığın, müşterek vicdan arzusunu haykırmaya çağırıyor din. Din, aslında ilginç bir noktaya doğru çekmekte insanı.

Şahsiyetini bulmaya, özüne kavuşmaya, kendisini sorgulamaya, bedenini şehvet azmanlarının yemi hâline getirmemeye, Yaratıcısına itaat etmeye, doğruluğa, dürütlüğe, ahlâklı yaşamaya çağırıyor din.

Hayatını ve kendini sorgulamaktan korkmuyorsan kızmayacaksın. Hak veriyorum sana, fakat unutma ki her düşünce biraz semavidir.

Hatta, inkarcılık, isyan bile. İnsan birşeyden korktuğu onu anlayamadığı anlarda kendisine başka bir sığınak, başka bir yöneliş, değişik bir istikamet arar.

Tıpkı şu korkaklar ve kaçaklar çağının, gerçeklerden ürperti duyan sahte aydınları gibi.

Her fikir biraz Kur'an biraz Tevrat biraz İncil. Katkılardan süzülmüş, ilahi vechesiyle İlham olunur gönüllere.

Kaynağından içildiğinde duru o nefis, gönülleri dolduran berraklığı ile insanları birleştirir, barıştırır ve uzlaştırır. Sonra, iblis uzatır karanlıklardan, uğursuz ellerini ara yere, sinsi bir sihir ile, insanların dünyasını, aklını karıştırır. Fitne sokar araya. Ve, İlahî kitaplardaki ulvi emirlerle oynamaya başlar, tahrif eder inançları.

Beynindeki fikir duvarının tuğlaları oynamıştı yine. Geçmişin de titizlikle ördüğü duvarların çatırtılarının, korkunç seslerini duymaya başlamıştı şu an:

– Söyler misin bana, bütün aydın bildiğim insanların kaçtığı ve senin ayyuka çıkardığın İslamiyet nedir?

Gözlerine anlamlı bir ziyarette bulundu. Aptallaşmamıştı, fakat, anlatılanları hiç anlamamış gibi soruyordu hâlâ:

– Kız evlatlarını diri diri gömen, cahiliye devrinden ve kocası ölen kadınların canlı canlı yakan korkunç bir zihniyetten, esir pazarlarında ayak bileklerinde prangalar, boynunda tasmalarla satılan kadınların, kurtuluş müjdesidir İslâmiyet. İnsana kıymet veren sınıfsız toplumların, hakça yaşamasının teminatıdır islâmiyet.

Öfkeyi tırmandıran bir eda içinde çalkalandı ve kısık bir sesle isyan etti:

– Ben sana inançsızım dedim.

– İnkâr etmek meselelerin hiçbir zaman hâlli değil. Araştır bence kendini tanımaya çalış biraz.

Sen istemesen üzerini küllendirmeye çalışsan bile o hissi Yaratıcı insanın kalbine koymuş bir kere. İnsan, Yaratıcısının varlığını hissetmese aramazdı. ilkel insanlar bile basit yöntemlerle Yaratıcısını aramış. Aya, yıldıza, güneşe ve ateşe tapmış..

Arayacaksın. "Yok" diyenler bile varlığının azametini hissettikleri için inkar etmekteler. Olmayan bir şey tartışılmaz çünkü.

Yer, gök, yıldızlar, gezegenler, henüz ışığı dünyamıza yetişmeyen sistemler. Gece, gündüz, yağmur, kar birbirini itina ile takip eden mevsimler görevini aksatmadan sürdürmekte. Etrafında dönen bu ürpertici gerçekleri, âdeta tesadüflerin eline bırakacak kadar zekasız değilsin sen.

– Ben ilmi inkâr etmiyorum.

– Kimin bu ilim?.. Kim yaptı ve kim yönetmekte bunları. Başı boş mu her şey?

Bunaldı gözleri parladı:

– Faruk, yeter ne olur. Kafamdaki taşları oynattın yine. Çok rahatsız oldum kapatsan da değişik şeyler konuşsak biraz.

– Sen istedin bunları konuşmayı.

– Lüfen ne olur başka zamana bırak biraz da.

– Tamam tamam.

Yumuşadı, derin bir nefes aldı ıstıraplı bir yüzle sordu:

– Neden beni seçtin bunları anlatmak için?

– Tabiî sebebi var bunun. Birincisi sık sık görüşüyoruz seninle, İnancımın kurallarına göre doğru değil bu beraberlikler. Elini uzatıyorsun "Leylâ"nın kuralı " diyorum. Odama girdiğinde "Kapıyı açık bırak" diyorum, alınıyorsun.

Şaşırdı inanamadı duyduklarına:

– Yoksa Leylâ?..

Kafasını hafifçe önüne yıktı, yutkundu.

Bilâl, Faruk'un notlarını karıştırdıktan sonra, üstü kapalı sözler ederek ayrılmıştı Hacer Hanım'dan. Kafasındaki düşünce sarayının duvarları sarsılmıştı incelerken.

Yazısını hazırladı çardakta oturup bekledi, vakti öldürmek için çırpındı. Hilâl'in dönüşünü bekliyordu.

Onun için endişelenmeye başlamıştı. Bilâl'e göre, kardeşinin gönlü sabırsız bir vuslat anlayışı içinde çırpınmaktaydı.. Ona göre Hilâl yanlış bir adresteydi şu an.

Hilâl havai maceraperest ve inançsız. Ya Faruk?.. Tam zıd anlaşmaz fikirlerin ikilisiydi onlar.

Yakın bir akşamın hüznü vardı gökyüzünde. Komşu villanın bahçesinden girdiklerini fark etti bir an. Bahçede kısa bir konuşmanın ardından Hilâl, kendi bahçelerine açılan küçük kapıdan yorgun adımlarla girdi. Ağabeyisini fark etti, kararsız bir duraklama geçirdi, sonra yönünü çardağa çevirdi.

Bilâl, soğuk kanlı bir eda içinde bekledi kardeşini. Yorgunluğu, hatta hafif bozuk morali çekti dikkatini. Hilâl, karşısına oturdu:

– Affedersin abi. Acele çıkışım yüzünden dinleyememiştim seni. Sanırım önemli bir konu olmalı.

– Hı, hı oldukça.

Boğazın suları bir başka görünümde olur bu saatlerde. Beyaz incilerden, itina ile örülmüş gerdanlıklarını takınmış, gözleri kamaştırıyordu seyrederken.

İki kardeş boğazın sularını karşılarına alacak şekilde oturmuşlardı. İkisi de bir müddet aynı manzaranın üzerinde, duygusal beklemişlerdi. Neden sonra Hilâl sabrını tüketip, mahmur gözlerini Bilâl'in üzerine çekti:

– Evet, seni dinliyorum.

Müşfik, dost bir ses kuşattı havayı:

– Senin için bazı endişelerim var.

Gecenin göklerinde, ışıkları sönmüş yıldızları andırıyordu gözleri. Bir demet hayret vardı dudaklarında:

– Anlamadım?

– Sonu hüsranlı bitecek bir yola girdiğini sezmekteyim.

– Daha açık konuş lütfen.

– Geçen gün annesi çağırdı. Bir sendrom hâline gelmiş aile de meseleler. Sonunda, seni de alet ettiler. Ve benim endişem, senin tutkulu oluşun ona.

– Endişeni anlayamadım.

– Yollarınız çok ayrı. Uçurumlaşmış fikirlerin insanlarısınız. Herkes yaşadığı hayatı, kafasında yer eden bir gaye üzerine bina eder. Faruk, dünyasını taviz tanımayan, katı kurallarıyla birlikte, belirsizlik ifade eden bir Leylâ üzerine kurmuş.

Arzularınız, yönelişleriniz, hatta, hayalleriniz bile farklı ve tezat içinde.

Sen inançsız, ateist bir kızsın. Onunsa, senin dünyana maydan okuyan mukaddesleri var. İkiniz, aynı yapının taşları değilsiniz.

Sonunda seni hayata küstürecek, dehşetli bir hüsran beklemekte. Yol yakınken vazgeçmeni istiyecektim senden.

Hayretini, âdeta bir saygı demeti gibi sundu ağabeyisine ve ona gülümsedi:

– Abi, sen onu tenkit edeyim derken bile övüyorsun aslında.

– Ben onu yermiyorum, aranızdaki uçurumların korkuç boyutlarına düşünceni çekmek istiyorum.

– Yuvanın bozuluşundan dolayı ona hiç kızmıyor musun?

– Hayır, o dostça bir taraf tutuştu. Benim de belli ölçülerde bir namus anlayışım vardı elbet.

Durgunlaştı:

– Ne tuhaf, ikinizin de sayısız denilecek kadar benzer yanlarınız var.

– Gerçekler iki yüzlü değillerdir.

– Skandal sayılacak bir kız kardeşi çıktı ortaya, onu da gördün mü?

– Evet, gördüm. Ama biraz uzaktan.

İhtihzalı bir kahkaha savurdu:

– Ay, onu da sana alsak bari. Hah hah hah haaa!....

Bilâl'in sert ikazından sonra elini ağzına kapadı.

– Hilâl!..

Bilâl tecrübeli, sezişleri kuvvetli bir insandı. Hilâl, dış dünyasına hissiyatlarını aşırı bir şekilde sezdirmeye başlamıştı.

Arzuları, yönelişleri, bütün hissiyatı hatta, rüyaları, çırpınışları, tutsağı olduğu bütün hummalarıyla aşıktı ona.

Son günlerde ziyaretlerini daha da artırmıştı.. Tuhaf olan onu hem seviyor, hem de sorularıyla bunaltıyor, münakaşaları, kavgalara dönüşüyordu sık sık. Aslında gizli bir safa çekme mücadelesi vardı ikisinin de inatlaşmalarında.

Gece uyuyamamıştı.. Uykuyu iyice arzettiği bir anda, düşüncelerinden sıyrılıp kapadı gözlerini.

Bir ses lahuti bir eda içinde yayılıyordu gecenin mefluç atmosferine.

– Boyacı!.. Boyacı!.. Boyacıı!..

Önce, sinirlendi sonra usulca yatağının içinde oturup, sesi dinledi:

– Boyacı!.. Boyacı!.. Boyacı!..

İnadına içli, hassas ve dokunaklı. Ağlamaklı, insanın dikkat kesilince duygularını parçalayan, akla, gelmedik sorular soran bir ses.

– Boyacı!....

Faruk'u düşündü. Onu etkisi altına almıştı bu ses. Bir şiiri bir şairin arayışlarını sezmişti bu sesin derinliklerinde.

Hilâl'e ip uçları vermişti anlatırken "Bak, işte bu şiir, bir kadın için yazılmış olamaz. Bu olsa olsa kalplerin sahibine sunulan berrak, içli bir dilekçe" demişti, Faruk.

Yatağından kalkıp salondaki kütüphanenin karşısına geçti. Işığı yakıp bir şiir kitabı aradı oradan. Aynı duygularla okumak ve yorumlamak istiyordu o da.

Kitabı bulup ışığı söndürdü. Sessiz, bir el yordamı yürüyüşüyle geçti odasına.

Şiiri mırıldanırken, dünyaya yeni yeni gülümseyen, el değmedik taze bir fecrin mahmurluğu vardı gözlerinde:

"Bütün sevgileri atıp içimden.

Varlığımı yalnız ona verdim ben

El verir ki birgün bana derinden.

Tâ derinden birgün bana" gel" desin."

Boğazın eteklerinde alacalanmışlığı boğan berrak, lekesiz bir aydınlık belirdi.

Kıyılara demir atan ihtişamlı yolcu vapurlarının, renkli ışıkları, sokak lambalarının yere inmiş yıldızlar gibi, suların üzerine salkım saçak pırıltılar yansıtması, şuh bir dekor oluşturmuştu Boğaz'ın sularında.

Bu gece Faruk da bahçelerindeki çardaktan seyrediyordu Boğaz'ı. Kitap getirmişti yanısıra ve semaveri kaynatmıştı. Romantik bir görüntü oluşturuyordu bu hâliyle. İlerideki, manzara kaptırmıştı kendisini, gözleri, derin bir uyku mahmurluğunda.

Evlerinde Hayal Sokağı'n toplantısı vardı.. Ve o, bu gibi kalabalıklardan sıkılıyor, köşe bucak kaçıyordu. Ortalarda kimseler yoktu. Villanın bütün ışıkları yanıyordu. Sesler geliyordu kulaklarına. Anlamsız ve rahatsız edici gürültüler hâlinde.

İnadına dalgındı şu an ve Hilâl çekingen adımlarla sokuluyordu çardağa.

Arkası villaya dönük oturmuştu. Boğazın sularına bırakmıştı esrarlı bakışlarını yine.

Gelişini hissetmeyişini anlamıştı. Bir müddet içli duygularla bekledi arkasında. Daha fazla sabredemedi. Elini ağzına kapayıp sesine susturucu taktı, boğuk bir öksürüğün.

– Öhü!..

Bu ses, dikkatini toplamasını istiyordu ondan. Hafifçe sıçradı toparlandı ve başını usulca sesin geldiği istikamete çevirdi. Gözgöze gelmişlerdi Hilâl'le.

Ay ışıklı gecenin kraliçeleştirdiği masum yüzde, saklamaya çalışsa bile kederin izleri vardı. Hazin bir ses tonuyla mahcubiyetini mırıldandı:

– Rahatsız etmiyorum ya?

Derin bir "ah" vardı yine dudaklarında:

– Canım seninle münakaşa etmek istemiyordu bugün.

– Etmeyiz, konuşuruz biraz.

Gönülsüz bir daveti vardı:

– İyi ya, otur şöyle.

Çekinerek oturdu karşısına ve villaya döndü yüzünü.

– Bugün parti var bizde. Dans, caz, içki kumar, debdebe. Ne istersen. Bir ateist için bulunmaz bir firsat. Neden burayı tercih ettin şaşırdım.

– Bilmem, ben de hoşlanmıyorum artık. Anlamsız gelmeye başladı işte. Seninle münakaşa etmek, gaipleri deşelemek, görünmeyen ufuklara uzanmak geldi içimden. El yordamıyla bile olsa.

– Sen o düşüncenin insanısın. Herkes benimsediği yerlerde bulunur genellikle.

– Başım ağrıyor benim de. Moralim bozuk.

– İçte yangılı bir hâl olursa, baş ağrılarla gezer hep.

– Ağabeyim sorguladı.

– Ne vakit?

– Birkaç gün öncesi. Adalar gezisinden döner dönmez.

– Konu.

– Seninle aramızdaki gönül bağı hakkında. "Sen tutkulusun dedi. Fakat, aranızdaki fikir ayrılıklarının uçurumları hiç farkında olmadan yutar seni" İşte böyle söyledi bana.

Biraz daha hassastlaştı, gözlerine bakarken:

– Sahi fikir ayrılıkları aşkı engeller mi sence de?

Şaşırdı:

– Hilâl, sen nelerden bahsediyorsun yine?

– Doğrulardan.

– Biz sadece iki arkadaştık hani? Aşka inanmadığını söylemiştin bana.

– Hislerim o duvarları çoktan yıkmış.

Endişelendi:

– Çok zamansız bu. Ağabeyin doğru tahlil etmiş bence. Sen bir ateistsin. Bense inançlarıyla sermest olabilmek için çırpınışlar veren henüz yolunun başında olan biri. Gönlümün kapılarını açtım sana. Bütün gayretlerim sonuçsuz kaldı. Tahliller menfi. Benimsediğim hayata hiç olumlu yaklaşamadın. Bense, o limanın gemiyisim, yükümü oradan alır, ihtiyaç olan yerlere boşaltırım. Sen o ticareti reddettin hep.

– Gerçeklerin karşısında susmak bir ihanet değil mi sence?

– Elbette.

– Güzellik yarışmasına uzanan yolumdaki engel, diskoların terki, daha bir sürü arzularıma çektiğin set ve benim bunlara suskunluğum. Beni gölgen durumuna getiren sebepler, bunların hepsi de o efsane sevdanın gücü değil mi sence?. Ve ben şimdi aşığım sana.

Ne tuhaf değil mi, bu itirafım. Dudaklarımı dayadığım pınarın bana su vermeyeceğini bile bile, o susuz çeşmede bekleyip yanmayı tercih etmek? Ben sana, sen Leylâ'ya!..

Aslında seni düşünmek bile istemiyorum, ne var ki inan elimde değil artık bu. İş işten çoktan geçmiş. Uykunun bile kilit vuramadığı beynimi, aç bir sünger gibi içtin. Ve çaresizim ben şimdi.

Faruk beyninin bütün katılıklarını yontmak istercesine anlamlı baktı Hilâl'in gözlerine:

– Sen, kuytu fark edilmeyen gözterişsiz bir bahçenin sanatını teşhir etmesini istemediği mevkiinde açan, nadir çiçekler gibisin. El değmemiş pörsütülmemiş. Kendine saygın var her şeyden önce. Onurun, farkında olmasan bile iyi bir namus anlayışın var. Ne var ki, sen de etrafımızdaki hayat tarzının bir kurbanısın. Bir inanç kuraklığının çölünde can vermektesin.

Önce hayallerinde geliştirip, ufkunu süslemeye çalıştığın o yalancı şafakların astarını yırt ve gönül işlerini daha sonra konuşmalısın bence.

Gözleri parladı, mahmurluğu ürküttü o keskin pırıltıların hüzün bulutlarının örttüğü bebekler buharlandı daha sonra. Hazin, ağlamaklı, içli bir sesle ifadeye çalıştı duygularını:

– Reddetme hemen. Biraz konuşsak. Sorularım vardı sana.

– İyi ya dinliyorum.

– Dün seni takipteydim.

– Dedektifliğe mi başladın?

– Sorularım var demiştim. Sık sık kesmesene sözümü.

– Tamam tamam, kızma hemen.

– Ağabeyim yazdığın notları karıştırmış. Odanın anahtarını üzerinde unutmuşsun. Annen çağırmış onu.

– Yazdıklarım sır değil ki?

– Kızmadın demek?

– Hayır. Annemin bazı kuşkularını gidermesine yardımcı oluyorum böylelikle.

– Ağabeyim bütün dünyanı Leylâ üzerine kurduğunu söyledi.

– Bunların hepsi de birer gerçek.

– Şiirlerin, yazdıkların?

– Evet.

– Ne özelliği var Leylâ'nın? Herkes benim ondan çok daha güzel olduğumu söylemekte.

– Doğru.

– Yani, beni de beğeniyor musun?

– Bunu çok söylemişimdir sana. Kastettiğin Leylâ'dan çok güzelsin sen.

– Şaşırtıyorsun beni.

– Etrafındakilerle kıyaslanmayacak kadar güzelsin. Oldu mu?

Sevindi:

– O hâlde?

– Sorularına geç.

Gözlerini sildi.

– Bana aşkı tarif etsene.

– Hay Allah. Yine türkülerin.

Islak gözlerle gülümsedi:

– Armut üstüne.

– Aşk, sevgi ve fazilettir. Feragattir. Berrak, katıksız, lekesiz, art niyetsiz bir hulusa ermektir. Bütünleşmek, ondan bir parça hâline gelebilmenin vuslat çırpınışlarıdır.

Önce ılık bir iklim başlar gönüllerde. Tıpkı kışı yeryüzünden silen enfes baharlar gibi. Duygular pervaneleşmeye başlar, ateşin etrafında dönmeye başlayan kelebeklere benzer hülyalar. Yürek, ulvî bir aşka düşürmüştür artık yolunu. Onunla musikileşir bütün duygular, sonra insanın damarlarındaki kanıyla dolaşır.

Hilâl sıkıldı terledi, hicap çiçekleri açtı yanaklarında, Faruk'un sözünü kesti sabırsızca:

– Benimki tam anlattığın gibi işte.

Gülümsedi şefkatin, biraz daha müşfikleştirdiği hislerle baktı gözlerine ve kaldığı yerden, aynı hassasiyetle devam etti:

– Dolaşım ulvileşir, olgunlaşır kemali aşka bağlar kendisini. İşte o vakitlerde sahteden gerçeğe kavuşur sevda. Gerçek aşkla tanışır.

– Evet, tıpkı benim duygularım gibi.

– Bunlar benim dünyamın aşkı Hilâl. İlahi bir sevdadan bahsettim hep.

Huzursuz bir gönlü vardı, şefkata muhtaç bir çocuk gibi. Huysuzlandı, dudaklarını gevdi. Gözleri ıslaktı şu an, tıpkı gönül iklimleri gibi.

– Yalnız kalmaktan, terk edilmekten korkuyorum. Vehmimi körükleyen, duygularımı tahakkümü altına alan şey sadece seni yitirmemden de değil. Onda ihanetin ürpertileri var.

– Hilâl hani soruların vardı? Beni takip ettiğinden söz açmıştın biraz önce?

Hıçkırıklarını engellemek için zorlandı. Sesi inadına titrek ve huzursuzdu:

– Hı hı. Eyüb Sultan Camii. O kadar kalabalıktı ki oralar. Dışarıda kıldın namazı. Sonra, ellerini açtın herkesle birlikte. Sanki sen oradakilerden daha farklı bir huşu içindeydin. Dudakların kıpırdarken, kendinden geçmiştin.

Bunları, çekilip seyrettiğim köşeden görebiliyordum. Neler yapıyordun öyle? Eğilip alnını yere yapıştırıp. O, herkesin kirli ayaklarıyla bastığı yere. Bunlar tuhaf şeyler değil miydi sence? Sen ki gururlu bir insansın. Görmediğin, inandığın bir kuvvet için gururunu hiçe sayıp kapanıyordun yere.

Bunu cahiller, gerici dediğimiz insanlar yapar, biliyorsun.

Kızmamıştı ona, yüzüne bakıp acı acı gülümsedi.

– Evet, yaşadığımız hayat bize sadece kibri, eğilmemeyi öğretti. Tahayyüllerimizin, ihtiraslarımızın dışında kalan her şey ehemmiyetsizlik ifadesiydi elbet. Bak, şu an bizim evdeki debdebeyi bırakıp bir tercihle geldin buraya. Senin ilgi alanın dışında bıraktığın Din de, aynen benim için öyle. Günahlardan kaçıp, Ona yaklaşmak.

Buraya gelirken bir idealin vardı. Düşüncelerin seni alıp buraya getirdi. İşte öyle düşün her defasında reddetmeye çalıştığın dünyamı.

Aksi hâlde bir fikir, düşünce kısırlığı, ufkun darlığından ibaret olur davranışların.

Manevi değerlerle techiz edilmiş bir bünyenin, zirveye kanatlandıramayacağı hiçbir ideal yoktur.

Tıpkı ben de senin gibi düşünüyordum önceleri. Anlamsız buluyordum. Gururum benden eğilmememi istemişti. Secdeye varışıma kolay izin vermemişti ilk gün. Terler dökmüştüm sıkıntımdan. Görünmeyen bir el tutuyordu beni ve "Dur yapma, bunlar asılsız şeyler" diye haykırıyor, secdemi engelliyordu. İblis bütün gücüyle kıskıvrak bağlamıştı vücudumu. Başka bir güç galip geldi o an. Sıkıntılar içinde eğildim önce ve vücuduma vurulan zincirleri parçaladım acımadan yanılmıyorum değişik bir hâlet'i ruhiye içimdeydim o an. Anlatamayacağım kadar soyut. Şiirsel anlatılması zor. Huzura durduğun ilk an, bütün duygular çırpınır, âdeta bir kaosu yaşar beyin. Ortalık birden karışır, hisler alabora olur birden. Manzara başka bir hüviyete bürünür, ilk meydan muharebesine başlayan yürek, zafer için sabırsızlanır.

Kendini, kendine yadırgılaştıran, anlamsız bir his örgüsü kuşatır benliğini. Dehşetli bir mücadelenin peşinden, teslim olursun farkında bile olmadan.

Âdeta, bir belirsizlik iklimini yaşar insan, bilinç altına kadar pençesini atan bir değişiklik özlemini duyarsın, fakat şekil almamış.

Sonra, gönül Mabudunu tanır. Yavaş yavaş ibadet, anlam kazanmaya başlar. İşte o, sayısız ayakların inip kalktığı zemine baş Yaratıcısına secde için kapınır. Sonra, anlarsın ki o hâl erdemlilik kazandırmaya başlamış kula. Bir de, başını kaldırır bakarsın ki alnın kapandığı yerde çiçekler açmış. Seçde çiçekleri.

Sonra, ellerini duaların kıblesi olan göklere açarsın. Dualar o denli etkilidir ki, gök gubbenin ihtişamlı bir gürültüyle parçalanıp avuçlarına döküldüğünü sanırsın.

Rüzgârların dudaklarında dolaşan rayihâlar gibidir dualar. Cennet bahçesinde hissedersin kendini nefes alırken. Yıldız yağmurları gibi dökülür avuçlarına insanın, sonra, o parlak yıldızların keskin ışıklarının kanatlarına yüklenir dileklerin ve Kainat'ın sahibine sinilir. Gönüllerin, Yaratıcısına bağlandığı en kutlu anlarını yaşar insanlar "Rabbim, sana sığındım" derken.

Aslında, hiçbir mukaddesi olmayan insanların, kof bir çağdaşlık anlayışı içinde muhâle yolculuk etmeleri üzer inananları. Tıpkı şu anda bizim evde çılgınlaşan isyancı muhâle teslim olmuş insanlar gibi.

Onlar sence de Lokomotifinden kopmuş ruhsuz, enerjisiz vagonların çerisizliklerini yansıtmıyorlar mı?

Bir kaypaklık, bir ufuksuzluk, bir cehâlet ifadesi değil mi bu yaşayış?..

İnanç, yaratıcıya doğru bir kanatlanış, gönül, en doğru adrese götüren yolları seçip, merkeze taşımak, olumsuz yönelişlerden onu tecride bağlamaktır.

Arayışını sadece tek yönlü sürdüren, hatta, hiç aramak düşüncesinde olmayan insanların, basit bir kopyası gibi olmamalısın.

Fare, gül bahçesinde işkence çeker, bülbülse, lağım içinde kahrından ölür. Özünü ara bence ve daha sonra uyanmalısın aşka.

Güneşin çığ ve hoyrat ışıkları, salonun çekilmemiş perdelerinin, tüllere gülümseyen ara boşluklardan içeriye şuh bir kadının, büyülü bakışları edasıyla doluyordu.

Tüllerin arkasından bahçeyi seyrederken, gözleri parladı birden. Kirpiklerini kısıp biraz daha keskin baktı. Yüzü güldü şaytani çizgiler oynaştı mimiklerinde.

Kendisini inandırmaya çalıştığı hadise, Efruz'u bahçeye doğru çekti. Koşarak, nefes nefese indi biraz daha keskin baktı hedefine.

Sabahın henüz erken sayılan vakitlerindeydi zaman. onu getiren şöför olmalıydı valizini taşıyan. Evet, yanılmıyordu artık Leylâ'nın ta kendisiydi bu.

İçi içine sığmadı heyecanından. Çok seyrek rastlantıların dışında, uzun zamandır Faruk'la görüşmemişlerdi. Çünkü bunalımlıydı Faruk. Mahâllede herkes öyle söylüyordu.

Yanına koşmak, ona "Hoş geldin" demek istedi. Nedendir bilinmez bir olumsuzluk duygusuna yenik düştü. "Daha sonra " diye düşündü.

Buna rağmen sabırsız ve heyecan doluydu. Henüz ortalarda kimseler yoktu. Evlerine döndü, balkona geçip planlar yaptı. Zaman bir türlü tükenmek bilmiyordu.

Baharın tatlı bir esintisi okşuyordu insanın suratını. Lekesiz parlak bir gökyüzü vardı.. Derin derin nefes alıp bahçedeki çiçeklerin kokusunu almak istedi. Buraları özlemişti. Annesi babasıyla hasret giderdi.

Annesi:

– Yorgunsun, diye mırıldandı, uyu istersen biraz.

– Hayır anne uykum yok.

Kahvaltı, sohbet ve ardından bahçeye çıktı. Bir yitik arıyordu etrafında. O muhteşem, bakımlı bahçenin etrafını dolaştı, çiçekleri sevdi. Havuzun kenarında bekleyip etrafını hummalı bakışlarıyla seyre koyuldu. Çardağa geçti, derin bir nefes aldı. Hasretini sindire sindire yudumluyordu bakışları.

Tedirgin gözlerin sihirli ışıkları aynı noktayı tarıyor fakat, her nedense kimselere rastlayamıyordu.

Sarı, uzun saçlarını tarakladı parmakları, geçmişine ve intibalarına derin bir gezinti yaptı.. Çarpıtmamaya dikkat etti onları.

Dalgın bakışlarının önünden bir gölge savuştu, bahçelerine. Düşüncelerine ara verip dikktatle seyretti onun kenidisine yaklaşmasını.

Efruz'du bu. Mahcup pozlar vererek sokuldu çardağa.

– Hoş geldin Leylâ.

Onu seyrederken, buruk, anlamlı ve mahmurdu bakışları:

– Hoş bulduk.

– Görünce inanamadım gözlerime. Meğer buralar hep seninle şenleniyor, seninle, doluyor ve seninle anlam kazanıyormuş. İnan, sen gideli bu görkemli yapılar ve muhteşem bahçeler boş, silik ve anlamsızdı.

– Edebi konuştun.

– Sanatımız.

– Hâlâ yazıyor musun?

Durakladı, düşündü biraz. Böyle bir soruyu hiç beklemiyordu anlaşılan.

– Eskisi gibi değil.

– Neden?

– İlham perimin gittiği günden beri, gönül kuşum ötmez oldu ve artık paslandı kalemim.

– Demek artık sevmiyorsun beni?

– Eskisinden çok daha derin bir sevda var yüreğimde.

– Yazmadın hiç?

– Şey, ya adres?

– Seven bulurdu.

– Babandan ve annenden utanıp isteyemedim.

– Bahçeye izinsiz giriyorsun, konuşuyoruz başbaşa utanmıyorsun.

– O ayrı. Arkadaşlık, komşuluk hukuku var ara yerde.

Leylâ derin baktı Efruz'un gözlerine:

– Sana bir şey sormak istiyorum. Bana doğruyu söyleyeceğin için yemin eder misin?

Endişeye kaptırdı gönlünü. Yüzündeki rahatlığın yerini birden huzursuzluk aldı:

– Yemin ederim.

– Cidden o Faruk'un altına ismini koydu dediğin roman, senin miydi?..

Hareketleri değişti, bakışındaki, hatta vücudundaki denge bozuldu. Ruhunun dış dünyasına yansıttığı, şeytanın vesvesesine tutsak oluşunu belgeleyen en çarpıcı çırpınışlardı bunlar.

– Sanırım isbat etmiştim bunları. Yoksa hâlâ şüphen mi var?

– O, bana verdiğin şiir de senindi değil mi?

Düşünürken, tutarsızlıkların her birisine, aynı keyifliliklerle saldığını, yine kendisine bir çıkar yol bulabilmek için çelişkilerin kanatlarına takılıp uçmak, kaybolmak isteyişini seziyordu, hareketlerinden. Fakat Efruz bunu nedense bir türlü başaramıyordu.

Deşifre olmamak ısrarla günahlarını örtmek için çırpındıkça sadece kuma sokuyordu başını, gözlerini kapayarak.

İrade dümenini yeniden kıran hisler, kabaran, hırçın bir deniz gibi kaypak ve hain.

– Evet. Benimdi tabiî. Senin için yazmıştın onu.

– Şuracıkta oturup gözlerime baka baka, tükenmiş vuslata ermiş bir hasret için anlamlı bir şiir daha yazar mısın?

Şaşırdı. Fena sıkışmıştı. Kalbi heyecandan düzensiz vuruşlarla ikaz etti beynini. Peşin bir itirazla geçiştirmek istedi.

– Şiir, ilham ister. Daha gözlerine bakarken uçuşuyor kelimeler.

Tiksinmişti ondan. Gülümsese baykuş çehreli, konuşsa bir kobra ıslığı gibi geliyordu sesi. Her şeye rağmen, öfkesini açığa vurmamak için direndi. Yanından bir an önce uzaklaştırmak için uğraşıyordu:

– O hâlde şimdi gidip, bana bir özlem şiiri yazıp getir. Kim bilir belki o zaman içimdeki bu garip kuşku da anlamsızlık kazanabilir.

Durakladı, kararsızlık içinde çırpınıyordu. Yüzü buruştu, az önceki sevincini çehresini istila eden koyu kâbus bulutları zevkle içti.

– Tamam, yazar yazmaz dönerim.

Birbirlerinden habersiz ayrı ayrı mevkilerden takip altına alan, iki çift gözün kuşatması altındaydı manzara.

Hilâl çardaklarındaydı şu an ve Leylâ'yı görür görmez, ağzının içi buruk bir acıyla dolmuştu. Efruz'u takip etti bir müddet, sonra gözlerini istila eden hüznün nemli bulutlarıyla yerinden kalkıp evlerine doğru koşmuştu.

Diğer kuşatma Hilâl'in tam zıddına, parlak, sevinçli ve hatta hayret doluydu. Hacer Hanım'dı bu.

Efruz'la Leylâ'yı çardakta görünce dünyası değişmişti. O da uçan, yere değmeyen adımlarla koştu evlerine. Güçlü, villanın duvarlarına şamar şamar inen bir ses doldurdu salonu:

– Faruuuuuuk!.. Faruuuuuk!....

Odasında ve çalışma masasının başındaydı. Duyduğu sesle irkildi önce. Okumakta olduğu kitabın satırlarından çekti gözlerini ve heyecan dolu bir yürekle dinledi o dehşetli sesi ve yeniden dikkat kesilmişti:

– Faruuuk!.. Faruuuk!.. Koş!....

İyice şaşırdı ve heyecanlandı. Panik, kalbinin atışlarını bile değiştirmişti. Yerinden fırlayıp merdiven başına, soluk soluğa geldi.

Trabzanlardan tutup merdivenlerin üst basamaklarına doğru keskin bakan annesinin gözleriyle karşılaştı:

– Anne!..

Sesinin heyecanıyla irkildi anne. Önce, teskin etti oğlunu:

– Korkma, korkma, sevinçli bir haber. Sana hayatının müjdesini veriyorum şu an.

Biraz rahatladı, derin bir nefes aldı Faruk. Yorgun adımlarla indi basamakları. Esefli baktı yaklaşıp:

– Anne bu ne hâl? Korkuttun beni.

Anne sevincinden yerinde duramıyordu. Kollarını açtı, raks eder gibi döndü salonun ortasında ve inanılmaz bir sevinçle haykırdı:

– Kurtuldun, kurtuldun, bütün sıkıntıların bitti artık.

Elini yakaladı, durdurup gözlerine baktı:

– Anne neler söylüyorsun sen?

Elleri ellerinin içindeydi Faruk'un. Durdu, o da oğlunun gözlerinde gezindi:

– Kurtuldun diyorum!

– Daha da meraklandırıyorsun beni. Hasta ya da mahkum değilim, neden kurtuldum söyler misin bana?

Sönmemiş, daha da alevlenmiş bir neşe vardı yüzünde.

– Leylâ geldi, Leyâ!..

Ilık bir öfkenin rüzgârı esti suratında:

– Hay Allah. Ne var bunda, kendinden geçecek kadar etkilenecek?

Anne duyduğu sözlerle aptallaştı. Hareketlerinde hissedilir bir yorgunluk vardı şu an. Bön, inadına durgun ve anlamsız baktı gözlerine. Sesi kısık ve anlam doluydu:

– Hayret, hiçbir sevinç belirtisi olmadı sende.

– Anlıyamıyorum sizi.

Yeisli bir yüzü vardı Hacer Hanım'ın:

– Onun aşkı seni inanılmaz sakıntılara sokmuştu. Ve şimdi geldi barışabilirsiniz onunla.

Teskin etmeye çalıştı annesini. Güçlükle gülümsedi:

– Ama anneciğim ben Leylâ ile hiç küsmedim ki.

İyice aptallaştı kadın:

– İyi de oğlum, o kırgın ayrıldı senden.

– Anne bunların hiçbirisi de doğru değil. Benim bildiğim insan, Leylâ'sına naz etmek için değil, niyaz etmek için vardır.

Hırçınlaştı. Yeisi de bozdu, sesini yükseltip azarcı baktı gözlerinin derinliklerine:

– Faruk bırak şu saçmalıkları şimdi. Leylâ geldi dedim sana.

– Duydum.

– Çardakta şu an, gidip hoş geldin de.

– İyi de acelesi ne?

– Hep Leylâ dedin, gideli beri.

– Annecim şu an çok güzel bir kitap var elimde ve onu okumaktayım, lütfen.

Sinirlendi dişlerini sıktı:

– Anlaşıldı, bilirim senin o affetmeyen gururunu. Kırıldın ayağına getirmek için direnmektesin.

– Anne!..

Küskün bir yüzle bahçeye doğru çıktı. Dışarıda Efruz'la karşılaştı. Garip bir bekleyişi vardı açık kapıdan içeriye doğru bakarken. Aldırış bile etmedi yanından geçerken. Bir içli ses eğledi onu:

– Hacer teyze.

Durup mağrur bir bakış uzattı sesin sahibine:

– Faruk evde mi?

Gönülsüz bir cevaptı, verdiği:

– Evde.

Yürüdü. Gözleri çardağı aradı bitişik bahçeye bakıp. Oradaydı hâlâ. Masum, hicranlı bir bakış tutturmuştu o da. Efruz'u takipteydi dalgın bakışları.

Yanılmamıştı Faruk'ların açık duran sokak kapısından bir gölge gibi savuşmuştu içeriye.

Kederli, ağlamaklı bir yüzü vardı Leylâ'nın. Bir şeyler hissetti aldatılmışlığın, keskin mesajları hançerledi beyninin hücrelerini.

Hacer Hanım'ın yaklaştığını fehmedip toparlandı. Benzi uçuk, gözlerinde nem vardı. Acı bir rüzgâr esti çehresinde, elinin tersiyle sildi gözlerini.

Efruz muzdarip bir gönülle çıkıyordu merdivenleri. Faruk'un çalışma odasının önüne gelip durdu. Kapı sonuna kadar açıktı. Ayak seslerini duyup kapı boşluğuna baktı. Efruz vardı baktığı noktada üzgün ve uyuşuk.

– Gelsene.

Kararsız, çekingen adımlarla girdi odaya.

Masanın önüne kadar gelip durdu. Her zamanki davranışları yoktu üzerinde. Faruk hayretle seyretti ve sordu:

– Sende bir değişiklik var bugün.

Bozuk bir moralle mırıldandı:

– Yooo!..

– İnkâra kalkışma sakın yine bir sıkıntın var senin.

– Pek mühim değil.

– Söyle o hâlde.

– Çoktandır okumadım şiirlerini. Efkârlandım, canım duygulu şeyler istedi. Sana geldim.

– Sen edebiyatla ilgilenmezdin pek?

– Bilmem, merak düşürdüm işte.

– İyi ya, orada defter. Al oku.

– Müsade edersen, bir ya da iki tanesini yazıp almak istiyorum.

Yüz hatlarında mimikler değişti. Bakışları korkunç kıvılcımlar sıçrattı üzerine. Alevli, dayanılmaz harakette bir nefes çekti ciğerlerine. Gözleri, o, korkunç ışıklar saçan gözlerinde aklar, siyah bebekleri yuttu. Aylar öncesine, hatta bir yıldan fazla zaman ötelerine doğru bir gezinti yaptı beyin ve o günlerden değişik enstantaneler istedi.

Yine böyle bir vakitte aynı pozlarla girmişti odasına ve çok beğendiğini ifade ederek, başka kâğıda geçirmişti "sevdim "dediği şiiri. Hatta "Son şiirin mi? "diye sormuştu kendisinden.

Dünyası karışmıştı. Her şey allak bullak oldu kafasında. Sarıyerli Levent'in sözleri, acımasız bir balyoz gibi indi zonklayan beyninin üzerine.

– O sinsi bir yalancıdır Faruk, Bırak onu savunmayı. Sen yiğit adamsın, böyle basit insanlarla dostluk kurmuş olamazsın. Nişanlıma beni kötülemiş" yiğitlik ayvazın nam köroğlu'nu demiş. "Levent korkağın birisidir onun edindiği isim benim yürekliliğimdir. Ben olmasam sokakta gezdirmezler onu" İşte böyle demiş nişanlıma. Daha fenası sen bana yakışırsın, onu bırak demiş duydun mu beni.

Kulakları fonladı, ince ince terler sökülmeye başladı yüzündeki derinden. Efruz aceleci ve titrek elleriyle hâlâ şiir defterinin sayfalarını aralıyor masanın üzerine hazırladığı boş kağıda ayırdığı bir şiiri aktarabilmek için gayret harcıyordu.

Kararan, ıstırap duvarlarını istila ettiği dünyasında, zincirleri kıran, ruhunu hapsettiğ o dehşetli muharasayı acımadan yıkan, çölleşen gönlünde ummanlar oluşturan bir sesti dudaklarında biriken. Gözlerini korkunç parıltılarla açıp iğrenerek baktı Efruz'a. Şehadet parmağıyla kapıyı gösteriyordu bağırırken:

– Defool!.. Bir daha görmesin gözüm seni buralarda.

Efruz, sesin azametinden sıçradı. Elini, ateşe uzatmış gibi çekti masanın üzerinden. Dehşetli bir korku istila etti yüzünü.

Ürpertiyle, kaçamak baktı Faruk'un gözlerine.

– Neden kızdın?

– Defol, dedim sana, elimden bir kaza çıkacak şimdi.

Israr etmek için cesaret yoktu. Güçlükle toparlanıp, zor çevirdi yönünü kapıya.

Leylâ, Hacer Hanım'ın sözlerini cevaplıyordu. Kaçamak bakışlarıyla hep aynı noktayı gözetliyor yeniden Hacer Hanım'a dönüyor ve sık sık, tekrarlıyordu bu hareketleri.

Çok geçmeden beklediği oldu. Heyecanı yükseldi, soluğu sıklaştı. Efruz dışarıya çıkar çıkmaz, önce çardağa baktı, sonra yönünü inanılmaz bir gariplik içinde evlerine çevirip, ağır adımlarla ilerledi.

Hacer Hanım dikkat kesildi Leylâ'nın hedef seçtiği noktaya. O da bir şeyler sezmiş gibi bekledi Efruz'un üzerinde. Sonra, suskunluğu bozmak için gülümsedi.

Bugün, Hayal Sokağı'nda bir olağanüstülük vardı. Gizemli kaynaşmalar oldu villaların bahçelerinde.

Hacer Hanım, Leylâ'yı rahatlatabilecek müjdeler verdi:

– Bütün yazdıkları Leylâ üzerine kızım. Şiirleri romanı, senin anlayacağın, dünyası sadece Leylâ üzerine kurulmuş Faruk'un.

Master tezini bitirdi, doktora hazırlıkları var şimdi. Kalk, barıştığınızı söyle ona, sen de seviyorsun bildiğim kadarıyla.

– Onun hiçbir suçu yok ki, budala gibi kandım bir çift söze.

– Aranızda ne geçti de darıldınız bilmem, ancak ne vakit sorsam "Ben Leylâ'ya hiç küsmedim" demekte.

Kolundan usulca tuttu.

– Bırakın şu inadı niyeti ciddi Faruk'un. Kalk bakalım, kırma teyzeni.

Hilâl bahçelerinde yeisli bir yüzle hep onları inceliyordu. Leylâ yarı çekingen, yarı gönüllü bir eda ile nazlanarak kalktı yerinden:

– Şey, bilmem ki!.. diye mırıldandı. O gelse?

– Onun suçu yok dedin az önce. Bir çift söz dedin. Gel hadi, nazı bırak şimdi. Sen de seviyorsun onu.

Utançlı bir yüzle yürüdü yanında. Hilâl, dişlerini sıktı, dudaklarını gevdi sinirinden.

Nasıl bir düşünceydi bu. Önce kurtar onu diye alıp kendisini götürmüştü evlerine. Ya şimdi?.. Anlam veremedi gördüklerine. Hırçın bakışlarla takip etti ikisini.

Onlar, daha içeriye girer girmez, acı acı yutkundu. İradesi felç olmuştu bir anda. Öfkesinin kanatlarına takılıp koştu peşlerinden.

Hacer Hanım, Leylâ'nın koluna girmişti ve açık duran kapıdan içeriye aynı şekilde süzülerek girdiler.

Salona geldiklerinde Leylâ'yı sıçratan bir sesle haykırdı:

– Faruuuuk!..

Karşılık gelmeyince yeniden velveleye verdi ortalığı:

– Faruuuk!.. Koş, hayatının misafirini getirdim sana.

Leylâ sıkıntılı baktı merdivenlerin bitiş noktasına. Hilâl, soluk soluğa girdi kapıdan.

Islak, kâbuslu, zift gibi karanlık bulut tabakaları çöreklenmişti gözlerine. Ruhunu akrebin kıskacında tutan işkencelerle bunaltıyordu onu. Bir hayalet gibi sessiz ve öfkeli bekliyordu arkalarında.

Faruk, gamsız bir gönülle kalkmıştı masasından:

– Fırsat vermezler ki, diye mırıldandı yerinden kalkarken.

İsteksiz bir eda içinde yürüdü antrede merdivenlerin başına gelince salona garip bir tavırla baktı. Anne, yenemediği heyecanla haykırıyordu hâlâ.

– Deli çocuk, ne bekliyorsun hâlâ orada. Bak hayatının misafirini getirdim sana.

Leylâ sıkıldı terler döktü. Mahcup bir yüzü vardı, al al benekler istila etmişti utancından. İçli bir nefesle rahatladı Faruk'a bakarken.

Faruk'un etkilenmeyişi şaşırttı anneyi, hatta bozuldu, mahcup oldu. Hilâl dudaklarını kanatıncaya kada çiğnedi sessizce beklediği yerde. Ağlamamak için direndi. Sık sık kabaran hıçkırıklarına yol vermemek için acı acı yutkundu.

Faruk, tuhaf bir seyir içindeydi. Basamakları inerken. Kaçamak baktı arkalarında bekleyen Hilâl'e. Biraz daha şaşırdı.

Misafire doğru yaklaştı önce, sakin, hasreti andırmayan bir bakış uzattı gözlerine ve mırıldandı:

– Hoş geldin!..

Leylâ oldukça zorlandı cevaplarken:

– Hoş bulduk!..

Anne, bu soğuk karşılamayı sindiremedi. Bozgunları yaşadı oğluna sert bakarken:

– Tokalaşsana oğlum. Bak, elini uzattı Leylâ sana.

Aldırışsız ve vurdumduymaz bir tavırla baktı annesine:

– Lisanımın seslenişi yeterli değil mi sence?

Leylâ beklenmedik çırpınışlara bırakmıştı kendisini. Elini usulca indirdi yanına? Hüsranın nihayetsiz derinlikleri vardı gözlerinde. Hilal, yürekleri hoplatan bir sesle ulaştı Faruk'a. Farkında değildi diğerleri:

– Hani sadece Leylâ üzerine kurmuştun dünyanı? Sadece onun kuralları hakimdi hayatında?.. O sana başka kadınlarla tokalaşma dediği için tutmamıştın ellerimi?

Buruk, içli ve acı bir tebessüm gelişti Faruk'un dudaklarında Hilâl'e müteessir bir bakışla mukabele ederken, verdiği cevap anlam kazanıyordu muhatabının yüreğinde:

– İşte şu anda bile onun kurallarını yaşamaktayım.

Hilâl yine şaşırtıcı bir tavırla hayretleri üzerine çekti ve gelişindeki uslupla yine aralarından ayrılıp, açık duran kapının boşluğundan rüzgâr gibi savrularak çıktı.

Leylâ buruktu. Duygulu bir sesle yeniden sükutu bozdu:

– Affedersin Faruk, sana haksızlık ettim ben, özür dilerim. İncelemeden, duyduğum sözlerin rüzgârına takılıp, efsane bir düşünceyle aranızdan ayrılıp gittim. Çok, ama çok inandırıcı yalanlardı bunlar. En yakın arkadaşındı senin saadetini gölgeleyen. "Leylâ" isimli romanı kendisinin yazdığını, senin onun müşkül durumundan faydalanarak yazdıklarını para karşılığında satın alıp, altına kendi adını koyduğunu söyledi. "Duygularınla alay etti "dedi" En son yazdığını iddia ettiği şiirini verdi bana. Bak bunu da sana ben yazdım diyecek dedi. O zaman sana telefon açıp en son şiirini okumanı istemiştim. Okudun ve çıldırmamak için zor tuttum kendimi.

Doğruydu söyledikleri. Okuduğun, bana az önce "ben yazdım" diye verdiği şiirdi çünkü.

İşte böylesine korkunç bir tuzak ve sonunda aynı derecedeki yanılgıları yaşadım.

Efkâr tütüyordu gözlerindeki parıltılarda. Ve esef doluydu sesi:

– Çok kırdın beni yargısız bir infazla, onurumu ayaklar altına alan hakaretlerle dolu mektubunu okuyunca şaşırmıştım.

Söz hakkı bile tanımayan, katı bir davranışla verebileceğim cevabın yollarını bile kapıyordun mektubunda.

Olgun, araştıran bir yapının insanı olarak tanımıştım seni. Ne var ki bende yanılmışım.

Şiirlerin ulaşamadığı, harflerin cümleleşemediği bir dağınıklıkta bıraktın duygularımı.

Biçimlenmemiş duygular, şekillenmemiş kişilikler, yargısız infazlarıyla, bilincine kavuşulmamış inanç yapılarıyla, meğer sen de böylesi toplumları oluşturan kalabalıklardan biriymişsin işte.

Yani buluğ çağında olmayan şuurun insanlarından bir tanesi. Oysa, sana kalbimin en duru, en berrak, el değmedik hislerin masumiyetiyle gelmiştim.

Anne, felçli insan gibi hareketsiz ve şaşkındı. Konuşulanları dinledikçe hayreti arttı:

Leylâ mahcup bir eda içinde kıpırdadı hassas bir sesle mırıldandı:

– Özür dilerim, hatalıyım. Geç fark ettim olanları.

Hilâl'lerin ev çok farklı bir hayreti yaşıyordu şu an. Koşarak odasına girişi annesinin gözlerinden kaçmamıştı. Odasının kapısını kapayınca, anne umursamadı.. Behçelerine çıkıp yorgun bir geziye başladı. Çok geçmeden inanamadığı bir manzara savuştu hayretli bakışlarının önünden. Peşinden aptalsı, don bir bakış tutturup kalmıştı.. Tesettürlü bir kız çıktı evlerinden ve Faruk'lara doğru koşuyordu. Tanımak için sürdürdü seyrini, imkansızdı.. Rüzgârına takılmış gibi irade dışı adımlarla sürüklendi peşinden.

Salon hâlâ eski münakaşanın devamıydı.. Sessizce içeriye giren tesettürlü kız, Faruk'un karşısında, annesiyle Leylâ'nın hemen arkalarında durdu.

Faruk'un gözlerinin içi parladı. Yüzünde serin, dost bir rüzgâr esti. Dikkatinin başka istikametlere çekildiğini fark etti anne.

Faruk tanımıştı onu. Herkesi şaşırtan bir söz, bomba gibi düştü salonun ortasına: Ilık, dokunaklı ve inadına hassas:

– Sahi, senin Leylan böyle giyinmesini mi istemekte kadınların?

İçli bir tebüssüm vardı Faruk'un dudaklarında: Ve gözlerini içinde sıcak buharlar kaynaşmaya başlamıştı, onu seyrederken.

Aynı hassasiyeti ve aynı üslubu taşıyordu cevabı: